À LUZ DO FOGO

José Ricardo Oriente

À LUZ DO FOGO

1ª Edição
POD

Petrópolis
KBR
2012

Edição de texto **Noga Sklar**
Editoração: **KBR**
Capa **KBR sobre imagem de Arquivo (Google)**

ISBN: 978-85-8180-058-5

KBR Editora Digital Ltda.
www.kbrdigital.com.br
atendimento@kbrdigital.com.br
55|24|2222.3491

B869- Literatura Brasileira

**José Ricardo Oriente** é natural de Araguari, MG. É professor de Biologia e Administrador Escolar. Escreve com a mesma paixão que tem pela leitura. Compondo o enredo de deste romance, refletiu, viveu, interagiu com as intenções dos personagens que criou. *À luz do fogo* é seu primeiro livro publicado.

Email: jothaoriente@hotmail.com

Para Adriano, meu filho, companheiro em pensamento.

Seria humano o Maligno?

Sumário

PRÓLOGO

A piscina do Sítio das Rosas refletia pouca luz naquela noite escura, parcialmente encoberta por nuvens de chuva. Ouvidos atentos perceberiam leve barulho de passos; alguém passara pelo portão de grossas barras de ferro, somente um vulto, se esgueirando por entre os canteiros do jardim sob uma indecisa claridade de lua cheia.

O cão fila de pelagem escura rosnava e latia continuamente, mostrando os grandes caninos brancos, mas aquietou-se, ganindo baixinho enquanto aceitava um naco de carne. Vagarosamente, aquela figura silenciosa subiu as escadas de uma pequena varanda lateral e empurrou a porta envidraçada, que cedeu facilmente, sem nenhum ruído.

Em seu quarto, Dona Amália encerrou uma leitura e levantou-se da poltrona, apoiada no cabo de uma bengala de ébano engastado com filetes de prata. Era esse o seu costume àquela hora avançada da noite: calçar os chinelos, vestir um de seus bonitos roupões de seda, caminhar pela penumbra do corredor e do mezanino em direção ao banheiro e aos medicamentos que guardava no armário de uma pequena copa.

Quero passar uma noite tranquila, sair da cama bem cedo, assistir à missa do padre Clemente... e à tarde receber Lílian para uma esclarecedora *conversa...* — pensava. Fazendo o caminho de volta, agora direto para a cama, um leve pigarrear fez o coração da velha senhora bater acelerado, atraindo sua atenção para o fundo escuro do amplo mezanino. Apertou os olhos, enxergou melhor. Intrigada, resmungou:

— O que você faz aqui, a essa hora da noite...

Nenhuma resposta, somente uma "ordem" educada pronunciada com muita calma:

— Eu... Vou ajudá-la a se deitar...

A voz era trêmula, pastosa. Alguns passos, um sorriso forçado. Nesse momento, dona Amália foi pega pelo braço em um gesto nada espontâneo, que a sobressaltou. Confusa, deixou-se levar... Ao se aproximar do primeiro degrau de descida para a sala de visitas sentiu que os dedos da mão conhecida que a conduzia cingiram-lhe a pele, provocando um desagradável calafrio, uma intuição de perigo.

— Não precisa apertar assim! — exclamou, amedrontada, ao olhar dentro daqueles olhos inexpressivos. — Solte-me! Posso andar muito bem, sem precisar de ajuda!

Dona Amália, a devota, caridosa, altiva e milionária senhora jamais imaginaria que em poucos instantes sua vida ia chegar ao fim.

Capítulo um

Era início de março. Geraldo assistia à cerimônia da Luz do Fogo pela sexta vez.

Naquele ambiente mágico, além de receber as bênçãos do guru Urbano Santini, que, supunha, iria acabar com suas inseguranças, desenvolvera relações amorosas com uma mulher dezoito anos mais velha, uma linda morena, sua prima Ondina.

O que ele vivenciava nessas duas últimas semanas era inusitado. As emoções que o arrebatavam eram de uma intensidade que ultrapassava tudo o que já acontecera em sua vida. A timidez ainda não lhe permitira ter um sentimento tão forte como o que estava experimentando.

Essa paixão começara numa quarta-feira à noite, no Engenho Santini. Antes da cerimônia, Geraldo conversava com alguns conhecidos sobre sua recente afiliação à Irmandade enquanto bebiam um vinho delicioso distribuído pelas sacerdotisas. Entre elas estava Ondina, também iniciante na Luz do Fogo. Durante todo o tempo ela o constrangia com insistentes olhares, até que ele começou a corresponder. Repentinamente, ela o pegou pela mão e graciosamente o conduziu para fora do grande quiosque.

Acomodaram-se em um pesado banco de madeira. A conversa fluiu fácil, e aos poucos enveredaram para uma deleitosa troca de intimidades, ela contando por que seu casamento não andava bem, desfiando um rosário de motivos para a iminente separação. Geraldo, por sua vez, surpreendentemente, revelava pensamentos íntimos ao falar sobre sua insegurança em relação às mulheres, também sobre ficar apavorado todas as vezes que dona Amália insistia para que começasse a gerenciar os diversos negócios da família. Naquele momento se estabelecia a rara química de cumplicidade afetiva entre duas pessoas. Durante a cerimônia conduzida por Urbano, permaneceram colados um ao outro, enlevados, escondendo suas mãos debaixo de uma echarpe para evitar que pessoas as vissem juntas, entrelaçadas.

A missa pagã terminou. As últimas palavras do guru da irmandade ecoaram pelo pátio do Engenho: "Portanto, não sejam fracos na oportunidade de obterem o que desejam para esta vida". Ondina e Geraldo saíram sorrateiramente em direção ao grande portal de bambus entrelaçados.

Desceram a encosta do morro por uma estrada alternativa, íngreme e estreita, coberta de cascalhos. No meio do caminho, desviaram-se para uma pequena clareira e se sentaram sobre uma pedra achatada, admirando ao longe as luzes coruscantes da cidade. Espessos tufos de arbustos os escondiam dos últimos fiéis da seita que desciam o morro do Engenho para o estacionamento. Então, animadamente, deram continuidade à conversa sobre a condução de suas vidas, Geraldo com as costumeiras incertezas e a mulher de seu amigo Antônio naquele momento muito segura de si, esbanjando charme.

Os dois permaneciam com os olhos avermelhados, as faces coradas pelo vinho e pelo chá servidos durante a sugestiva cerimônia da Luz do Fogo. A missa intrigante causava, invariavelmente, um torpor agradável. Um cheiro do incenso queimado na cerimônia exalava dos cabelos cacheados de Ondina.

Em algum momento da conversa, parou o ruído de pés andando no cascalho. Os dois se sentiram completamente a sós, sob um admirável céu estrelado. Foi então que a bonita sacerdotisa, *casualmente* insinuante, colocou a mão sobre a coxa de Geraldo, quase na virilha. O gesto fez os olhos do rapaz se acenderem, e num instante todos os pelos de seu corpo se arrepiaram. Os músculos ficaram tensos, deixando-o alerta, misturando insegurança e a reprimida possibilidade de prazer. Tentou dissimular, como se não estivesse acontecendo nada de mais; no entanto, sua respiração tornara-se levemente ofegante e o coração acelerou o ritmo aumentando agradavelmente o calor do corpo. Seu foco de atenção voltou-se inteiramente para aquela mão, quase encostada em seu sexo, sugerindo coisas que o deixaram num estado de aguda excitação, latejante, algo que jamais experimentara em sua vida monótona. Impulsivo, seu olhar, antes dirigido a uma prima mais velha, simplesmente tornou-se outro, como nunca havia sido: terno, vibrante, quente, penetrando os olhos da morena. Um beijo trêmulo aconteceu natural-mente.

Depois daquele dia, nada, absolutamente nada seria capaz de desviar o pensamento de Geraldo daquelas curvas bem feitas, dos seios intensos — ainda duros, de aréolas grandes e escuras —, dos lábios car-nudos, da essência do prazer, úmida, morna, deliciosa. Estava totalmen-te dominado pelos instintos.

A partir daquela quarta-feira copularam várias vezes, no mato, sobre as próprias roupas. Escondido de sua velha mãe Amália, Geraldo também se deitou com a amada prima nas camas da mansão do Sítio das Rosas. Mesmo distante, a vontade dele era fundir-se ao corpo de Ondina, tal era a intensidade e sua dependência dessa paixão a que es-tava sujeito.

Capítulo dois

Dentro do ônibus que vinha de São Paulo com destino a Canabrava, Lílian acabava de acordar com a sensação de cansaço de uma noite mal-dormida, sendo balançada de um lado para outro nas curvas da estrada. Estava ansiosa para chegar, principalmente depois daquele sonho insistente com seu irmão. Via-o em um canto de muros altos e envelhecido, acuado por sombras salpicadas de vermelho que mais pareciam figuras humanas. Sacudiu a cabeça para espantar a lembrança perturbadora. Preferia imaginar que, a essa hora da manhã, Geraldo dormia tranquilamente em sua cama na mansão do Sítio das Rosas.

O alvorecer anunciava um dia de muito sol. No entanto, naquela região serrana, em fins de março já principiavam temperaturas amenas, vez por outra aparecendo nevoeiros frios. A paisagem da serra atraiu seu olhar, com a claridade das encostas aumentando rapidamente. Abaixo, divisava o rio do Engenho, um filete, formando meandros entre amplos vales e colinas. Algumas lembranças chegavam-lhe aos saltos, de Salvador, seu marido, dos dois filhinhos queridos, que muito breve estariam com ela em Canabrava, de sua mãe adotiva Amália, tão serena e segura na administração do grande patrimônio e, além disso, quase sempre ao serviço da paróquia local. Lembrava-se ainda das desavenças infindáveis com a presunçosa Vicenta, sobrinha prepotente de dona Amália — ultimamente, todo o tempo às voltas com a política de Canabrava; da invejosa irmã de dona Amália, a tia Matilda — ela e sua filha Ondina já haviam consumido quase toda a herança recebida dos Fagundes Porto; do ingênuo Geraldo... seu irmão amado; e de Canabrava, cidade onde vivera metade da sua vida entre namoros, passeios pelos morros e campos ondulados, praças, amigos.

***

No passado, final dos mil e setecentos, famílias inteiras foram atraídas pela beleza e fertilidade das terras do município de Canabrava, um belo terreno de morros e campinas, medindo sessenta quilômetros de largura em sua parte mais extensa. Naquela época, a atividade agrícola prosperava na região com o cultivo da cana-de-açúcar. Entretanto, com o passar dos anos, foram chegando ricos plantadores de café e também alguns destemidos criadores de gado, estes, tempos atrás rechaçados pelos donos dos canaviais. A demanda pelo café e a crescente procura pela carne bovina e seus derivados motivaram ofertas de valores irrecusáveis pela terra, convencendo agricultores menos abastados a venderem suas propriedades.

Entre os imigrantes, talvez os primeiros a se estabelecerem na região, imperavam os importantes Fagundes Porto — já ricos antes mesmo que as naus de D. João VI aportassem no Brasil, fugidas da iminente invasão de Portugal pelas tropas de Napoleão Bonaparte. A família, que exerceu contínua influência política e financeira em Canabrava e cidades próximas, tinha atualmente como matriarca dona Amália Fagundes Porto Steinberg.

Até meados da década de 1940 ainda se processava açúcar e cachaça no Engenho Santini, o único que sobrevivera na cidade. No início de suas atividades, nos primórdios do ano 1800, se prestara à comercialização de escravos e servira como sede de uma cruel irmandade pagã. Ficou abandonado por um longo tempo, até que sua construção com blocos de pedras, constituída de cinco barracões interligados, foi restaurada para abrigar a mesma antiga irmandade, hoje em dia conduzida pelo apregoado guru Urbano Santini. O grande prédio da antiga usina voltara a ser palco de espetaculosos rituais, frequentado por pessoas de todos os grupos sociais em busca de curas milagrosas ou outras benesses, às vezes inconfessáveis.

Nos dias da semana em que eram realizadas as cerimônias no morro do Engenho, ruas e praças amanheciam e anoiteciam com movimento atípico, pessoas transitando por todos os lados e aumentando o consumo em geral, fazendo a alegria dos comerciantes. Os hotéis e pensões apinhavam-se de hóspedes, evidenciando o desejo de muita gente pela continuidade da romaria de fiéis atraídos à Luz do Fogo.

***

A população festeira de Canabrava esperava ansiosa pelas festas tradicionais dessa época do ano. Até o final da semana a paróquia de Nossa Senhora do Rosário estaria em plena comemoração da Páscoa; o padre Clemente, espigado e bem-humorado mulato de meia-idade com alma de artista, ficava extremamente ativo nos serviços comunitários. Trabalhava com entusiasmo, motivado a fazer com que as barraquinhas fossem melhor sucedidas a cada ano que passava. Além de divulgar fomentando o boca a boca, cuidava da distribuição de panfletos em lugares estratégicos, conclamando turistas a se juntarem aos moradores da cidade para as animadas festas da igreja. Uma das atrações era anunciada com destaque: "Belas canções italianas, na agradável voz de tenor de Padre Clemente".

As barraquinhas se constituíam na verdade de construções toscas e espaçosas: eram quatro, retangulares, feitas com troncos de árvores das fazendas da região. O telhado era confeccionado com palhas de coqueiro e sapé, muito comum nos pastos. A criançada local ajudava na montagem, pegando as folhagens nas carroças puxadas por bois adestrados para entregá-las aos homens e mulheres que as teciam por cima das armações de bambu. Todo ano era um enorme prazer participar dessa festança, que varava a noite com *shows* circenses, danças de quadrilhas típicas da região, pipoca, amendoins caramelados, maçãs do amor, correios elegantes, bingos e leilões. Todos os membros da paróquia se dispunham a ajudar.

Era uma época excelente de diversão para os turistas e também para o povo da cidade. Ao mesmo tempo que os festejos da paróquia de padre Clemente, também outras comunidades religiosas apresentavam suas atividades. Naquele ano, no entanto, em meio à expectativa de divertimento, aconteceu um fato novo que comoveu os moradores: Rafael, uma criança de seis anos de idade, saíra de casa para ir à padaria às 17h00 de domingo, conforme o relato dos pais, e não voltara mais, desaparecera como por encanto.

Por frequentar uma creche conhecida, o caso tomou enorme vulto. Diariamente, jornais da região e ultimamente também do Estado exibiam notícias sobre o ocorrido, alimentando a indignação popular.

Toda a vizinhança da inconsolável família continuava à procura do garoto, até o momento em vão. Rafael não estava na Vila Paraíso, bairro onde morava. Amigos e parentes iam diariamente à delegacia à espera de algum indício de seu paradeiro. Nas rodas de conversa somente se falava em sequestro por resgate, hipótese que seria abandonada com o passar dos dias. Ninguém telefonara ou mandara recado pedindo dinheiro, mesmo porque a família era muito pobre.

Os parentes e as autoridades locais aventavam algumas possibilidades, o abominável tráfico ou mesmo insanidades do tipo "roubo de crianças" simplesmente para se criar, crimes que como se sabia raramente eram desvendados.

***

O Dr. Salvador, marido de Lílian, já se encontrava em Canabrava preparando a chegada de sua família. Há vinte e nove dias o médico estava hospedado no sítio da amiga Jandiara, ex-colega de faculdade que se casara com um conterrâneo e voltara para trabalhar na clínica que haviam adquirido na cidade. Mal havia conseguido conciliar o sono à noite, preocupado, pensando no que diria a Lílian no primeiro momento em que a visse. Teria que pesar bem cada palavra, para não atrapalhar ainda mais seu relacionamento com ela.

Salvador acordou bem cedo, lavou o rosto bronzeado, penteou os cabelos grisalhos e entrou em um carro antigo cinza-escuro e saiu, enfim, para o aguardado reencontro. Seguindo pela estradinha de chão batido, margeando o rio do Engenho, parecia triste, mortalmente arrependido por ter jogado fora todo o esforço que fizera juntamente com Lílian, durante anos de trabalho, para adquirir um patrimônio razoável.

Teriam que vender os dois apartamentos de São Paulo para pagar as indenizações que certamente seriam estabelecidas pela Justiça. Além disso, a clientela do seu consultório evaporara logo depois do escândalo nos jornais noticiando que ele havia molestado sexualmente pelo menos duas pacientes em seu consultório, sendo que uma delas não havia completado dezoito anos. Por ser réu primário, conseguira responder em liberdade o processo por pedofilia e suposto assédio sexual, mas era iminente a cassação do seu direito de exercer a medicina.

Essas atitudes infames o haviam arruinado, profissional e afetivamente. Todas as pessoas em Canabrava ficaram sabendo do ocorrido. No entanto, Salvador não se daria por vencido; se esforçava para acreditar que a cidade onde nascera o acolheria, e que esta seria a melhor opção para reiniciar sua vida. Inicialmente, levaria sua mulher e filhos para o chalé que herdara recentemente de sua avó, a doceira Mariana. Depois, se empenharia em obter ajuda financeira de dona Amália, sua sogra ricaça. Falava nervosamente consigo mesmo, a todo instante: "Vou encontrar uma maneira de resolver os meus problemas. Custe o que custar".

Era-lhe fator de aflição a dificuldade que estava encontrando no convívio com antigos conhecidos. Muitos se lembravam dele, pelo passado em Canabrava, como aproveitador de moças, caçador de dotes. E comentavam que mesmo com esse péssimo conceito, precisando desesperadamente de ajuda, casado, com dois filhos para criar, Salvador não conseguia resistir a um rabo-de-saia rico ou importante. "Puro interesse", diziam, referindo-se a seus recentes e furtivos encontros noturnos com a ex-prefeita de Canabrava, Vicenta Fagundes Porto, sua namoradinha na adolescência e sobrinha de dona Amália.

Muitos anos haviam se passado desde que deixara a cidade. Partira para São Paulo muito jovem, e depois de alguns anos encontrara Lílian Porto Steinberg, estudante de jornalismo, filha adotiva de dona Amália e que certamente herdaria uma grande fortuna. Não demorou muito, se casou com ela. Seria coincidência essa união? Era sabido que ele sempre quisera uma real aproximação com a abastada família Fagundes Porto.

O trajeto até a cidade não demorou mais que vinte minutos. Salvador passou pela rua principal até chegar à pequena Praça de Nossa Senhora do Rosário, onde fica uma antiga, mas conservada igrejinha. Já vira esse lugar muitas vezes, com a diferença de que naquele momento tudo ao redor lhe parecia pequeno, dando a ilusão de que encolhera. Do local por onde passava, bem devagar, podia-se ver o chalé amarelo com janelas marrons onde pretendia reconciliar-se com Lílian.

O relógio engastado no monumento de granito bruto, bem no meio da praça, marcava seis horas. Era uma bela e fresca manhã de domingo. Sentiu fome. Ciente de que sua mulher demoraria um pouco para chegar, resolveu ir tomar o café da manhã de dona Alzira, a fiel empregada do chalé. Estacionou o carro, abriu o portão de ferro, passou pelo pequeno jardim, e, pensativo, subiu os três largos lances de escada até o alpendre. Apanhou a correspondência com naturalidade e notou um envelope aberto, endereçado à "jornalista Lílian". O remetente era Vicenta Fagundes Porto. *Ela está sabendo que Lílian chegará hoje à cidade* — pensou.

Não vencendo a curiosidade, leu o conteúdo. Tratava-se de convite para uma recepção ao Dr. Abílio, Secretário de Administração de Estado, em sua casa requintada, o antigo sobrado verde de esquina na Praça Fagundes Porto. Preocupada em fazer com que sua candidatura a deputada federal decolasse, a ex-prefeita Vicenta convidava jornalistas para a recepção, e, seguramente, também figuras expressivas da política canabravense.

Salvador bateu fortemente na porta, girou a maçaneta e entrou.

— Já temos um cafezinho? — elevou a voz.

No bucólico chalé, a sala da frente ostentava um grande espelho emoldurado com madeira entalhada, de cor escura e detalhes dourados, dependurado na parede oposta à porta de entrada. Olhando-se, Salvador notou que a barba estava bem feita e orgulhou-se por ainda conservar no rosto as características marcantes que o tornavam tão atraente, os mesmos traços angulares e viris de quando era mais novo. Fixou os olhos castanhos muito claros na superfície espelhada e percebeu que seu semblante comumente jovial agora parecia endurecido e preocupado ao lembrar-se de seu filho Geraldo, que tivera com Vicenta.

Haviam se passado vinte e sete anos desde que se mudara para São Paulo, sem saber que engravidara sua namoradinha. Saíra da cidade praticamente fugido, rejeitado por sua origem humilde e escorraçado, mas muito bem pago, pela intolerância dos pais de Vicenta, que chegaram ao ponto de oferecer-lhe dinheiro para que colocasse um fim no namoro. Com um susto, saiu do devaneio com o chamado enérgico da caseira, que irrompeu na sala para dizer que o café estava na mesa.

***

A viagem de Lílian chegava quase a seu término. A janela do

ônibus estava entreaberta. Leves rajadas de vento, impregnadas de um agradável cheiro de mato, acariciavam-lhe o rosto, fazendo esvoaçar seus cabelos negros, ondulados. Não pudera descansar o braço direito durante toda a noite, tendo que mantê-lo colado ao corpo; contudo, bem-humorada, pensava que o passageiro a seu lado necessitava com urgência de uma boa dieta. Conseguiu abrir a bolsa e tirar alguns objetos, um lencinho e a colônia, que usou ligeiramente no rosto e nas mãos, perfumando o ambiente ao redor. Olhou-se em um pequeno espelho, e, contente, observou que em seus quarenta e um anos de idade a pele clara e sedosa ainda não mostrava rugas.

Os movimentos de Lílian fizeram com que o vizinho de poltrona pendesse um pouco para o lado contrário. Ela resolveu puxar conversa:

— O senhor mora em Canabrava? — perguntou gentilmente, com um largo sorriso de dentes perfeitos.

Pela primeira vez ele virou o rosto, contente por aquela linda mulher ter lhe dirigido a atenção.

— Não... Estou indo para lá a tratamento... — respondeu o homem, que aparentava uns sessenta anos.

Ela logo entendeu que ele vinha para as "cerimônias" no morro do Engenho; e também que seria um bom momento para colher informações, ampliar seu conhecimento sobre a irmandade que se instalara naquele lugar. Então disse:

— Canabrava é muito aprazível. Aproveite bem os passeios pelo campo e as cachoeiras nas montanhas... Fazem muito bem ao espírito, são relaxantes.

— Não é só pela beleza do lugar que venho à cidade — ele disse, se animando. — Vou me consultar com um santo homem, Urbano Santini, que dizem estar fazendo milagres. Ele invoca Wigberto, um poderoso espírito de cura. Tem um hospital, onde me pretendo internar por alguns dias.

Lílian o olhou com carinho. Sabia que depois de descerem do ônibus talvez nunca mais o visse. E ainda recomendou:

— Principalmente, tenha muita fé... Essa atitude poderá ajudá-lo... Faço votos para um breve restabelecimento da sua saúde — encerrou a conversa lhe estendendo as duas mãos.

O ônibus acabava de atingir o terreno baixo, na campina, seguindo por entre suaves ondulações. Ao longe, se podia ver a continuação do extenso espinhaço da serra. Olhando novamente a paisagem, Lílian continuava acossada por lembranças: Amália e David Steinberg a haviam adotado nos primeiros meses de vida, logo depois de voltarem de uma longa viagem à Europa. Lembrou-se, com carinho, de quando no dia do seu aniversário de quinze anos David apareceu na grande sala de visitas da mansão do Sítio das Rosas, bem no meio da festa, com um recém-nascido nos braços, e disse: "Este é Geraldo, seu irmãozinho; é um presente de aniversário". O menino chegara todo embrulhado em uma manta de lã branca, gorro da mesma cor, a pele ligeiramente avermelhada pelo frio em contraste com os olhinhos castanho-claros.

Lílian tomou conta de Geraldo como se ele fosse seu próprio filho. Vicenta estava sempre por perto, a lembrá-la vez ou outra de que era adotada, jamais seria uma Fagundes Porto verdadeira. Um dia, com aquele seu ar de rainha, depois de ter com Lílian um desentendimento qualquer, Vicenta disse à sua tia Amália que não colocaria mais os pés naquele sítio, porque estava seriamente aborrecida; irresponsável, cometeu um ato de maledicência afirmando que era constantemente maltratada por Lílian e invertendo maldosamente a realidade.

Seus arroubos de ciúme ficaram cada vez mais intensos, interferindo em tudo o que Lílian fazia. Naquela época, Lílian sequer poderia imaginar que Geraldo fosse filho de Vicenta, pois tudo fora muito bem arranjado para esconder a "vergonhosa" gravidez. Ela dera à luz quando fora se "divertir" por um longo tempo em Porto Alegre; passados alguns dias do nascimento, o pequeno Geraldo foi trazido para o Sítio das Rosas, adotado pelo casal milionário e colocado nos braços de Lílian: estaria então escondida de toda a cidade a perda da "donzelice" de uma mulher solteira, como convinha às famílias daquela época — não importando o quanto a atitude de uma mãe ao se ocultar de um filho pudesse provocar nele consequências danosas, além de modificar o rumo da vida de outras pessoas, às vezes para pior...

Somente no ano anterior, em uma das visitas ao Sítio das Rosas, é que Lílian ficara sabendo desse incrível segredo, guardado por vinte e cinco anos: ouvira perfeitamente uma discussão entre dona Amália e uma agressiva Vicenta, no momento em que estavam na saleta próxima à escadaria da ampla sala de visitas. Lílian subia para o mezanino quando ouviu Vicenta, exaltada, dizer com clareza:

— Ela não é nosso sangue... Só Geraldo deveria ser herdeiro, pois é um Fagundes Porto. — E continuou, depois de um breve silêncio: — Apesar de ser filho daquele... neto da doceira Mariana! — exclamou, com desdém.

Durante a breve discussão, dona Amália disse uma frase à sobrinha que muito sensibilizou Lílian, levando-a a repensar, em segundos, o seu casamento:

— Quando Geraldo nasceu você devia ter contado tudo a Salvador, para que ele assumisse a responsabilidade de ter um filho. Talvez, por você, ele se armasse de coragem para enfrentar os Fagundes Porto.

No dia seguinte Lílian voltou para São Paulo, e foi um acontecimento extraordinário comentar com seu marido aquela surpreendente novidade. Ele disse que não saber de nada, e naquele momento, a expressão da face de Salvador passou instantaneamente do espanto, lívido como um cadáver, a uma satisfação contida. Ficara impressionado, foi o que Lílian percebeu. Alguns dias depois, tomou uma decisão: arrumou as malas de repente, dizendo que ia viajar de imediato para Canabrava.

Chegou ao Sítio das Rosas no dia em que Geraldo completava vinte e cinco anos. Todos na festa de aniversário ficaram confusos, sem entender o motivo da inesperada presença dele ali naquela casa, sem Lílian ainda por cima. A arrogante Vicenta levou um grande susto com sua chegada: ficou com o rosto muito branco, quase desmaiou no momento em que ele lhe disse, bem no ouvido, que sabia que Geraldo era seu filho.

***

O ônibus chegava ao estacionamento da rodoviária. Pela janela, a primeira pessoa que Lílian viu foi dona Amália; logo em seguida, Salvador conversando com Francisco, o caseiro do Sítio das Rosas. Estavam próximos ao banco onde a velha senhora se sentara, segurando a costumeira bengala de madeira negra. Gentis, os dois se aproximaram para apoiá-la, mas ela já se levantara, ansiosa para abraçar sua querida filha, a quem não via há mais de um ano.

Dona Amália podia andar sozinha, mas bem devagar. Um defeito na perna direita e fortes dores a acompanhavam desde um acidente de automóvel no Cairo, em uma das vezes que viajara para o Oriente Médio com seu marido. David tinha negócios de pedras preciosas em Israel e no Egito, exportando gemas brasileiras e trazendo diamantes e rubis africanos lapidados para quase toda a América do Sul.

Cuidadosa, segurando uma bolsa volumosa, a bela jornalista desceu a escada do ônibus. Mal colocou os delicados pés no chão da rodoviária foi abraçada por Salvador, que rapidamente havia se posicionado bem próximo à porta. Porém, com um breve cumprimento, Lílian se desvencilhou dele e bem depressa andou até sua mãe, desejosa de abraçá-la e beijar-lhe o rosto. Dona Amália segurou fortemente as mãos de Lílian:

— Pena que você não trouxe as crianças! — exclamou a refinada senhora.

— Eles ficaram com a babá. Tem a escola... E aqui, a reforma da casa, que ainda não acabou. Também preciso resolver nossa vida... — olhou na direção de Salvador. Recusava-se a acreditar que ele imaginasse que todos os fatos humilhantes que havia enfrentado por sua causa, recentemente, estivessem esquecidos.

— Vamos todos para o Sítio das Rosas? — perguntou dona Amália, enquanto entravam no já conhecido carro negro.

— Obrigada pelo convite, mas iremos para o chalé. Muito em breve iremos visitá-la — disse Lílian, não querendo magoá-la com a recusa.

— Bem!... Você e Salvador devem mesmo ter muito que conversar... Desejo que possam encontrar a paz, resolverem os seus problemas, que não são poucos, eu sei...

Ela sussurrou à mãe:

— Tenho receio de que Canabrava nos receba com pedras... — o semblante de Lílian mostrava sinais de preocupação. — Estamos voltando para a cidade num momento em que enfrentamos sérias dificuldades. E sei que precisaremos contar com a compreensão dos nossos conhecidos, principalmente para o Salvador. O comportamento dele... Todas aquelas acusações!... Serei cobrada, certamente, a reagir. Dirão para eu me afastar, largando-o de vez.

— Você é vítima dos acontecimentos, minha filha; não se deixe abater pelo que as pessoas falam. Seja compreensiva com todos e não lhe cobrarão tanto quanto você receia. — dona Amália se calou por alguns segundos e depois continuou, animando-a. — Pois eu tenho certeza de que você conseguirá sair-se muito bem dessa situação, e vou ajudá-la em tudo o que precisar — afagou ternamente os cabelos da filha adotiva e nada mais disse. Porém, raciocinava: *Lílian terá que enfrentar com altivez suas dificuldades. Queria que ela tentasse, pelos filhos, salvar seu casamento.*

O sedã negro de dona Amália seguia bem de perto o carro de Salvador, com destino ao chalé amarelo da Praça do Rosário. Lílian estava sentada atrás do motorista, ao lado de dona Amália. Por um momento, numa parada, os carros se aproximaram. Por cima do ombro de Francisco, ela viu que Salvador a olhava, de dentro do carro, olhos fixos no espelho retrovisor. Parecia um pedido de socorro aquele olhar insistente. *O que estará pensando no sentido de resolver a nossa... a sua... delicada situação?* Mais de uma vez ele pedira perdão a ela pelo sofrimento que estava causando, trazendo inquietação à sua vida familiar.

Lílian acordou daquele pensamento amargo ao sentir um suave toque no braço. Sua mãe chamava sua atenção para o que acontecia no meio da pequena praça, bem de frente para a igreja de Nossa Senhora do Rosário:

— O cadafalso para o enforcamento de Judas está sendo construído — dona Amália falou, indignada. — Todo ano, nessa época, promovem essa barbaridade! E subvencionada pela prefeitura!

— Ainda fazem aquela cerimônia macabra? Não sei como isso ainda persiste junto a uma festa religiosa!

— É a velha história da "indiferença por conveniência", por parte dos poderes públicos e também da igreja, nesta cidade. Vale qualquer diversão, mesmo torpe, para engordar os cofres e angariar votos. Ainda bem que, além de alguns enforcarem espantalhos, o povo também sabe promover e participar de boas festas, como as Congadas e o grupo Moçambique... A propósito, você disse que ia fazer uma reportagem sobre a diversidade religiosa em Canabrava... Saiba que essas representações estão mais atuantes do que nunca, todo ano coroam "reis" que possam liderá-los. Aliás, a coroa e as roupas dos foliões são confeccionadas por uma família que é vizinha do chalé onde vocês vão morar — dona Amália estava eufórica com seu relato sobre as festas tradicionais. — Os dois grupos saem de suas sedes em direção à Praça do Rosário, dançando dramaticamente, espargindo paz e esperança sobre todos, cantando e empunhando bandeiras com a estampa de Nossa Senhora do Rosário ou de São Benedito, o santo caboclo.

— Pretendo fazer a reportagem, sim, mãe — comentou Lílian. — Mas também me parece interessante pesquisar a irmandade do Engenho, aquela que fica na base de um dos morros, no lado oeste da cidade. Dizem que as cerimônias são impressionantes, dirigidas por um guru chamado Urbano Santini. O que a senhora sabe sobre isso?

Dona Amália não teve palavras para responder prontamente. Após alguns segundos, o rosto apreensivo, voltou-se para Lílian:

— Tenha muito cuidado, minha filha. Não vou insistir para que você mude de ideia, mas preste muita atenção à sua volta. Tenho motivos para desconfiar de que não aconteçam boas coisas naquele Engenho Santini.

Antes que Lílian levasse o assunto adiante, o sedã em que viajavam parou bruscamente atrás do carro dirigido por Salvador, naquele momento estacionando em frente ao chalé. Francisco se distraíra ouvindo a conversa delas e pisou no freio com uma força desnecessária, levando sua patroa a bater a cabeça no banco da frente. Ficou com as faces avermelhadas quando ela reclamou com veemência.

— Desculpe, não sei o que deu em mim... A senhora se machucou? — ele perguntou, saindo depressa para abrir as portas do carro.

Dona Amália não estava nada satisfeita com Francisco nestas duas últimas semanas. Ainda assim, era o seu braço direito na administração do Sítio das Rosas. Sempre demonstrara segurança em tudo o que fazia, agindo com presteza em seu trabalho como capataz. Entretanto, ultimamente, andava nervoso, cabisbaixo. A velha senhora esforçava-se para compreender exatamente o que lhe acontecia, desejosa de que a harmonia dos serviços no sítio voltasse ao normal. *Preciso interrogá-lo, saber tudo sobre suas constantes saídas noturnas, saber onde está levando Geraldo...*

— Não sei mesmo o que anda acontecendo com você, Francisco! — ela disse, nervosamente. — Preste mais atenção no que faz, ou acabará causando problemas maiores!

Lílian observara que, além daquela freada brusca, algo mais aborrecia excessivamente dona Amália. Era incomum aquela atitude hostil com o caseiro. Abraçou-a delicadamente pela cintura e andaram até o jardim do amplo e rústico chalé. Sentaram-se em um pequeno banco de madeira. Olhando de soslaio para as duas, o desconcertado Francisco tentava agradar a todos, esmerando-se em suas funções. Em passo acelerado, foi até o portão da casa, vendo que Salvador precisava de ajuda com as malas.

O relógio da praça marcava sete horas. Era uma luminosa manhã. Muitas pessoas se movimentavam em direção à padaria da esquina ou preparavam os derradeiros retoques na construção das barraquinhas. Algumas crianças já brincavam ao largo, contentes, na folga do domingo. Em um dado momento, quem prestou atenção ao olhar para o leste pôde apreciar o clarão do sol, saindo rente ao telhado colonial de três beiras da Igreja de Nossa Senhora do Rosário.

A luz intensa começava a ofuscar as vistas. Tinha orvalhado muito à noite; o ar permanecia bem fresco, quase frio, entrando macio pelas narinas. Um agradável aroma exalado das flores do manacá era sentido com prazer, proveniente do jardim do chalé e de outras casas próximas. Lílian aspirou profundamente enquanto olhava Salvador carregando uma pesada mala de couro marrom. Usava botinas de couro cru, muito comuns naquela região, e a camiseta branca realçava a sua tez bronzeada. Os cabelos grisalhos caíam-lhe displicentes pela testa, mas estava longe de ser um velho; ainda conservava bons músculos e tinha um porte invejável.

Fazia dois meses que recebera a notícia do falecimento de sua avó, a confeiteira Mariana. Não fora ao enterro por estar ocupado demais, aliás, raramente a visitava e por isso ela lhe mandava cartas reclamando sobre suas longas ausências. A bondosa mulher não tinha outros parentes em Canabrava. Em vida, contara apenas com a ajuda dos vizinhos e de seus fiéis empregados, um casal de meia-idade — dona Alzira e o marido — que por vários anos lhe prestaram bons serviços, tornando-se seus confidentes. Morreu de um enfarte fulminante, e foi levada ao cemitério por uma centena de pessoas amigas. Agora, lá estavam Salvador e Lílian, diante da casa deixada como herança por aquela velha solitária, casa que hoje os abrigaria muito bem.

— Voltarei outra hora para visitá-los — disse dona Amália, fazendo um gesto para que Francisco a acompanhasse. — Quando vocês tiverem colocado as coisas no lugar... —se desculpou, dizendo que ia participar de uma reunião com padre Clemente.

Do portão de entrada ainda falou, apoiando-se nas barras de ferro:

— Não demore a ir até o sítio. Quarta-feira será a reunião da paróquia; e você sabe, no próximo sábado comemoraremos os vinte e seis anos do seu irmão.

— Irei!... Tão logo esvazie as malas, me acomode no chalé — disse Lílian, com um sorriso cansado. — Estou ansiosa para rever tudo, principalmente meu querido Geraldo.

— Ah!... Esse não teve forças para vir recebê-la! — dona Amália exclamou, com indisfarçável apreensão. — Ele chegou... não sei de onde... quase amanhecendo o dia.

Lílian sorriu.

— Vou puxar-lhe as orelhas, talvez amanhã mesmo.

Enquanto Salvador guardava o carro na garagem, Lílian subiu lentamente, carregando uma mala, o pequeno lance de escada que dava acesso ao alpendre. À sua frente, tentando olhar para trás e carregada de sacolas espalhadas pelos braços gordos, dona Alzira, com os olhos lacrimejando, contava nervosamente como tinham sido os últimos momentos de vida de dona Mariana. A boa mulher falava sem intervalos, arfando pelo esforço que fazia. Lílian, porém, estava muito cansada; sua capacidade diminuída não lhe permitia dar atenção adequada àquele assunto:

— Amanhã, com mais tempo... gostaria que a senhora me contasse tudo o que aconteceu com dona Mariana...

Já dentro do quarto, com um gesto brusco, determinada, Lílian afastou as mechas de cabelo que lhe cobriam o rosto e procurou atrair o olhar do marido. Os acontecimentos recentes haviam sido intensos, doídos, ela sabia ser impossível deixar de encará-los agora que os dois iriam ficar juntos na mesma casa.

Aflito, ele se aproximou, tentando abraçá-la. Então, Lílian rejeitou o de sempre naquelas ocasiões de conflito: sexo tenso para reafirmar um apego que já não existia... Atônito, ele a viu pegar a mala. Lílian disse que iria ficar em outro quarto. Ela não se permitiria ser envolvida novamente pela sedução de Salvador. Conversariam seriamente depois. Precisava ficar sozinha, pensar...

Capítulo três

Dona Amália deveria estar feliz, especialmente pela chegada de Lílian. À tarde, após um almoço beneficente, Francisco conduzia o sedã negro direto para o Sítio das Rosas enquanto sua patroa olhava as casas, suas velhas conhecidas, aparentemente imutáveis, abrigando ainda alguns de seus velhos amigos. Pensava, já meio cansada, que ainda teria vários compromissos naquele dia: as agradáveis atividades religiosas e filantrópicas ligadas à paróquia de Santa Ana.

Olhou por cima do encosto dianteiro para o relógio no painel do carro. No momento em que contornavam as grandes pedras negras, início da subida sinuosa para os sítios da zona leste da cidade, marcava 1h00. Já haviam se passado mais de cinco horas desde que se encontrara com Lílian; precisava descansar. A paisagem era campestre, prazerosa. Não demorariam mais do que quinze minutos para chegar ao sítio, situado no início de um vasto planalto, início da rodovia que levava às outras cidades do Estado. Passaram por um pequeno bosque de altos pinheiros, já estralando os frutos, disseminando abundantemente as sementes por todos os cantos. De vez em quando avistavam compridos muros cobertos de hera e tufos de primaveras de cores variadas, limitando a frente das propriedades, outros sítios, menores que o dela.

Durante o trajeto, Francisco pensava com seus botões: *é uma mulher que eu admiro muito, essa velhinha; no entanto tem a "munheca fechada"... ou seria apenas econômica? Por que ela não dá de uma vez, ou empresta o dinheiro necessário pra dona Vicenta fazer a campanha de deputada? Tá cansada de saber que a sobrinha passa por dificuldades financeiras. Agindo assim, as obriga, principalmente a Lorena, a pedir dinheiro através de invocações das energias dos espíritos da Luz do Fogo na irmandade do Urbano, pra tentar conseguir o que elas tão querendo.*

Dona Amália fez uma pergunta a Francisco, interrompendo

suas divagações. Para ganhar tempo, sobressaltado, ele falou:

— O que foi mesmo que a senhora disse?

Ela repetiu:

— Aonde foi que você levou Geraldo ontem à noite? Vou reformular a pergunta. Aonde você tem levado meu filho, à noite, nestas ultimas semanas?

Francisco respondeu com indisfarçável relutância, talvez porque o rapaz tivesse pedido que não fizesse comentários sobre onde ele estivera:

— Ele foi... ao Engenho Santini.

O que ele disse a aborreceu, definitivamente, aumentando suas preocupações, o medo de que o filho se perdesse em meio a perigosas crendices. Após um prolongado silêncio, surpreendida, ela disse entre dentes, quando já se aproximavam do portão do sítio:

— Lá está o carro de Geraldo, veja, à direita. Está fora do estacionamento, no meio das árvores. Eles pensam que eu não sei!

E pensava: *Esse envolvimento dele com a filha da Matilda não poderá ter um bom desfecho.* Ela se perguntava: *Antônio saberia desse romance entre sua mulher e Geraldo?*

✳✳✳

Matilda, irmã de dona Amália, ainda não tinha se pronunciado a respeito desse comportamento adúltero de Ondina, como dona Amália esperava que ela fizesse. Todos na família sabiam que ela almejava viver uma vida de rica, como a da irmã. Uma união estável entre a filha e Geraldo, quem sabe um casamento, seria a aproximação que Matilda tanto queria com o Sítio das Rosas, seu conforto e riqueza. Ultimamente, não conseguia mais disfarçar a inveja. Aliás, mãe e filha se denunciavam por pequenos atos mesquinhos; tinham sido vistas algumas vezes pela criadagem, admirando com insistência objetos de arte espalhados pelas paredes e móveis da mansão. Em uma das reuniões da paróquia no Sítio das Rosas, do mezanino, dona Amália vira quando furtivamente sua sobrinha Ondina colocara dentro da bolsa um bibelô, uma bela porcelana, representando um menino árabe puxando um camelo. Para não escandalizar os paroquianos, nada fora dito.

Passados alguns dias, quando as duas foram desfrutar da piscina juntamente com outros parentes, o bibelô egípcio foi colocado no mesmo lugar, em cima de uma cômoda de mogno. Certamente, Matilda, pensando melhor, pedira à filha que o devolvesse. Refletindo sobre o episódio, dona Amália esboçou um sorriso e murmurou com certa ironia:

— Afinal de contas, quando levaram o enfeite para casa, onde o teriam colocado, em cima da mesa? Da televisão? Ou o teriam guardado em um armário bem fechado, só para admirarem de vez em quando?

Vendo que ela falava sozinha, o caseiro olhou para sua patroa com desconfiança: *Será? Que ela tá ficando caduca?*

— Chegamos, senhora... — disse, dirigindo o carro para o estacionamento.

O corpo alto e magro, levemente curvado, saiu do carro com alguma dificuldade: primeiro a bengala com o engaste de prata, depois os cabelos louros, por cima de um metro e setenta de ossos velhos, mas ainda firmes. Ajeitou o casaco de linho cor de musgo e com o semblante altivo fez o trajeto até a porta da varandinha lateral da residência. Quase sempre havia visitas na pequena casa à beira da piscina, mas ela não queria encontrá-las naquele momento.

Mais alguns passos, já no mezanino, deparou-se com Ana Rosa, governanta da casa e esposa de Dr. Raul — seu irmão advogado e contabilista das empresas da família.

— Por favor, querida — disse dona Amália à cunhada governanta, pegando a mão cheia de anéis. — Não quero ser incomodada até a hora do chá, como de costume.

Capítulo quatro

A secretária de Vicenta agradeceu ao guru Urbano Santini pela carona, e exatamente às 4h30 da tarde entrou pelo pesado portão no jardim na frente da mansão do Sítio das Rosas. Avisada de antemão, a governanta Ana Rosa a esperava embaixo do caramanchão de primaveras, ao lado da piscina. Sentaram-se em um banco de madeira, e após algumas conversas triviais sobre o quanto a propriedade era bem cuidada, deram início a uma interessante análise sobre a inoportuna rejeição, por parte de dona Amália, do relacionamento entre Geraldo e sua prima Ondina. Em um dado momento, quando elogiavam Ondina como importante sacerdotisa da Luz do Fogo, Ana Rosa fez uma observação, se esforçando para que sua voz soasse bem natural:

— Eu também posso ser uma das principais sacerdotisas da irmandade. E vou conseguir! Vicenta jurou que vai me elogiar para Urbano!

Lorena olhou de esguelha para a governanta e comentou:

— Continue se esforçando... no trabalho com os pacientes internados no hospital do Engenho... Tenho certeza, você conseguirá o que quer. Eu mesma prometo ajudá-la a participar das cerimônias, talvez, já na próxima sexta-feira — a secretária avaliou-a de cima a baixo. — Vicenta quer muito falar com você... Procure-a no Sobrado Verde, atenda ao que ela lhe pedir...

— Muito obrigada, Lorena. Você não se arrependerá se me ajudar.

— Sua patroa virá logo? — perguntou Lorena.

— A velha está descansando. Espere trovoadas quando ela descer para o chá. Certamente, ela percebeu que os dois pombinhos estavam entre as árvores. Aquelas, antes do estacionamento.

Ondina subira a serra para o sítio a fim de resolver assuntos inadiáveis com Lorena sobre as próximas cerimônias no Engenho Santini, mas o principal era acabar com as dúvidas de Geraldo quanto à iniciação na Luz do Fogo. Ao chegar, estacionou o carro atrás de grossos pinheiros, antes do portão de entrada, indo diretamente ao encontro dele. Haviam marcado perto do penhasco, distante apenas oitenta metros da casa, de onde despencava uma cachoeira de tirar o fôlego. Os galhos baixos das árvores ofereciam uma sombra agradável, protegendo-os enquanto estavam deitados sobre uma providencial manta de algodão.

Voluptuosa, Ondina olhava para seus corpos nus, sensuais, sentindo os bicos dos seios endurecidos pelo agradável roçar dos pelos do companheiro. Nesse momento de fascinação, disse:

— Não vejo a hora de ver você investido como sacerdote; importantes segredos lhe serão transmitidos... E não se preocupe! Com o tempo, dona Amália aceitará sua decisão de frequentar a irmandade — ela assegurou. Ondina ainda enaltecia os benefícios que a Luz do Fogo oferecia a todos que a frequentavam quando ouviram vozes, vindas do jardim de frente da mansão. Começou a se vestir.

— Está na hora de irmos — falou, mostrando-se pesarosa. — Lorena nos espera, com assuntos importantes a combinar com você! E também comigo.

— Não podemos ficar um pouco mais? — ele suplicou, abraçando-a com força.

Movendo negativamente a cabeça, Ondina libertou-se dos braços do amante, apressando-o. Esconderam o leito improvisado e cuidadosamente fizeram meia-volta em torno da grande casa. Ele caminhou por entre alguns canteiros em direção à varanda da edícula, onde Lorena se encontrava. Não convinha que chegassem juntos; o relacionamento ainda era recente e ele sabia que sua mãe não o aprovava.

A fiel secretária de Vicenta fora passar o domingo no Sítio das Rosas, dizendo a todos que desejava descansar da exaustiva assessoria à candidata, atualmente em frenética campanha para deputada. Porém, havia mais interesses por trás da inesperada visita: iria permanecer alerta, esperando oportunidades para resolver coisas que muito a preocupavam no momento: Geraldo estaria relutante quanto a iniciação na Luz do Fogo, e era impensável cancelar a cerimônia, tão importante para os sacerdotes da irmandade. Teria ainda que prestar atenção e influenciar os atos de dona Amália nos próximos dias, pois Vicenta necessitava da presença de sua tia milionária na recepção ao secretário de governo, na próxima terça-feira, no Sobrado Verde.

Cabelos desalinhados, vindo de trás do caramanchão, Geraldo chegou no momento em que Ana Rosa entregava um pequeno embrulho para Lorena que foi discretamente depositado na mesa ao lado. Em seguida, a secretária estendeu a mão ao rapaz, olhando com firmeza seus olhos grandes e sonhadores.

— Estou apreensivo... — ele foi logo dizendo, sabedor de que ela viera ao sítio para conversarem sobre a cerimônia próxima. — Cumprimentou-a com a ponta dos dedos. — Está chegando o dia da minha iniciação, e não tenho tanta certeza de que quero fazer isso.

— Eu vim até o sítio para visitá-lo — a astuta Lorena falou com arrebatamento. — Transmitir a você toda a energia que conseguir! — Apertou as mãos dele com força e disse, olhando-o fixamente: — Pode deixar... meu querido! Vou resolver tudo a seu agrado! — tinha consciência de que Geraldo era extremamente importante para Vicenta, sabia que precisava tratar muito bem o herdeiro de setenta por cento de grandes propriedades, milhares de cabeças de gado e ações de sólidas empresas.

Ele comentou em voz baixa:

— Há dias minha mãe Amália pouco fala comigo. Está irritada, e não posso desobedecê-la inteiramente. Não sei o que fazer... — o rapaz saiu em direção à porta da mansão. — Vou encontrar a Ondina; ela quer ir ao meu quarto, retocar a maquiagem — e esboçou um sorriso maroto de cumplicidade.

Dona Amália chegaria a qualquer instante para tomar o chá das cinco, costume adquirido quando se casara com David e morara em Londres por um ano. Lorena esperaria o quanto fosse preciso pela chegada da velha senhora. Ainda na pequena casa da piscina, Ana Rosa disse à secretária que o pacote que há pouco lhe entregara continha o punhal de prata:

— Eu o peguei entre os guardados de Geraldo, como você me

pediu. Bem... está na hora de a velha chegar, vou buscar o lanche.

Dona Amália saíra do quarto e já descia as escadas do mezanino quando surgiram Ondina e Geraldo, entrando pela porta da sala de visitas. Meio sem jeito, ele largou de imediato a mão da amante.

— Esperam a senhora para o lanche! — exclamou ele, engolindo em seco.

— Boa-tarde, dona Amália! — Ondina falou mansamente. — Vim devolver o carro de Geraldo, e também aproveitar para conversarmos sobre a reunião da paróquia.

— Matilda também veio? — perguntou dona Amália, enquanto descia os primeiros degraus da ampla escadaria de mármore rosa. Tinha certeza de que a mãe de Ondina não estava no sítio naquele momento, apenas alfinetava para aliviar aquela situação em que se sentia constrangida.

O grande relógio da sala de visitas marcava cinco horas da tarde. Daria bastante tempo para o chá, sem pressa para a missa das 19h00. Intrigada com aquela visita inesperada da eterna secretária de Vicenta, dona Amália estava atenta para o que ela diria. A conversa girava sobre assuntos de interesse comum: a reunião da paróquia na próxima quarta-feira, o aniversário de Geraldo no sábado próximo, a candidatura de Vicenta a deputada federal; e dona Amália comentou sobre a chegada de Lílian à cidade naquela manhã. Sobre esse último item, Lorena nada comentou, uma encenada imitação da mesma indiferença com que sua companheira sempre tratara a filha adotiva de dona Amália.

O serviço de chá caminhava para o seu final, e Dona Amália deu início a um assunto ao qual Lorena estaria intimamente ligada, juntamente com Ondina. Mas antes de prosseguir, dirigiu-se à governanta, dizendo educadamente:

— Geraldo, com certeza, voltou para o quarto... Diga-lhe que irei à igreja e gostaria que ele me acompanhasse. Ah!... Traga-me o véu preto, e os convites, por favor.

Durante o trajeto da edícula para a entrada principal da mansão, a invejosa cunhada de dona Amália parou algumas vezes, fingindo admirar uma e outra flor do belo jardim. O corpo de violão, bamboleante, andava sem pressa nenhuma, esperando que o vento lhe trouxesse frases interessantes ditas à beira da piscina. *Preciso ficar bem esperta! Ou não conseguirei o que quero...* — pensou. Deslizou a mão vagarosamente pelos cabelos avermelhados, apalpando-os desde a nuca até o alto da cabeça, tentando ajeitar a gaforina.

Dona Amália voltou-se novamente para Lorena:

— Vou fazer uma pergunta a você, e gostaria de uma resposta verdadeira; é sobre Geraldo, me preocupam muito as atitudes dele ultimamente.

Lorena mudara de fisionomia, cautelosa, esperando o que a velha senhora iria perguntar.

Dona Amália tentava firmar a voz, no momento, trêmula, mas contundente.

— Por que você acredita tanto nesse guru... o Urbano Santini... Não quero que meu filho se envolva com a irmandade dele, ou religião, não sei bem... à qual você e Ondina o têm levado nas últimas semanas.

O rosto da secretária bajuladora se transfigurou:

— A senhora não sabia? — respondeu, de imediato, atrevida, com um brilho intenso em seus olhinhos arredondados, agora risonhos numa tentativa de persuasão. — Ondina me disse que Geraldo está prestes a ser iniciado na Luz do Fogo — e completou em um tom esclarecedor: — O que ocorre no morro do Engenho são práticas espirituais, capazes de ajudar de várias maneiras... Vêm muitas pessoas de nossa região e até de outros Estados para se consultarem no Engenho Santini. Pelo visto, a senhora não conhece direito o Urbano — e completou, com ar de triunfo: — Geraldo poderá se beneficiar muito, frequentando as cerimônias. E ele está gostando... Fique tranquila que vigiarei seus passos. — Fez uma pequena pausa e enfatizou: — Não precisa se preocupar!

— Você não me convencerá de que ele necessita frequentar essa... Luz do Fogo. — mostrava-se irritada com o que ouvira. — Muito cuidado... com o que você e Ondina estão fazendo. Não as perdoarei se ele adoecer; ou se mais uma vez entrar em depressão.

Lorena levantou-se rapidamente, ao avistar Geraldo e Ondina andando em direção à edícula. Agiu como sempre, manifestando-se com a habitual vocação para prestar serviços aos Fagundes Porto — puro interesse pelo prestígio daquela família que adotara como sua. Servia Vicenta com verdadeira devoção, como se somente a candidata tivesse importância, fazendo absolutamente tudo o que ela queria.

Endireitou o corpo, adotou a cara de quem estava em total domínio da situação e mudou de estratégia, sempre no sentido de sugestionar dona Amália:

— Outro dia eu disse a Geraldo que ele poderia tornar-se um político de sucesso. Vi que ele ficou entusiasmado e me dispus a ajudar em tudo. O que a senhora acha?

Dona Amália a encarou, por mais tempo do que era habitual.

— Meu filho diz com frequência que gosta muito do que está estudando, agronomia, ciência que poderá aplicar com sucesso em nossas terras. O que o teria feito mudar de opinião, assim tão de repente?

Geraldo a interrompeu no momento em que a secretária abria a boca para responder. Sentia-se grato a Lorena por ela haver estimulado sua recente paixão por Ondina.

— Lorena está apenas ajudando, querendo que eu siga na trilha das aspirações de Vicenta... — pronunciou as palavras seguintes com muita ênfase: — Política e poder! — mas a senhora tem razão. No momento, a agronomia deverá ser prioridade. Depois, quem sabe, eu me torne um político, como a ex-prefeita de Canabrava e futura deputada federal. — notava-se um ligeiro tom de insegurança em sua voz.

Geraldo não se considerava livre. Sentia-se inferiorizado, preso a favores diante do excesso de tudo que os Fagundes Porto haviam lhe proporcionado; talvez ele achasse que a todo hora compravam seus sentimentos.

— Muito bem! — manifestou-se dona Amália. — Você ainda não se decidiu... Não me decepcione, meu filho! Preciso de você para tomar conta dos negócios da família. —esboçou um sorriso, tolerante. — Os preparativos para seu aniversário já estão em andamento! — olhou para a governanta, que prestava atenção ao que ela dizia.

Ana Rosa, mais que depressa, exclamou:

— Tudo... já planejado e encomendado! Haverá uma bela festa de aniversário para Geraldo sábado à noite, aqui no sítio das Rosas. E na próxima quarta-feira, uma impecável recepção aos participantes da reunião da paróquia. Os convites para os dois eventos serão entregues hoje, pelo Francisco.

A dona do Sítio das Rosas colocou a mantilha sobre os ombros.

— Está na hora de irmos — olhou para seu filho. — Vocês não

vão à missa? — agora se dirigindo a Ondina.

Meio acabrunhado, Geraldo olhou de soslaio para sua mãe, enquanto Ondina não desviava os olhos do chão:

— Não... Desculpe... Digo, vou daqui a pouco, no meu carro.

Apesar de não ter sido convidada, Lorena se apressou a dizer:

— Vou com a senhora, no seu carro, se não lhe causar incomodo.

Dona Amália recebeu os envelopes das mãos da governanta. Com o rosto sério, apoiou-se na bengala. Ajeitou melhor o véu de missa em torno do pescoço e atravessou o jardim em direção ao estacionamento, onde Francisco a esperava.

Dentro do sedã negro, Lorena não parava de apresentar justificativas, tentando amenizar a forte rejeição de dona Amália ao relacionamento de Geraldo com a prima. Falava com voz chorosa para sensibilizar a senhora:

— Desde que Ondina se separou de Antônio, não está com boa saúde. Atualmente, Geraldo é seu melhor amigo, ela me disse no outro dia. Não se aflija! Tenho certeza de que Vicenta não permitirá que esse pequeno romance dure muito tempo... Isso não! A senhora conhece o poder que Vicenta exerce sobre ele, quando quer.

Antes que dona Amália retrucasse, Lorena tentou desviar-lhe a atenção, elogiando-a, dizendo o quanto ela poderia ser importante para a vitória da sobrinha nas eleições.

— Precisamos da sua presença na reunião com o Secretário do Estado, na terça-feira. Vicenta espera um saldo positivo desse encontro. Ela precisará de ajuda financeira do partido, do qual o secretário é presidente de honra. Portanto, dona Amália, sua amizade com ele é relevante nessa circunstância. — Lorena olhou bem para os olhos daquela que frequentemente chamava de velha avarenta. — Afinal, todos os líderes religiosos, como a senhora, estarão presentes no Sobrado Verde.

Houve uma resposta imediata:

— Está bem... Eu irei! — disse dona Amália, muito séria. — Tentarei ajudá-las em seus intentos...

O pensamento de Lorena fervilhava, mas ela disfarçava a ansiedade muito bem. Eleger Vicenta para a Câmara Federal seria o trampolim que ela também galgasse posições ainda mais altas. *Ela pode perfeita-*

mente ser governadora do Estado, ou presidenta da República — pensava. Quanto mais ela especulava sobre o que seria capaz de fazer para levar avante o plano de ascensão política e enriquecimento engendrado pelas duas, de comum acordo, mais o semblante da obstinada companheira de Vicenta ficava endurecido. Tudo o que estivesse ao alcance de sua capacidade imaginativa seria acionado para alcançar aquele objetivo. Lorena tinha certeza de que, no final da campanha, Vicenta lhe ficaria grata. Então poderia estar sempre por perto, ajudando-a, aconselhando--a, incentivando-a e tudo o mais que fosse preciso ou que ela lhe pedisse para fazer. Ficar junto dela era seu projeto de vida, desde que decidira mudar-se definitivamente para Canabrava, abandonando a própria família e adotando os Fagundes Porto como seus novos parentes.

Subitamente, um ressalto na estrada, quase ao pé da serra, perto das rochas negras, fez o carro sacolejar com força. Dona Amália tirava da bolsa os convites para as recepções no sítio, quando, no exato momento em que fazia o gesto para entregá-los a Francisco, para que os colocasse no porta-luvas, sentiu o corpo afastado do assento e a mão direita soltar o maço com os envelopes, que se espalharam por todo o carro: alguns foram parar no colo dos ocupantes, outros no assoalho. Lorena apressou-se em pegar os que tinham caído mais perto, aos seus pés. Abaixou-se e esboçou um sorriso de satisfação.

Unido ao envelope pardo, por clipes, um dos convites fora endereçado ao Dr. Wilson Pedroso, eterno advogado de dona Amália Fagundes Porto Steinberg. Lorena o pegou rapidamente, sem que a velhinha percebesse, e o escondeu entre suas coxas, por baixo da saia.

Capítulo cinco

Faltava ainda um bom tempo para começar a missa na pequena Igreja de Nossa Senhora do Rosário. Algumas pessoas já esperavam no centro da praça, em torno do grande pedestal que sustentava a imagem da santa. Era uma tarde maravilhosa, de nuvens alaranjadas, convidando os moradores locais a saírem à rua para observar o vaivém. Alguns voltavam cansados para casa, depois de ajudarem na montagem das barraquinhas. Por causa da posição inclinada do sol, prestes a se esconder atrás dos morros, a sombra do cadafalso onde o "Judas" ia ser "enforcado" ficara comprida, batendo na parede da igrejinha.

Muitas pessoas repararam quando dona Amália foi ajudada por Francisco a descer do imponente carro negro, e lentamente subiram pela escadaria de pedras ásperas do templo, chegando ao primoroso portal de entrada azul-claro. Lorena permaneceu dentro do veículo; insistira em ajudar na entrega dos convites, pelo menos até chegar à Praça Fagundes Porto, do lado oposto à Igreja de Santa Ana. Ali morava com Vicenta, numa grande casa com terraços, espaçoso alpendre de teto de vidro fosco e um belo jardim. Já eram vinte e quatro anos de convivência naquele Sobrado Verde — como era chamada a mansão dos antepassados de sua companheira. Fizeram duas voltas na praça. Pararam várias vezes deixando envelopes, o que lhe deu tempo de sobra para abrir a sobrecarta e ler a mensagem de dona Amália dirigida ao seu testamenteiro, Dr. Wilson Pedroso.

O teor do documento deixou-a boquiaberta:

"Agradeço a presteza com que o senhor está redigindo o documento. Favor trazer cópia do mesmo para discutirmos a redação final, na próxima quarta-feira, quando virá para a reunião dos paroquianos.

Sem mais para o momento, agradeço a sua atenção para comigo.

Cordialmente,

Amália."

***

Aos domingos, padre Clemente saía da cama bem cedo para celebrar as duas primeiras missas na Igreja Matriz de Santa Ana. Bastava-lhe atravessar a Praça Fagundes Porto em diagonal para chegar lá. Descansava à tarde, para às sete da noite celebrar mais uma, dessa vez na igrejinha de Nossa Senhora do Rosário, situada na praça de mesmo nome, local mais antigo do povoado de Canabrava, chamado Bairro das Pedras Negras.

Por não caberem todos os fiéis dentro do templo, boa parte ouvia a missa pelo alto-falante colocado acima do pórtico de entrada. Nosso Senhor Jesus Cristo ficava entronado no altar da nave central, e os confessionários encostados nas paredes laterais das duas naves secundárias, tendo ao fundo direito o nicho de São Benedito e no outro Nossa Senhora do Rosário. Seis pilares azuis de madeira sustentavam o teto também azul, com anjinhos brancos pairando sobre todo o interior da igreja.

Padre Clemente vestiu os paramentos apropriados, tomou sua posição de confessor, consultou o relógio de pulso e virou o anguloso rosto negro para as tramas de treliça, procurando vislumbrar, ajoelhada, a primeira pessoa com pecados para lhe contar. Um barulho de saltos de sapato batendo no velho assoalho de tábuas largas balançou sua concentração. Ele viu, pelos buraquinhos quadriculados, o final da claridade do dia entrando pelo grande pórtico de frente da igreja, justamente no momento da triunfal entrada da ex-prefeita Vicenta Fagundes Porto.

A cena já era sua velha conhecida; a mulher ostentava um vestido caro e joias demasiadas. Padre Clemente percebia, com reprovação, que em muitas ocasiões a casa de Deus era usada para desfiles de elegância, e não somente para meditação sobre as Leis Divinas. O lado de fora fervilhava de gente no tradicional vaivém, não muito longe da escadaria da igreja, aos pés da grande imagem da santa com o terço na mão. Aqueles realmente interessados na missa já estavam a postos, de pé, agrupados o mais perto possível do pórtico de entrada — todos colocando seus assuntos em dia, aproveitando o encontro com velhos conhecidos.

As roupas eram as melhores que possuíam, as que achavam mais apropriadas para a ocasião; pensavam, no entanto, que não ficaria bem repeti-las muitas vezes, para não dar o que falar. A criançada brincava de esconde-esconde entre os bancos de pedra polida e os arbustos bem aparados, formando alamedas pelo jardim da praça.

Vicenta estava realmente elegante ao entrar na igreja, esbanjando um ar de rainha. Seus passos cadenciados ecoavam pelo templo, entre os cochichos. Ao flexionar os joelhos e se benzer, os cabelos negros roçaram seus ombros, brilhando sob a luz do candelabro central. Causava admiração aos que viravam a cabeça para vê-la entrar, como se sua chegada estivesse sendo esperada para completar o quadro daqueles momentos, que antecediam a cerimônia.

Padre Clemente saiu do confessionário e foi ao encontro da ex--prefeita. Afinal, a candidata à deputada pelo partido da situação sempre fora um baluarte nas campanhas para as festas religiosas. Muitas reuniões de paroquianos haviam sido realizadas em seu requintado sobrado verde, juntamente com os líderes comunitários da cidade. Era grande a sua projeção política, herdada de antepassados ricos, atuantes no Estado.

O sacerdote olhou com admiração para o rosto daquela mulher bonita, determinada, que a ele dava ares de uma *majestosa cara cavalar*. Ele se repreendia quando pensava dessa maneira, mas não conseguia se controlar: quanto mais a apreciava, mais a imaginava ter o jeito de uma esfuziante "égua de raça pura".

— Como está passando, Dra. Vicenta? — perguntou padre Clemente, solícito, saudando a advogada quarentona.

A surpreendente mulher passou levemente o dorso da mão direita pelas suaves rugas começando a marcar seu rosto belo e sério; e nem um músculo das brancas faces se mexeu ao responder o cumprimento do religioso.

— Estou-me sentindo muito bem, principalmente agora que estou em sua igreja — disse, solenemente. — Vim para assistir à missa e ver os meus amigos queridos.

Olhou em volta para sentir o efeito de suas palavras. Encarou o padre e perguntou, elevando a voz, a fim de que todos escutassem:

— Em breve o senhor fará reunião com os paroquianos para organizar as festas do segundo semestre. Ou estou errada?... Nesse dia vou fazer um pequeno donativo para a reforma da igrejinha do Rosário.

— Boa lembrança! — exclamou o padre, com um largo sorriso, e completou, aproveitando a oportunidade: — Gostaria que a senhora se integrasse a um dos grupos de trabalho. O encontro vai ser quarta-feira, à noite, no Sítio das Rosas — enquanto falava olhou para a esquerda, onde a menos de três passos dona Amália rezava o terço, sentada, esperando para assistir a missa. Aquele gesto chamou a atenção da contemplativa senhora.

Vicenta abaixou-se e cumprimentou sua velha tia, segurando-lhe a mão mais do que o necessário. Ao mesmo tempo, dirigiu o olhar para o suntuoso altar dourado. Seus firmes olhos verdes se mostraram sem alma enquanto dizia ao religioso:

— Como de costume, irei participar da reunião — fez pequena pausa enquanto aprumava o corpo. — Mas... não poderei ficar até o final. Às 22h00 terei que me ausentar, para atender a um compromisso inadiável.

O perspicaz sacerdote não precisaria ter ficado aborrecido só porque ela ia sair antes do término da reunião, mas ficou. E quase se permitiu deixar transparecer o mau pressentimento que lhe provocara o tom da ultima frase proferida pela ex-prefeita, algo que sempre ocorria quando algum perigo era iminente. Como mulher de vida pública, teria mesmo inúmeros compromissos a cumprir; no entanto, um alerta se insinuou em seus pensamentos: *Aquela mulher intensa estava caminhando por terrenos sombrios.*

Voltando à realidade, perguntou a Vicenta por onde andava a sua secretária, que há mais de um mês não comparecia à igreja.

— Ela andou muito ocupada, ultimamente. As eleições se aproximam e cada voto vale ouro para o sucesso da minha campanha nesta vasta região. Peço que a desculpe, hoje mesmo ela virá à igreja, não se preocupe — dizendo isso a ex-prefeita apertou as duas mãos do sacerdote e pediu licença para esperar o início da cerimônia do lado de fora, pois precisava falar com algumas pessoas.

Vicenta parecia deslizar pelo corredor, passando pelas fileiras de bancos até a saída pelo grande pórtico de madeira, trabalho barroco do final do século dezoito. Encostou-se a um formoso anjo entalhado e fez sinal para três mulheres sentadas num banco da praça, próximas à grande estátua de Nossa Senhora do Rosário. Parecia que elas já esperavam por esse gesto.

A cena não passou despercebida a padre Clemente: Lorena, Matilda e Edith, funcionária do antiquário do guru Urbano, foram ao encontro de Vicenta e começaram a conversar, animadamente. O reverendo sentiu um ligeiro mal-estar ao especular qual seria o conteúdo do assunto que reuniria Vicenta e aquelas mulheres na porta da igreja, e se perguntou se estaria exagerando a preocupação a respeito dessa irmandade, Luz do Fogo...

Obtivera informações de que Edith e o marido participavam ativamente, ao lado de Urbano, das cerimônias que teriam o poder de realizar curas impensáveis, e os mais recônditos desejos de seus seguidores. *Meu Deus!... Corre à língua solta que fazem cruéis sacrifícios de animais naquele... Engenho Santini. E para mim, isso é intolerável!*

Finalmente, depois de conversar com uns e outros pelo corredor da igreja, o padre conseguiu voltar ao confessionário quando alguém já estava cansado de ficar ajoelhado em frente às treliças, esperando para ser perdoado de todas as suas culpas. Mulheres com véus negros e homens contritos desfiavam seus pecados, um a um, enquanto não chegavam as 19h00 para começar a cerimônia.

O movimento na praça era uma festa. Havia pipoqueiros, algodão-doce, ambulantes de roupas, gente conversando alto, olhando as vitrinas das lojas e os cartazes do cinema da esquina. Do lado esquerdo de quem dava as costas para a igreja, algumas pessoas prestavam atenção na montagem do cadafalso para o enforcamento, espancamento e queima do Judas de pano. O sábado de aleluia estava próximo, dia muito esperado, não só por boa parte da população de Canabrava, mas também por moradores de povoações vizinhas.

— Está perdoado, meu filho — disse o sacerdote com suavidade para o último pecador que conseguiu se confessar. — Segue em paz e ore por toda a humanidade. Existe muita miséria campeando pelo mundo, e só a compaixão incondicional poderá amenizá-la.

A missa já ia começar. Eram dezenove horas em ponto. Do altar, o domínio do ambiente era total. Acostumado às variações das expressões dos membros da paróquia, padre Clemente pôde observar tensões faciais em algumas pessoas durante o sermão, quando repudiou seitas demoníacas que paralisam o raciocínio e seus sacerdotes vampirescos, disseminadores de convicções malignas — que prometem poderes e ganhos fáceis.

Dentre todos os presentes, uma pessoa atraiu-lhe a atenção por sua recente mudança de comportamento: vislumbrou chispas de terror nos olhos de dona Amália. Ela chegara antes do início da missa, envolta em um caro véu preto rendado, e não disse sequer uma palavra naquela noite. Em um instante, num lampejo, passou pela mente do sacerdote que aquela respeitosa dama tivesse alguma ligação com a irmandade pagã do Engenho Santini.

Capítulo seis

A caseira do chalé estava muito ocupada com os afazeres domésticos naquela manhã de segunda-feira, resistente ao apelo de Lílian para que a acompanhasse até o bairro de onde desaparecera o menino Rafael. Fora preciso uma ordem enérgica para convencer dona Alzira da necessidade de uma visita àquela família.

Formado por um disperso conjunto de casas, o pequeno povoado chamava-se Vila Paraíso. Ficava um pouco afastado, na periferia. Fizeram o trajeto sem problema algum, pois a criada conhecia muito bem o lugar, de ruas estreitas, às vezes de terra, e as casas pequenas, todas muito parecidas. Ao chegar, viram toda a família do menino reunida, esperando... sofrendo com a demora da polícia em desvendar o mistério do desaparecimento.

Apesar da visível pobreza daquela gente, ninguém ainda havia descartado o possível sequestro para pedido de resgate. Naquela situação de desespero, todos continuavam aventando diferentes possibilidades, desde a mulher que sequestra para simplesmente substituir o filho morto, ou porque em tempo nenhum conseguira engravidar, até quadrilhas que roubam crianças para vender no exterior. Havia um caso recente de uma mulher que assassinara uma menina para se vingar do amante, mas crimes desse tipo eram raros.

Conversando pacientemente com o pai de Rafael, Lílian ficou sabendo de alguns pormenores, de como o menino era fisicamente, e confirmou as características das roupas que vestia no dia em que sumira. Fez anotações e tirou várias fotos para concluir uma reportagem sobre o assunto.

— Estou atenta... — disse a eles. — E continuarei atenta. Informarei imediatamente à família quando descobrir qualquer indício que possa ajudar a polícia.

O delegado chegou no momento em que elas se despediam dos pais de Rafael. Lílian olhou para o relógio na parede da sala onde estavam reunidos. Era meio-dia e meia. Virou-se e disse:

— Boa-tarde, Dr. Eurico. Todos aqui estão ansiosos por boas notícias... — o tom da voz insinuava pressão para um rápido esclarecimento do caso.

Diante de uma jornalista, o delegado não poderia se furtar a dizer que estava se empenhando ao máximo nas investigações; entretanto, achou Lílian bastante bisbilhoteira, principalmente no que se referia ao desaparecimento do garoto, para ele somente de alçada da polícia.

— Infelizmente ainda não descobrimos nenhuma pista que levasse aos sequestradores — disse o Dr. Eurico, sacudindo a cabeça de um lado para o outro. — Estou aqui para fazer mais algumas perguntas aos vizinhos, indagar nos lugares aonde ele costumava ir. Intensificaremos mais ainda as investigações. É o que posso prometer à família neste momento.

Os parentes mais próximos de Rafael se sentaram e humildemente ficaram calados, pasmos. A situação era desesperadora, um quadro triste para quem observava o sofrimento daquela gente. As duas se despediram, mas Lílian prometeu que voltaria. As pessoas naquela sala necessitavam de toda a atenção possível. Já no carro, Lílian disse à caseira:

— Ainda hoje farei uma visita ao Sítio das Rosas. Acho estranho que Geraldo ainda não tenha vindo me visitar. Bem, ele deve estar com alguns problemas... Ouvi alguns mexericos sobre o relacionamento dele com Ondina, nossa prima, casada e com dois filhos. Será difícil para dona Amália aceitar esse romance...

Lílian avaliava que existiria ainda outro fator de estresse perturbando seu irmão: a ambição de sua mãe biológica. Se Geraldo viesse a se casar, Vicenta perderia a oportunidade de controlar a grande herança que ele deveria receber quando dona Amália se fosse deste mundo. Ela, então, o desestimularia na possibilidade de um envolvimento que pudesse resultar em casamento, principalmente com Ondina, sabedora do quanto a prima e sua mãe Matilda eram interesseiras.

Capítulo sete

A manhã de terça-feira prosseguia com céu acinzentado, fria, com a sombra de nuvens de chuva muito comuns naquela região montanhosa, o que não assustava os garis em seu trabalho de limpeza na Praça Fagundes Porto. Algumas crianças deixadas pelas mães que haviam entrado na igreja se distraíam brincando ao redor do melancólico coreto.

O sobrado verde da esquina estava movimentado com os preparativos para a noite, quando recepcionaria o Dr. Abílio, Secretário do Estado, que vinha inaugurar a nova rodovia que acabara de ser asfaltada, construída para ligar Canabrava e parte da região serrana à via principal de acesso a São Paulo.

À revelia da prefeitura atual, de orientação esquerdista, o partido conservador da ex-prefeita Vicenta Fagundes Porto havia colocado uma faixa na mais movimentada esquina da Praça — saindo do prédio do cinema — atravessada de um lado a outro da rua, anunciando a chegada do conhecido político. Todo mundo sabia que ele chegava a convite de Vicenta e para ser recepcionado em sua casa, ótima estratégia de propaganda para sua eleição a deputada federal. Afinal de contas, naquela antiga família já fora eleito um governador.

A presença da milionária Amália Fagundes Porto Steinberg na recepção representaria o poder econômico; ela, seguramente, seria chamada para contribuir com a campanha política de sua sobrinha Vicenta. A importante senhora já se acostumara à adulação por haver conservado o que herdara de seus pais, tornando-se ainda mais rica quando se casara com David Steinberg. Havia até velhos rumores de que seu marido, antes de morrer, escondera no sítio um baú lotado de pedras preciosas.

Em seu íntimo, Vicenta tinha certeza de que sua tia ricaça não lhe negaria ajuda quando fosse solicitada. Sentia-se ligada espiritualmente à Irmandade da Luz do Fogo, e achava que obter dinheiro de dona Amália seria consequência natural dos "poderes de sugestão" que a entidade Wigberto, através do guru Urbano Santini, lhe haviam conferido.

A ex-prefeita sabia como poucos aproveitar a influência dos líderes comunitários junto ao povo. Eles angariavam votos; portanto, seriam muito bem recebidos no Sobrado Verde. Mas também precisava concretizar a aprovação do Secretário, em nome do Governador, para alavancar sua candidatura, um apoio principalmente financeiro. Ela necessitava desesperadamente de dinheiro para o sucesso da campanha.

***

Lílian saíra da cama bem cedo. Já tinha feito uma boa caminhada pelas ruas da cidade; andou até o meio da praça e sentou-se em um banco, seu velho conhecido, de cimento, salpicado com pedrinhas de mármore branco. Lembrava-se a todo o momento dos planos que traçara e das matérias que se propusera escrever. Ia começar pelo que seria a sua melhor reportagem: entrevistar Urbano Santini, o médium e guru da Irmandade da Luz do Fogo. A igreja de Santa Ana já estava de portas abertas quando Lílian chegou à Praça Fagundes Porto. Mulheres com véus passavam apressadas e agora subiam a escadaria para o templo, rapidamente, atrasadas para a rodada de orações daquela manhã. Boas e más recordações vieram à sua mente ao olhar para o imponente Sobrado Verde.

Nessa mesma praça, quando criança, Lílian participara de brincadeiras, às vezes junto com Vicenta. Tinham quase a mesma idade. Teria sido muito boa a convivência entre as duas se a sobrinha de dona Amália, desde aquela época, não demonstrasse um temperamento tão arrogante e possessivo. E assim continuou, até que sua mãe faleceu e a deixou com o pai e os avós conservadores. No começo do ano seguinte, inesperadamente, Vicenta foi internada em um colégio para meninas. Nas férias, quando vinha para Canabrava, além de outros divertimentos também aproveitava para namorar Salvador. Era o rapaz mais bonito da cidade, diziam alguns, e também um incômodo para a família de Vicenta. Perto de completar dezesseis anos, antes do término das aulas, ela voltou para casa, e dois meses depois viajou em companhia do pai para visitar uns parentes em Porto Alegre. Naquela época, Lílian não pudera compreender o porquê da demorada permanência de Vicenta no sul do país, aonde fora para dar à luz uma criança às escondidas. Em meados do ano seguinte, de lá mesmo ela retornou ao internato, onde permaneceu até completar dezoito anos.

Em um final de ano, Vicenta veio de férias com uma amiga, gordinha, de olhos espertos, chamada Lorena. Foi bom para Lílian, mais uma garota para as andanças pela cidade e conversas no pomar do Sítio das Rosas. De bom grado, Lorena incorporou-se definitivamente ao convívio dos Fagundes Porto. Depois que as duas terminaram a faculdade, Lorena comunicou à sua pequena família que ia morar com a companheira de Canabrava. Não arredou o pé da sua decisão, mesmo depois de algumas visitas do seu padrasto ao Sobrado Verde, insistindo para que ela voltasse a morar com ele em Valença. Passaram-se os anos e ele morreu, sem compreender o que se passava na mente daquela garota irrequieta.

Ainda sentada no banco da praça, o pensamento de Lílian, repentinamente, voltou-se para o café da manhã do dia anterior. Lembrou-se do que vira em um dos jornais, justamente a fotografia estampada no panfleto que nesse momento via bem ao seu lado, pregado no tronco de uma acácia: lá estava o rostinho de Rafael com um apelo da família para que alguém o encontrasse. Quanto mais ela olhava para aquela criança, mais seu coração ficava acelerado; pensava nos próprios filhos. *O que teria acontecido àquele menino* — pensou, consternada.

O panfleto dizia:

DESAPARECIDO
RAFAEL DE CASTRO – Desaparecido da Vila Paraíso em 19 de março,
na cidade de Canabrava.
Seis anos, cabelos castanhos encaracolados.
TRAJAVA — calça *jeans*, camisa xadrez de vermelho, azul e branco.
Calçava tênis preto.
COMUNIQUE À DELEGACIA, CASO O VEJA.

A Praça Fagundes Porto mantinha um jardim bem cuidado, quase igual ao que Lílian conhecera há vinte anos. Hibiscos e musas cheirosas formavam nichos em volta dos bancos e estavam abundantemente floridos. Os ipês roxos e amarelos, plantados nas calçadas, naquele momento davam trabalho aos garis, que varriam folhas e flores caídas.

Olhando em volta, Lílian identificou de imediato alguns conhecidos conversando no alto da escada que dava acesso à entrada do Clube Recreativo de Canabrava: Matilda, a irmã pobretona de dona Amália, com a filha Ondina, e uma mulher de cabelos claros e curtos, meio gorda, de média estatura. Lílian teve uma vaga lembrança de tê-la visto no passado. O atlético senhor de cabelos grisalhos e bigode, de mãos dadas com dois garotos, um pouco afastado, era Antônio Dióla, professor de educação física, o tolerante marido de Ondina: *Ele está muito bem.* Sem que ele percebesse, Lílian o olhou fixamente, com saudades dos seus dezessete anos quando namoravam às escondidas.

As três mulheres riam, gesticulando muito. A que estava com o cabelo pintado de loiro apontava o dedo para as serras do lado oeste. A névoa se dissipara completamente. Raios de sol se infiltravam por entre nuvens de chuva.

Ao olhar com atenção para onde a mulher apontava, via-se um conjunto de construções esbranquiçado, na encosta de um dos morros, um pouco acima da base. Lílian conhecia muito bem aquele lugar; quando mocinha, antes de se mudar para São Paulo, dava seus longos passeios pelo entorno rural da cidade. Ali continuavam sólidos os barracões do antigo Engenho Santini, que fora construído em lugar alto para facilitar a desova, no rio, dos dejetos resultantes da fabricação de açúcar — um líquido venenoso e poluidor chamado "vinhoto".

Ela sempre tivera medo daqueles enormes barracões abandonados, mas sabia que, no passado, a fabricação de açúcar e cachaça havia proporcionado trabalho a muita gente. As pessoas mais velhas contavam que os fardos de cana eram transportados até as moendas em carroças puxadas por cavalos e carroções de bois, vindos do vale de Canabrava e de algumas fazendas da região, uma das limitadas opções de trabalho para a população pobre da cidade.

Havia muitas histórias sobre aquela construção, utilizada até os anos 1930. Em seus primórdios, há quase duzentos anos, também fora palco de uma sanguinária "irmandade", como a atual denominada Luz do Fogo. Era um grupo sectário que, segundo a lenda disseminada, sacrificava crianças em louvor aos deuses da Natureza. O Engenho Santini fora fundado com esse nome porque seu antigo dono, vindo da Europa, chamava-se Wigberto Santini, um grande comerciante de escravos — indivíduo perverso, que mantinha na empresa um recinto apropriado para abrigar os filhos pequenos dos cortadores de cana enquanto seus pais passavam dias e dias na lavoura: algumas crianças desapareciam dessa "creche" e nunca mais eram encontradas.

Atualmente, há mais ou menos cinco anos, a reintegrada irmandade que se instalara no morro do Engenho era comandada por Urbano Santini, que se dizia "descendente" do antigo tirano Wigberto. Além de guru da Luz do Fogo, Urbano era proprietário de uma loja de antiguidades, estabelecida em uma rua estreita calçada com pedras irregulares, pouco distante da Praça Fagundes Porto.

Uma revoada de pardais passou sobre a cabeça de Lílian, sobressaltando-a. Continuava sentada, prestando atenção às três mulheres que agora desciam lentamente as escadas para o exterior do Clube Recreativo. A conversa continuava animada. Atravessaram a rua, vieram em direção ao centro da praça e pararam bem atrás do nicho de fícus que envolvia o banco onde Lílian estava. Devido à proximidade, não se podia deixar de ouvir nitidamente o que diziam:

— A cerimônia é amanhã, quarta-feira, por volta de onze e meia da noite. Você não se arrependerá. É emocionante, principalmente quando Urbano invoca o espírito de Wigberto — quem falava era a mulher de cabelos alourados, dirigindo-se a Matilda, como se conhecesse muito bem as cerimônias da irmandade.

Lílian ficou atenta, pois o assunto interessava à sua reportagem. Matilda quedou-se pensativa por alguns instantes, balançando o corpo de um metro e oitenta, meio desengonçado, batendo a ponta do pé no chão, nervosamente:

— Está bem, Edith! — exclamou, decidida. — Ondina está mesmo participando dessa Luz do Fogo; então, poderemos marcar para um dia desses, quarta ou sexta, para eu assistir à cerimônia. Mas, exclusivamente, como curiosidade! — enfatizou a irmã grandalhona de dona Amália.

Os cabelos loiros de Edith chacoalhavam com os movimentos exagerados de sua cabeça enquanto falava com Matilda. Ficou toda sorridente, com os olhos voltados para a discípula Ondina:

— Sua filha irá receber inúmeros benefícios frequentando as cerimônias! — Edith continuou, agora com a voz embargada, querendo mostrar emoção. — A pobrezinha tem necessidade de trabalhar com as entidades que frequentam o Engenho Santini... Para expulsar as más recordações do passado, e escolher melhor o que almeja para futuro: o que já está muito, muito bem encaminhado pela amada Luz do Fogo.

Pelo balançar lento e negativo de sua cabeça, notava-se que Matilda, mirando os próprios pés, sentia-se relutante em aceitar o que ouvia da amiga.

— Antônio Dióla não concorda que Ondina frequente essa irmandade — ela advertiu, olhando de esguelha para o atlético marido de sua filha, que chegava por uma alameda do jardim.

— Não concordo mesmo! — ele exclamou, taxativo. — Não posso aceitar que alguém se deixe conduzir cegamente, sem nenhuma crítica, a tudo o que é sugerido por um indivíduo, ou melhor, por um "sacerdote", que, como muitas pessoas sabem, é um aproveitador, praticante de uma crença obscura que induz pessoas desavisadas ou ingênuas ao fanatismo —olhou para a mãe de seus filhos, pesaroso. — Ondina poderá se prejudicar muito, por achar que essa crendice modificará sua vida para melhor. Mas ela não me ouve... Infelizmente!

Houve uma reação imediata:

— Estou me realizando muito bem... Se quiser saber — Ondina parecia disposta a desafiar o marido, e continuou a falar nervosamente. — Urbano é um grande chefe religioso e tem atendido aos pedidos dos fiéis; e com muito sucesso. Já realizou várias curas através do espírito de Wigberto Santini. Você e mamãe ainda não estiveram no "hospital" do Engenho! — disse, apontando o dedo para Antônio. — Saibam que pessoas importantes se internam lá para tratamento espiritual. E muitos ficaram curados de seus males.

Edith estava exultante, ouvindo a eloquência de sua pupila recém iniciada, naquele momento falando tão bem de Urbano. Com os olhos marejados pela emoção, ela assegurou:

— Assim é que se fala! Você e Matilda conseguirão reaver tudo o que perderam para o povo desta cidade: o respeito e o dinheiro que já possuíram. Sei que você sofre muito, querida — completou, com voz maternal, como a sugestionar Ondina para que não esmorecesse na senda da Luz do Fogo.

Edith aproveitou que Antônio e Ondina tinham saído para procurar as crianças para lembrar a Matilda um velho rumor que ainda hoje perdurava na cidade: sua filha, aos dezoito anos, abortara um menino, algumas semanas depois que Salvador fugira para São Paulo. Com essa fala mordaz, queria fazê-la entender o quanto Ondina necessitava da irmandade de Urbano Santini.

Lílian prestava atenção, mas sempre soubera daqueles boatos sobre Ondina e Salvador, que datavam o fato no mesmo período em que ele havia "seduzido" e abandonado Vicenta. O curioso é que ambas eram sobrinhas de dona Amália, atestando a fixação de Salvador pela família Fagundes Porto. Ouvindo toda aquela conversa, não poderia deixar de se lembrar dos tempos de adolescência, época em que tinha conhecido e namorado o atual marido de Ondina. Apaixonara-se por ele, mas tiveram que se separar, pelo motivo clássico que ainda hoje persiste entre as castas mais elevadas da sociedade: o preconceito.

Antônio era muito pobre. A orgulhosa família que adotara Lílian dera um "jeitinho" para que o namoro terminasse. Tempos depois, ele se casou com a filha de Matilda, no lado pobre dos Fagundes Porto, e agora esse casamento chegava ao seu final.

Muita coisa ruim se comentava sobre o comportamento de Ondina. Diziam as más-línguas que ela não tinha boa índole, "traía o marido com a mesma facilidade com que se vai à igreja!". Atualmente, era impiedosamente criticada em toda a cidade por estar seduzindo o endinheirado primo Geraldo, filho adotivo da milionária do Sítio das Rosas.

Pobre Ondina... — pensou Lílian. *Decisões erradas: seus encontros adúlteros, abertos, com meu ingênuo irmão... sua fascinação pelos poderes de Urbano...*

Inesperadamente, Antônio postou-se bem à sua frente.

— Antônio! Há quanto tempo não nos vemos! — ficara meio encabulada com a súbita aparição dele. — Desculpe, eu já estava aqui, sentada neste banco, quando ouvi vocês... Não quis me intrometer na conversa.

— Não fique constrangida por isso, Lílian — ele sorriu, cofiando o bigode. — Estou sabendo que está de mudança para Canabrava. Afinal, alguém com a cabeça arejada por perto.

— Ficarei aqui por algum tempo — ela confirmou.

— Mas... e o jornal? Eu pensava que...

— Não, não vou abandonar meu emprego. Eu... estou com alguns problemas para resolver... Também farei algumas reportagens, "O significativo folclore em Canabrava", que atrai muitos turistas, e também sobre o Engenho Santini, já que o local está se tornando matéria para alguns jornais importantes.

— Não se acanhe em me pedir ajuda. Estou mesmo pensando em dar uma boa olhada nessa Luz do Fogo.

A conversa foi interrompida por Ondina, chamando-o da porta do cinema. Antônio fez um sinal para que ela esperasse.

— Eu também estou com sérios problemas! — desabafou. — Minha vida com ela — olhou para onde estava sua mulher — está acabada. Estão acontecendo coisas graves, que tenho que resolver sem demora. Desde que Ondina começou a frequentar a irmandade do Urbano nossa relação se deteriorou, em todos os sentidos.

— Sinto muito... Vocês têm filhos... e sempre existe a possibilidade de recomeço. Pense bem...

Os chamados de Ondina eram enérgicos. Antônio olhou para Lílian com apreensão.

— Não vá ao Engenho Santini sem mim! Lá acontecem coisas estranhas, que contrariam os nossos costumes. Estive conversando com alguns conhecidos, que foram convidados a participar das cerimônias. Ficaram impressionados com o impacto que causa o desenrolar do ritual, com evocações de espíritos malignos, cultuados como divindades.

— Pois estou decidida a ver tudo isso. Pretendo ir na quarta-feira, depois da reunião da paróquia, no Sítio das Rosas. Apareça por lá, iremos juntos. Que tal tirar fotos para minha reportagem e, ao mesmo tempo... olhar de perto por onde anda a sua mulher...

— Está combinado. Iremos quarta-feira — despediu-se e saiu em direção à esquina do cinema.

Ondina fingiu não me ver — pensou Lílian. *Depois vai dizer que não me reconheceu.*

Lílian se afastou, voltando apressadamente para casa. Tomou uma ducha, pegou o bloco de anotações, a máquina fotográfica, entrou no carro e saiu direto para a loja de antiguidades de Urbano. O instinto investigativo aguçava seu raciocínio. Estava eufórica, e ao mesmo tempo emocionada. Ainda era de manhã.

No trajeto, passando novamente pela Praça Fagundes Porto, não poderia deixar de olhar para a sacada dos fundos da mansão de Vicenta, e não se furtou a uma ligeira parada para ver o roliço Delegado Eurico fazendo mesuras diante das moradoras da casa. *Devem estar tomando o café da manhã, aquelas petulantes. O delegado certamente está rezando pela cartilha de Vicenta, perpetuando a realidade nefasta do coronelismo. O tempo passa, a ciência evolui, mas a injustiça permanece lado a lado com os desmandos de alguns nichos mais abastados da sociedade, que através da política conseguem manipular a realidade em benefício próprio...*

Continuou a caminhar, sempre pela mesma rua, até que avistou à esquerda um letreiro anunciando objetos antigos à venda. Na fachada cinzenta, o nome da loja fora escrito com letras vermelhas. Em pé, na porta, estava uma mulher ostentando uma farta cabeleira tingida de louro, a quem Lílian imediatamente reconheceu: era Edith, a mesma mulher que vira com Ondina e Matilda na calçada do Clube. Nesse momento ela começava a abrir uma porta de ferro que cobria a vitrine, ajudada por um homem baixo, moreno, de cabelos lisos, que ela achou ser Urbano. Mas ao chegar mais perto, viu que era o espertalhão Villa, proprietário do Hotel Palácio e do restaurante Carmim, tidos como de frequência duvidosa. Lílian sempre ouvira coisas ruins a respeito dele. Villa era acusado de algumas falcatruas, constantes agiotagens e, dizia o povo da cidade, "inconveniências" como bolinagens e olhares gulosos para cima de adolescentes.

A intuição sempre fora grande conselheira de Lílian no momento de fazer uma entrevista, que assim obtia o melhor para suas matérias. Sabia por experiência que uma boa dose de "fantástico" sempre atrai muitos leitores, e que em Canabrava, mais precisamente no sopé daquela montanha que abrigava a misteriosa irmandade, teria um assunto espetacular para uma ótima reportagem.

Não seria de se esperar que, como chefe espiritual de uma "irmandade" que gerava desconfiança em relação à honestidade, Urbano Santini fosse revelar seus verdadeiros propósitos. Porém, seguramente possuidor de um ego fortemente inflado, bem que ele gostaria de aumentar a exposição de sua imagem na imprensa. Considerava-se um verdadeiro "Avatar", com todas as virtudes inerentes. Dizia-se capaz de aconselhar, curar, atrair fortuna, através do poderoso espírito infernal chamado Wigberto, seu antigo ancestral e fundador do Engenho Santini.

Lílian tentaria extrair dele o máximo de informações; depois conversaria com um de seus ajudantes, ou discípulos, melhor dizendo. Foi logo se apresentando como jornalista interessada em fazer uma entrevista com o dirigente da Luz do Fogo. Edith empertigou-se toda, limpou a garganta e falou com estardalhaço, olhando de soslaio para o lado esquerdo, parecendo querer que alguém a ouvisse.

— Urbano ficará encantado em atendê-la, dona Lílian! — e mudou de assunto abruptamente. — Como vai Salvador? Soube notícias dele, aliás, a cidade toda comentou... Mas todos foram unânimes em dizer: coitadinha da moça que dona Amália criou — e continuou, destilando peçonha: — Outro dia vi seu marido passando rapidamente, dentro do carro azul-marinho da Vicenta. Oh!... Querida!... Será que estou falando demais?

Houve um momento em que Villa se aproximou de Edith, deu-lhe um disfarçado tapinha no traseiro e disse alguma coisa engraçada em seu ouvido, fazendo-a esboçar um sorriso. Os dois olharam de relance para Lílian, avaliando, mas tentando dissimular.

Depois que Salvador virara notícia escandalosa em jornal podia-se notar claramente que os falatórios maledicentes já começavam a aparecer, apontando o prato amargo que ela teria que engolir calada. Um tanto constrangida pela atitude debochada daquelas pessoas, Lílian então pôde se lembrar muito bem daquela mulher, com a qual se relacionara muito pouco quando ainda morava no Sítio das Rosas. Naquele tempo, Edith já era amante de Villa. Quando era mais nova e tinha cabelos pretos, fizera de tudo para se aproximar e ficar íntima de dona Amália, tentando infiltrar-se no convívio diário do Sítio das Rosas. Entretanto, nunca conseguira o seu intento.

— Por favor, dona Edith!... — disse Lílian, meio atordoada com a maledicência daquela mulherzinha desagradável. — Então!... Apresente-me ao Urbano Santini.

— É muito raro encontrá-lo aqui, meu amor. Tomo conta da loja e resolvo todos os problemas. Ele está sempre muito ocupado, dando atenção aos hospitalizados, mas à noite, no Engenho, se você quiser passar por lá, eu te apresento a ele.

Durante todo o tempo em que estivera conversando com a funcionária da loja de antiguidades, Lílian permanecera do lado de fora, na calçada. Atraída por um barulho, virou o rosto para a direita e viu quando uma pessoa vestindo uma bata branca saiu rapidamente por uma porta lateral. Parecia alto e bem magro, pele muito clara, com uma basta cabeleira grisalha.

Sem dizer o que ia fazer, Lílian deu alguns passos rápidos e dobrou a esquina, entrando em uma viela que ficava rente à comprida parede da loja de antiguidades. Andou bem depressa até chegar a um beco calçado com pedras largas e irregulares. Foi o tempo suficiente para ver perfeitamente aquela pessoa entrar num carro escuro. *Porque essa pressa?* — pensou, desconfiada. Lílian seria capaz de jurar que era o carro de dona Amália, e que havia mais de uma pessoa no banco traseiro. *Foi muito rápido! Mas... Seria Salvador? Não... O que ele faria naquele carro?* Àquela hora ele estaria no sítio da Jandiara, buscando o restante de seus pertences para levar ao chalé. Voltou para a porta da loja, desapontada por não ter podido falar com o chefe da irmandade. Armou-se de paciência e deu corda à língua de Edith. Tinha certeza de que ela mentira ao dizer que o guru não estava na loja. Seria pela presença do carro e das pessoas em seu interior, a quem ela não deveria ver? Este, no momento, seria o raciocínio mais plausível.

— Pensei que fosse o carro da minha mãe — disse Lílian, disfarçando a curiosidade.

Edith sorriu forçadamente, sobrancelhas levantadas, e permaneceu calada. Lílian insistiu...

— Você também é assessora de Urbano para assuntos da irmandade? — perguntou a Edith, tentando agradá-la.

— Ah, você percebeu?

Algumas pessoas são vaidosas. Quando elogiadas, dizem coisas que normalmente não diriam, e Edith era dessas pessoas. Bastou Lílian dizer que ela parecia ser o braço direito de Urbano para conseguir iniciar sua matéria. Afinal, em certas ocasiões, precisa-se provocar e massagear o ego dos entrevistados para obter boas respostas. Depois, era saber ouvir e tirar conclusões. Só assim conseguiria escrever um ótimo artigo para seu jornal.

Quanto mais elogiava a irmandade reintegrada no morro do Engenho, mais presunçosa Edith ficava:

— As cerimônias dirigidas para a cura são impressionantes — revirava os olhinhos verdes. Disse ter "certeza" de que algumas pessoas ficaram curadas somente por colocar os pés no solo próximo ao Engenho, tamanhas eram as vibrações da energia emanada por Wigberto, mentor espiritual de Urbano.

Continuou com as acaloradas explicações, tentando ser convincente:

— Ultimamente, os hotéis da cidade estão sempre com lotação esgotada, ocupados por pessoas que vão até à Luz do Fogo buscar aconselhamento, ou cura para os seus males. Muitos dos que vêm se tratar fixam moradia; e alguns se estabelecem como comerciantes num pequeno povoado que está se formando, não muito longe do morro do Engenho. Outros ainda se incorporam à irmandade como médiuns colaboradores; quando têm aptidão, é claro.

— Como os doentes são acomodados? — Lílian demonstrava estar muito interessada no que ela descrevia.

— Parte do espaço físico do Engenho, dois barracões, são usados como hospital para doenças do corpo e do espírito. Políticos, fazendeiros, negociantes, estão frequentemente vindo para as cerimônias, às quartas ou sextas, buscando cura, inspiração para suas decisões, energia para melhorar seus negócios.

Depois de ouvir as explicações da funcionária do guru Urbano, Lílian teve certeza de que precisava saber mais sobre essa irmandade. Também considerou que a visita à loja de antiguidades havia sido muito proveitosa, pelo que se propusera fazer.

— Estou muito agradecida por sua atenção, dona Edith — Lílian forçou um sorriso. — Com certeza, irei subir o morro do Engenho para assistir uma cerimônia da Luz do Fogo.

— Vá!... Na próxima quarta-feira — falou a mulher, satisfeita, pensando na oportunidade de conquistar mais um adepto para a irmandade de seu querido Urbano Santini.

Lílian se despediu. Dona Alzira a esperava para o almoço e não queria desapontá-la chegando tarde, com a comida esfriando no fogão a lenha.

***

Para o início da tarde, Lílian havia marcado um encontro com Dr. Wilson Pedroso, advogado de dona Amália. Queria contratá-lo para acompanhar o processo de sedução impetrado contra Salvador, que tudo indicava, iria lhes sair muito caro. Contudo, não se furtaria à responsabilidade de tentar resolver esses problemas. Os dois apartamentos que possuíam em São Paulo haviam sido colocados à venda e o montante deveria ser suficiente para pagar as indenizações.

Chegando ao chalé, sentiu-se aliviada ao receber um recado de seu marido: ele fora ao sítio onde estivera hospedado e só voltaria no dia seguinte. Reconhecia que tinha sido desonesto com ela, mas continuava a insistir que queria o seu perdão, queria continuar com o casamento. O silêncio de Lílian era claro: não haveria mais desculpas para ele.

No momento, Lílian gostaria de controlar melhor suas emoções; precisaria enfrentar corajosamente esses momentos difíceis, e sabia que a força de vontade seria o leme para que isso acontecesse.

Capítulo oito

Na quarta-feira, os preparativos para a reunião dos paroquianos começaram pela manhã, com as áreas de serviço do Sítio das Rosas em grande movimentação. Ana Rosa, demonstrando excepcionais dotes culinários, substituía Tereza, a mulher do caseiro. Dava excessivas ordens às ajudantes, com voz estridente, tentando apressar a feitura dos quitutes. A tudo prestava atenção; nenhum detalhe poderia ser esquecido.

Dona Amália mostrava-se muito apreensiva. Era urgente comprar os utensílios de mesa que faltavam, mas Francisco se ausentara do sítio na tarde anterior e ainda não havia voltado. Fora buscar Tereza em um povoado, onde ela visitava uma amiga bastante doente. O dia transcorria tenso pela ausência prolongada do caseiro.

O Delegado Eurico, com mais alguns policiais, promovia uma busca pela estrada que leva ao novo povoado, próximo ao Engenho Santini. Por acaso, encontraram Teresa, aos prantos, dizendo que seu marido poderia estar morto. Sem demora ela foi levada por um soldado até a presença de dona Amália, que naturalmente a bombardeou com perguntas, querendo saber pormenores sobre o que acontecera desde o momento em que ela saíra do sítio, há dois dias.

— Por que você diz que Francisco pode estar morto? O que foi que ele fez? Houve alguma ameaça contra ele? O que você notou que a faz pensar assim... Por que você chora tanto?

De olhos arregalados, a assustada criatura sentou-se em uma cadeira e permaneceu muda, até que se viu a sós com sua patroa.

— Agora... continuou dona Amália. Conte-me o que aconteceu. Olhe à sua volta; ninguém por perto.

— Eu tentei... Com todas as minhas forças, que ele me contasse o que estava acontecendo. Queria ajudá-lo a decidir o que fazer, mas ele não me ouvia! — ela continuava falando, de vez em quando respirava fundo, soltando gemidos trêmulos. — Francisco tava com a cara preocupada! Chegou com os olhos vermelhos, apressado, dizendo que prestava um enorme favor... E que no dia seguinte "eles" iriam resolver o problema. Depois, saiu com o carro em disparada para Canabrava e eu não vi ele mais.

A preparação dos salgados e doces chegara ao término.

Dona Amália parecia ter ficado adoentada com a história mal contada por Teresa. *Francisco jamais agiria dessa maneira* — pensou — *se não houvesse uma razão muito forte.* Foi para o quarto descansar, o que não conseguiu fazer, preferindo ficar sentada na cadeira de balanço até que se aproximasse a hora da reunião com os paroquianos.

***

Nuvens escuras cobriram parte da lua, nascendo por trás das montanhas. Apareceu uma garoa fina, indicando que o frio ficaria ainda mais intenso com o correr da noite.

Pouquíssimas pessoas andavam pelas ruas de Canabrava.

Edith e Villa, usando grossas blusas de lã, com capuzes, passaram bem devagar em frente à igrejinha de Nossa Senhora do Rosário. Moravam ali por perto, em uma casa antiga, estilo colonial, na parte leste da cidade — bem próximo ao início da subida para o Sítio das Rosas. Tencionavam pegar o ônibus quando ouviram a buzina de um carro, que reconheceram imediatamente.

Lorena parou e fez sinais, os chamando:

— Venham!... — gritou. — Iremos juntos para a reunião da paróquia!

Os dois se acomodaram no banco traseiro, esfregando as mãos e soltando vapores pela boca. Vicenta praticamente os ignorou, enquanto passava os olhos mais uma vez, pensativa, pela pequena mensagem enviada por sua tia Amália ao advogado Wilson Pedroso — apanhada por sua secretária no chão do carro ao voltar do Sítio das Rosas. O assunto a preocupava muitíssimo.

Contornaram as grandes pedras negras e iniciaram a subida da Alameda dos Sítios. O ambiente era tenso. Olhando o caminho anuviado, Edith comentou:

— Ainda hoje o Engenho Santini receberá pessoas importantes, dois vereadores da capital e um fazendeiro da região. Serão atendidos em particular, no templo do salão interior da caverna; depois irão participar da missa. Urbano está exultante.

Os outros ocupantes do carro permaneceram calados.

Vicenta e Lorena estavam para explodir de ansiedade, devido ao assunto que pretendiam discutir com dona Amália. Usariam de argumentos que achavam "fortes" o bastante para que não houvesse negativas por parte dela.

Olhando pelos vidros laterais do carro azul-escuro, viam-se acendendo as primeiras luzes dos postes da cidade, parcialmente encobertas pela neblina. A escuridão permitia aos faróis uma razoável iluminação da estrada e das cercas-vivas que a margeavam.

Edith mudou de assunto, mas continuou falando baixo, como se alguém não devesse escutar o que ela dizia:

— Vocês sabem quem está na cidade? Quem eu recebi ontem na loja, bisbilhotando sobre as cerimônias do Engenho?... Lílian, a filha adotiva de dona Amália.

Vicenta franziu o cenho e falou, asperamente, motivada a comentar os mexericos de Edith:

— Estivemos com ela ontem à noite, na recepção ao Dr. Abílio — ela falava com desdém. — Todos os nossos conhecidos estão dizendo que ela veio para Canabrava atrás de Salvador, tomar posse da herança deixada pela velha Mariana doceira, que não deve passar daquele chalé acabado.

Lorena estava grudada na direção, com os olhos fixos na estrada:

— Vocês viram? Lílian não saiu de perto do delegado. Queria saber tudo sobre o desaparecimento do garoto e as cerimônias no Engenho Santini, dizendo que perguntava com o intuito de melhorar a reportagem para o jornal onde trabalha — Oos espertos olhinhos brilhavam, parecendo soltar chispas, quando o carro balançou fortemente ao passar pelo já conhecido ressalto na estrada.

— Dirija com mais cuidado! — Vicenta gritou.

Lorena somente balançou a cabeça, como sempre parecendo aceitar passivamente as reprimendas de sua companheira; depois, continuou o assunto sobre o que ocorrera na noite anterior no Sobrado Verde.

— Dona Amália mostrou-se muito estranha. Todos notaram sua impaciência... Às vezes ela olhava fixamente para o delegado; parecia chamá-lo... Ainda bem que Ana Rosa a distraiu com divagações sobre o aniversário de Geraldo no próximo sábado. Para a velha cumprir o que prometeu deveria ter dialogado muito mais com o Secretário do Governo, tecendo elogios sobre Vicenta. No entanto, passou quase todo o tempo naquela roda de paroquianos, ou então questionando Geraldo sobre o seu futuro à frente dos negócios da família.

Ouviam-se latidos vindos dos jardins de cada propriedade por onde passavam. Dentro do carro, fez-se silêncio. Chegavam perto da cerca de grossas barras de ferro, com o grande portão de entrada para o estacionamento da mansão do Sítio das Rosas.

À medida que se aproximava da casa, Vicenta ficava mais apreensiva. Além daquela reunião com os paroquianos, também precisava entender-se com a tia rica sobre a grande soma de dinheiro que ia pedir emprestada. Havia ainda o preocupante novo testamento, visto que o bilhete para o Dr. Wilson era esclarecedor, indicando que dona Amália realmente ia modificá-lo. Como que adivinhando os pensamentos de Vicenta, Lorena desabafou, falando em voz alta:

— Hoje, durante a reunião com os paroquianos, dona Amália estará ditando mudanças no teor de seu testamento.

— Vocês permitirão? — vociferou Edith olhando para as duas mulheres que se entreolharam, caladas.

A ambiciosa Vicenta vivia uma oportunidade única para o início de sua escalada na política do Estado; porém, para custear esse empreendimento precisava conseguir dinheiro suficiente para trilhar uma campanha vitoriosa. O Partido somente lhe proporcionaria um terço do montante estimado, e era imprescindível que dona Amália a socorresse nesse momento decisivo de sua vida. Havia rumores sobre dívidas e dilapidação do seu patrimônio, causando preocupações entre os correligionários; por isso, os possíveis financiadores se mostravam arredios. Somente a tia milionária poderia garantir meios para Vicenta reconquistar credibilidade na região e realizar seu sonho de poder.

Uma grande lua embaçada alumiava com luz rarefeita a copa das árvores que circundavam a mansão. Estacionado o carro em um canto discreto, andaram por uma curta passarela de pedras rústicas — tapiocangas ferruginosas, naturais da região de Canabrava. Animadas conversas entrecruzadas indicavam que quase todos os convidados haviam se reunido sob as luzes acesas na pérgula da piscina.

— Ótimo!... — exclamou Vicenta, esperta, dirigindo-se para a porta da mansão. — *Vou aproveitar este momento em que todos estão fora da casa para iniciar a conversa com a minha tia sobre a quantia de que estou precisando* — pensou. Andou depressa pelo gramado, planejando ir até o mezanino onde dona Amália costumava esperar por seus convidados.

Ouviu-se um grosso latido. Era Astor, o robusto cão fila, amarrado a um sistema de cabos que permitia sua circulação pela lateral direita da casa. As mesas brancas, agora sem os guarda-sóis, estavam estrategicamente dispostas em volta da piscina. Dali, podia-se ver a esplêndida porta de entrada para a sala principal, de lambris quadriculados, com vidros verdes e azuis. Num dado momento ela foi aberta, emoldurando o corpo exuberante de Ana Rosa e seu emaranhado cabelo de fogo.

Vicenta parou no meio do caminho, ouvindo a governanta falar como uma vendedora ambulante:

— Entrem todos! A dona do sítio os espera para iniciar a reunião da paróquia!

Mediante o comando de Ana Rosa, Vicenta teria que esperar por uma melhor oportunidade. O "assunto" era importante demais para resultar em uma negativa de sua tia Amália.

A maioria daquelas pessoas conhecia muito bem a sala da mansão, ricamente mobiliada em estilo colonial com finos móveis de mogno. Ao fundo, a escadaria de mármore rosa brilhava sob as luzes dos candelabros de cristal; no alto ficava o amplo mezanino guarnecido por um parapeito de madeira escura. Os quartos ficavam ao longo do corredor, à esquerda do mezanino. Do lado oposto, ao final, havia outra sala, com quatro grandes janelas e a porta que levava a uma varandinha com pequena escada para o pomar. O cão transitava próximo a esse local. A residência do caseiro ficava ao final da alameda de pessegueiros, no pomar, a uns cinquenta metros do riacho que fornecia água ao sítio, antes de precipitar-se do alto penhasco.

Vicenta passou à frente de todos, seguida de Lorena, e entrou sala adentro, ignorando a presença da governanta. Nesse exato momento ouviram-se fortes estouros de foguetes, barulho certamente trazido pelo vento da Praça de Nossa Senhora do Rosário, onde as barraquinhas iniciavam os festejos de São Benedito.

Astor, que estava latindo, aquietou-se.

Passados alguns segundos, abruptamente, apareceu no alto da escadaria uma disforme figura negra. Logo se percebeu que era o cão, em disparada, vindo do mezanino, escorregando atabalhoadamente pelos degraus até se estatelar de pernas abertas quase no meio da sala, aos pés dos visitantes que acabavam de entrar. O susto foi geral, acompanhado de gritos, até que todos compreenderam, após alguns segundos, que o cão ofegante e com uma enorme língua de fora não lhes faria mal algum. Logo em seguida ele foi se deitar em um canto da sala, rosnando para todos e ao mesmo tempo choramingando de medo. Espantadas, algumas pessoas tinham ainda as xícaras de chá erguidas à altura da cabeça, equilibrando-as para que o líquido não se derramasse.

A governanta Ana Rosa desculpou-se pelo transtorno, disse a todos que ficassem à vontade; dona Amália aguardaria um pouco mais os convidados que faltavam e a reunião começaria por volta de oito horas. Vicenta cumprimentou a todos com um demagógico aceno de mão. Notava-se que ficara um pouco tensa, alerta com a presença de Lílian junto a Salvador. Assumiu uma postura controlada, tentou esboçar um sorriso, porém não conseguiu se aproximar do casal, pois sua secretária imediatamente passou à sua frente com a mãozinha estendida, como um cão de guarda, pronta para defendê-la.

A presença da jornalista Lílian seria no mínimo embaraçosa na noite em que Vicenta pretendia pedir muito dinheiro à tia. Desprezo: era o sentimento que Vicenta sentia em relação à filha adotiva de dona Amália, dissimulado pela postura de falsa simpatia que costumeiramente adotava.

— Que enorme prazer encontrá-los aqui no sítio — disse Lorena, depois de fazer uma mesura, pegando na mão de Salvador com a ponta dos dedos.

— Ora! Então você está mesmo de volta ao convívio dos Fagundes Porto! — falou Vicenta a Lílian, fingindo, como se não a houvesse visto na noite anterior.

— Estou voltando, sim. Só não sei por quanto tempo — Lílian procurava ser o mais simpática possível. — Viemos receber o que dona Mariana deixou para Salvador, e também pretendo escrever alguns artigos sobre a cidade...

Lílian demonstrava estar à vontade, com um bom humor que contrastava com as fisionomias de seu marido e das duas mulheres. Respondia a uma pergunta quando seu rosto se virou para o início da escadaria, notando que dona Amália subia para o mezanino. Não queria perder sua mãe de vista. Há pouco a vira na sala de visitas com o advogado: gesticulava muito e às vezes observava com ar severo determinadas pessoas no ambiente.

Ouviu-se o som rouco da campainha. A velha senhora ainda não havia chegado ao quarto degrau; olhou à sua volta, talvez avaliando ausências. Dirigiu-se a Geraldo, parado no centro da sala de visitas:

— Por favor, querido, atende à porta!...

Acompanhando o sacerdote entraram mais alguns paroquianos. Matilda chegava eufórica, com um ramalhete nos braços. Ondina estava linda, toda de branco. Nesse momento, dona Amália pensou, olhando o atrevido casal Edith e Villa, que se levantava apressado para recepcioná-las: *Eles se afastaram completamente da igreja. Não foram convidados! O que será que pretendem, vindo a essa reunião de paroquianos?*

Todas aquelas pessoas, que participavam das decisões da igreja local, em tempo algum deixavam de atender a convites para as reuniões no Sítio das Rosas. Respeitavam sua proprietária como uma mulher atuante na comunidade cristã, sempre pronta para ajudar o próximo, arrebanhando fiéis, aconselhando-os sempre que solicitada.

Prontamente, Lílian subiu alguns degraus da escada e pegou no braço de sua mãe, que subia devagar, segurando o corrimão. Fez isso se adiantando a Vicenta, que desejaria ter feito o mesmo.

— Obrigada pela gentileza — disse dona Amália. Depois, do alto da escadaria pediu a Ana Rosa: — Diga a Teresa que venha tirar o Astor da sala. Em seguida dirigindo-se a todos: — Dias atrás eu disse a Francisco que a coleira do cachorro precisava ser trocada, e ele não me ouviu.

Os paroquianos, seguindo a anfitriã, também subiram os degraus de mármore rosa, como de costume escolhendo suas posições em volta de quatro mesas redondas, colocadas na parte mais ampla do mezanino.

A reunião começou animada, presidida pelo padre Clemente, que logo tratou de formar quatro grupos.

Dona Amália e o advogado pediram desculpas aos presentes e se retiraram para o outro lado da grande sala, dizendo que deviam dar continuidade a um assunto urgente, e que tão logo o concluíssem ingressariam em um dos grupos. Durante todo o tempo, ficara evidente a quem prestava atenção que os dois revisavam e assinavam documentos. Algumas folhas foram guardadas em uma pasta de couro preta, que estivera sempre à mão do Dr. Wilson; e outras foram entregues à dona do sítio, colocadas dentro de uma pastinha branca.

Enquanto isso, os paroquianos discutiam, em pormenores, o planejamento das festividades da igreja até o final do ano. Passada uma hora, houve intervalo para mais um serviço de chá. Os quitutes foram servidos e logo em seguida todos retornaram a seus grupos de trabalho por mais uma hora. Encerraram a proveitosa reunião às vinte duas horas e trinta minutos.

Padre Clemente e paroquianos foram se retirando, despedindo-se efusivamente da dona do sítio, menos Vicenta e Lorena que não arredaram pé, sentadas em um sofá verde a um canto do mezanino. Enquanto Tereza já começava a limpeza, Edith e Villa saíam para o jardim, conversando com Francisco, para perplexidade de dona Amália. *Preciso saber o que conversam esses dois com o meu caseiro.*

Decorreram alguns minutos que para Vicenta e Lorena pareceram horas, esperando que dona Amália as atendesse. Por fim, ela apareceu. Surpreenderam-se quando a viram entrando pela porta da sala de visitas, indicando que havia saído com o advogado pela varandinha lateral.

Onde ela teria guardado a cópia do testamento? — era o pensamento comum às duas.

A sobrinha candidata e sua secretária se levantaram ao mesmo tempo e a abordaram, pedantes, amáveis, perguntando se estava bem.

Vicenta tinha certeza de que sua tia já esperava ouvir o pedido de empréstimo. Para impressioná-la, com a voz firme, mas suplicante, ela disse:

— Eu... estou a um passo, de ser eleita deputada federal... não posso deixar passar essa oportunidade. Necessito que a senhora me ajude... que me socorra com o dinheiro necessário para a continuação da minha campanha. O Partido não acreditará em mim, se eu...

Dona Amália foi inflexível, lembrando a Vicenta seus gastos excessivos no passado:

— ...dinheiro que você possuía e gastou exageradamente, por não saber administrá-lo com prudência. Falo da herança recebida de seus pais, que você perdeu com campanhas políticas malfeitas, e, ultimamente, com essa preocupante irmandade...

Vicenta ainda tentou dizer:

— Desta vez, tenho certeza de que vou... — mas foi interrompida por um puxão antes de completar a frase.

Ao ouvir as recriminações ao comportamento de sua companheira, Lorena ficara alerta. Percebera que a aversão de Dona Amália a emprestar o dinheiro, mais do que aos gastos em campanhas, devia-se à certeza das conexões de sua sobrinha com a irmandade da Luz do Fogo. *Velha avarenta. Não é capaz de compreender a grandiosidade do pensamento de Vicenta.*

Lorena sussurrou no ouvido de sua companheira:

— Ela sabe de alguma coisa, que não quer ou não pode falar. Vamos, ela não lhe dará nada, não está percebendo?

Pela primeira vez, ao que se saiba, Vicenta ficara cabisbaixa, como que aniquilada. A fiel secretária continuou falando, murmurando, pedindo à companheira que não se deixasse constranger ainda mais:

— Dona Amália não atenderá o seu pedido, mesmo que suplique... mesmo sabendo que se você ficar impossibilitada de levar adiante o plano para se eleger, isso poderá resultar na sua ruína financeira e também política.

O sangue fugira das faces de Vicenta.

— Obrigada pela grande ajuda, minha tia!... — exclamou, com voz rouca, ironizando, repleta de ódio.

Sem olhar para trás, as duas desceram rapidamente as escadas da sala de visitas e saíram em direção ao estacionamento, onde Edith e o marido as esperavam.

— Ondina não virá agora, está com Geraldo — disse Lorena. — Ficará até mais tarde, tentando achar a pasta com o novo testamento.

O grande relógio de madeira negra badalou, anunciando as onze da noite, enquanto dona Amália se recolhia ao quarto. Lá fora não havia mais barulho. *Não devo mais encorajar a vida desregrada daquelas duas* — ela pensava. *Onde estará Geraldo* — se perguntava, preocupada, impotente diante do rumo que tomavam os acontecimentos. Mas não iria esmorecer na tentativa de fazer com que tudo voltasse à normalidade. *Esse Urbano Santini transtornou a vida de algumas pessoas da minha família, e certamente também de outras.*

Um clima de decepção e rancor se instalara dentro do sedã azul-marinho da ex-prefeita de Canabrava. Lorena tinha os olhos brilhantes, umedecidos pela fúria reprimida diante da negativa daquela velha que ela achava sovina, ridícula, que não enxergava o quanto sua sobrinha poderia vir a ser importante.

— Dona Amália só pensa em dar dinheiro para a igreja! — exclamou. Em seguida, Lorena emudeceu, sentindo-se derrotada pela primeira vez; porém, somente até Vicenta lhe dar uma ordem inesperada:

— Siga o carro do advogado, olhe, ele está nos ultrapassando.

Não foi preciso sua companheira explicar por que deveriam vigiar os passos do Dr. Wilson. *É imperativo saber onde ele vai guardar o novo testamento da velha sovina* — pensava Lorena naquele instante, o que melhorou o seu humor. *Será em casa? Ou no escritório, que fica ao lado do Clube Recreativo de Canabrava?* A voz da secretária soou raspada:

— Aquela velha é uma malvada, dissimulada por uma pose de boazinha. Você não deve perdoá-la jamais, minha querida, se por essa falta de compreensão seus planos políticos não se realizarem.

— Fique tranquila, sairemos vitoriosas nesta eleição — disse Vicenta, que recuperava a sua confiança usual. — Já é tarde, é melhor irmos direto para o morro do Engenho, buscar orientação... Como sempre, sem que ninguém nos veja, subindo por trás do morro. Vocês — ela disse a Edith e Villa — devem seguir direto para o pátio dos barracões, para a cerimônia comum. Eu e Lorena permaneceremos no grande salão da caverna, esperando Urbano para a missa negra, uma cerimônia reservada para os suplicantes de hoje, ilustres visitantes vindos da capital.

***

Lílian esperara em vão que Antônio aparecesse no Sítio das Rosas para a reunião dos paroquianos. Ele descumpriu o combinado de que iriam juntos para o morro do Engenho; no dia seguinte, ela soube que precisara ficar com os filhos, pois Ondina, naquela noite, fora se ocupar dos serviços da irmandade da Luz do Fogo.

A reportagem que pretendo realizar ficará para a próxima quarta-feira — decidiu. Sentia-se um tanto frustrada; não queria protelar seu projeto de trabalho. Reconhecia também que queria subir o morro do Engenho por curiosidade. *Quero investigar o mistério, a excessiva atração que a irmandade exerce sobre muitas pessoas, inclusive meu irmão. Será que também em dona Amália?*

Capítulo nove

Naquela mesma semana, depois da reunião com os paroquianos, Lílian voltou duas vezes ao Sítio das Rosas, mas não encontrou Geraldo para perguntar o porquê de sua obstinação pelo surpreendente relacionamento com Ondina. Gostaria que ele pensasse melhor, entendesse que ela era mulher de Antônio, seu amigo, que tinham dois filhos pequenos, e que talvez ainda fosse possível o retorno dela à família. No próximo sábado Geraldo completaria vinte e seis anos. Era jovem, bonito, livre de problemas financeiros, querido por todos. E havia muitas garotas desimpedidas na cidade...

Quanto a dona Amália, mostrava-se distraída, triste, ficava quase o tempo todo no mezanino, sentada em uma poltrona. Recebeu Lílian com muito carinho, mas sem expressar sua vivacidade habitual; parecia que algo muito errado estava acontecendo e ela não conseguia, ou não podia revelar o motivo de aparentar tanta aflição.

Durante a visita de quinta-feira, Lílian foi falar com a mulher de Francisco, querendo saber se ele estava bem depois de haver sumido por vinte e quatro horas, deixando de cumprir suas obrigações no sítio. Não se admirou ao ver que o delegado interrogava a caseira. Lílian também fez perguntas, mas em tom mais brando; mesmo assim, não conseguiram que Tereza dissesse qualquer coisa que seu marido já não houvesse dito quando se apresentara na delegacia. O Dr. Eurico deu o assunto por encerrado.

Lílian também achou que a mulher não sabia mesmo de nada sobre o paradeiro de Francisco na noite de terça-feira e durante todo o dia anterior. Voltou ao Sítio das Rosas na sexta e se surpreendeu quando dona Amália disse que precisava conseguir outra cozinheira. Em suas mãos estava um bilhete de Teresa comunicando que ia embora para o Nordeste, para o lugar de onde havia saído. Dava para entender, apesar da escrita quase ilegível, que não queria mais ser mulher de Francisco porque descobrira que ele estava se deitando com outra.

Dona Amália sabia que não eram casados legalmente. O bilhete fora deixado em cima da pia da cozinha, na quinta-feira à noite. Interpelado pela patroa, Francisco disse que há algum tempo os dois não estavam se dando bem, mas mesmo assim dona Amália ficou aborrecida com a atitude inesperada da caseira.

Capítulo dez

Chegou o dia do aniversário de Geraldo, todo ano preparado com muito carinho. Dona Amália fazia questão de que a casa e todo o espaço à volta da piscina estivessem perfeitamente decorados, com balões de todas as cores e outros adereços de festa. No início da noite, a mansão do Sítio das Rosas já se encontrava com todas as luzes acesas, esperando os convidados.

Na cidade, na Praça do Rosário, a celebração do sábado de aleluia começara animada, e chegaria ao ápice durante o ritual do açoitamento do Judas. Quanto maior era a aglomeração, mais a turba em altos brados o denominava traidor, repetindo a antiga expressão de que ele queimava no fogo do inferno junto a ladrões e assassinos. Jogavam pedras; muitas não o acertavam, estalando nos grandes ipês mais próximos, ou por acaso indo bater nas pessoas que caminhavam pelas passarelas do jardim. O boneco balançava no ar, dependurado por uma corda amarrada no pescoço, à moda dos enforcamentos da Idade Média. Era uma figura grotesca, iluminada pelos clarões dos foguetes. Algumas explosões próximas a ele por vezes o chamuscavam, provocando um balanço fantasmagórico.

A Praça de Nossa Senhora do Rosário parecia não comportar mais ninguém. Pessoas andavam se esbarrando nas calçadas, de um lado para o outro, ou persistiam aglomeradas em volta da forca. Os mais exaltados galgavam o cadafalso munidos de porretes feitos de pequenos galhos ainda verdes. Alcunhado "traidor de Cristo", Judas seguidamente era espancado enquanto a multidão delirava de prazer. De vez em quando, ouvia-se o barulho de vidros estilhaçando, seguido de xingamentos dos moradores descontentes com a festa macabra.

O estrondo dos rojões era perfeitamente audível no Sítio das Rosas, por vezes também a algazarra dos participantes da festa — apesar da distância de uns dez quilômetros serra acima. O vento soprando na direção leste, resvalando nas rochas, carregava o rumor dos morteiros e até mesmo um leve cheiro de pólvora queimada. Astor corria latindo sem parar perto das grossas paredes da mansão, preso ao cabo de aço, excitado pelos barulhos e odores.

Assim que Geraldo olhou seu relógio de pulso, observou o céu, notando que apareciam algumas estrelas. Pressagiava uma noite escura, de lua minguante. Já anoitecera, mas ainda era cedo: oito horas.

***

Alguns convidados para o tradicional aniversário no Sítio das Rosas buscavam as melhores mesas em volta da piscina; outros chegavam ao estacionamento, clareando as árvores com os faróis. Lílian viera com Salvador. Sentaram-se em um dos bancos de mármore, perto da edícula, embaixo do iluminado caramanchão de primaveras. Falavam pouco; prestavam atenção ao movimento das pessoas, quando viram Vicenta e Lorena com Francisco no fundo do jardim. O caseiro fazia nítidos gestos de indecisão; ao perceberem que tinham sido vistos, caminharam para atrás de uma pequena acácia, continuando o que mais parecia uma acirrada discussão.

Vendo-se por um instante a sós, Salvador levantou-se do banco e acenou, chamando a atenção de sua mulher. Fez sinais de que precisava ir ao banheiro. Naquele momento ela conversava com padre Clemente, que se desculpava por ainda não ter ido ao chalé visitá-los. Com passos rápidos, o marido de Lílian dirigiu-se para o lado esquerdo da propriedade. Passou por trás da edícula, continuando por um caminho fracamente iluminado por lampiões colocados sobre baixos postes de estilo colonial. Ainda escutou as primeiras palavras ditas por sua mulher:

— Eu sei que o senhor é muito ocupado — Lílian o tranquilizava. — Eu, sim, ainda não compareci à sua igreja.

— Vá, ajudar a rezar o terço em louvor a Nossa Senhora do Rosário, na próxima quarta-feira.

— Desculpe; nesse dia irei ao morro do Engenho, observar a cerimônia da Luz do Fogo. Farei pesquisas para uma reportagem a respeito da irmandade.

Padre Clemente moveu vagarosamente a cabeça de um lado para outro, como que desaprovando o que Lílian dissera.

— Pois muito bem! Em outro dia, depois de assistir a tal cerimônia, que chamam de "missa...", façam-me, você e seu marido, uma visita à paróquia. Gostaria de conversar com vocês sobre os propósitos dessa irmandade... cuja filosofia, se é que se pode dizer assim, seria uma mescla de antigas crenças pagãs anglo-saxônicas. De alguma forma esse grupo de fanáticos está afetando negativamente algumas pessoas da comunidade, e, me parece, que também dona Amália. Nesse momento o aniversariante se aproximava deles, vindo de dentro da casa com dois amigos. A conversa de Lílian com padre Clemente sobre a Luz do Fogo teria que ser adiada.

Bem no fundo do pomar, embaixo dos galhos de uma árvore, Salvador permanecia parado, mas irrequieto. Certificou-se de que estava longe das vistas dos convidados, meteu a mão no bolso do paletó e sacou uma pequena bolsa que abriu freneticamente. Uma seringa apareceu, junto a uma ampola da qual ele logo quebrou a ponta. Sugou o líquido puxando o êmbolo e seguidamente o injetou em uma veia, bem no meio do braço esquerdo. Foi como se estivesse sendo envolvido por uma nuvem gélida, orvalhada... Um agradável entorpecimento tomou conta de todo o seu corpo. Momentaneamente suas pernas fraquejaram, levando-o a encostar-se ao tronco de uma árvore. Logo em seguida, toda a tensão desaparecera, surgindo-lhe uma paz que ele sabia não ser genuína: era o vício, embotando perigosamente a realidade.

Mesmo inebriado pela droga, embrenhou-se com lentidão pelo quintal escuro, dando de cara com o pequeno riacho de águas claras que escorria rapidamente por entre as pedras. Andou até a beira do penhasco onde se formava a cachoeira. Conhecia muito bem aquele sítio de seus passeios às escondidas com Vicenta. Se não estivesse sob o efeito da morfina, teria escutado um fraco estalido de folhas secas misturado ao burburinho das águas e ao silvar do vento.

Lá embaixo, a festa das barraquinhas e da queima do Judas prometia seguir noite adentro. Alguém pegara uma tocha e a encostara no peito de pano; o fogo se espalhou imediatamente, crepitando e consumindo o espantalho. A corda que o prendia à haste de madeira se incendiou, e como uma bola de fogo ele caiu no assoalho do cadafalso, espirrando fagulhas para todos os lados. A visão do espocar de rojões, fogos de artifício e toda a cidade iluminada formavam um espetáculo magnífico.

Salvador se deslumbrava com o fulgor dos foguetes e das tochas, ora forte, ora diminuído — resultante da barbárie instalada na Praça do Rosário. Assistia, distraído, viajando naquela miríade de cores, quando sentiu um forte empurrão. Cambaleou sobre uma pedra e escorregou no musgo molhado, caindo para o vazio, mas num reflexo desesperador conseguiu virar o corpo para o lado.

Não entendeu muito bem o que estava acontecendo. Angustiado, conseguiu agarrar-se aos arbustos enraizados nas pedras escorregadiças, enquanto seu peito sustentava a água escorrendo pela beirada do abismo, quase que saltando por cima de sua cabeça. Devido ao extremo perigo, com as pernas dependuradas e a torrente fria que passava fortemente por seu dorso, a mente de Salvador foi inundada por grande lucidez. Com esforço sobre-humano, conseguiu lutar contra a correnteza e se arrastar para a margem. Sentou-se ofegante em uma pedra. Seus sentidos em alerta vasculharam a escuridão, por todos os lados.

Alguém quer acabar com a minha vida — pensou com horror. Já mais calmo, percebeu, pouco depois, que o perigo havia passado. Quem o queria ver morto não iria correr o risco de ser reconhecido, e ele agora estava de sobreaviso. Levantou-se com dificuldade, e, vacilante, tomou o caminho de volta. Chegando perto da casa da piscina deparou-se com Vicenta, de pé, olhando fixamente para a entrada da mansão, mergulhada em sabe-se lá quais pensamentos... Talvez ruminasse ódio por sua tia haver-lhe negado dinheiro. Ao ver Salvador saindo do quintal, de braços cruzados, tiritando de frio, observou com um ar de deboche:

— Ah, é você... Está todo molhado!... Parece que viu um fantasma! O que aconteceu?

— Você está vendo!... Escorreguei e caí no riacho — mentiu. Sentia-se como o Judas que fora consumido pelas chamas. Não só todo o seu corpo latejava pelo esforço recente, mas também a cabeça estava como um redemoinho, tentando reencontrar seu ponto de equilíbrio.

Não me deixarei abater — ele pensou, com algum esforço.

— Humm... Vê-se que você não está nada bem. Talvez não devesse ter voltado a Canabrava — advertiu Vicenta num cochicho áspero, quase encostando a boca no ouvido de Salvador.

— Eu precisava voltar, você sabe muito bem... Além do mais, pretendo aos poucos conquistar a afeição do "meu filho Geraldo", mesmo que isso a contrarie...

— Esta cidade não o receberá bem! Nem mesmo por seus filhos com Lílian!

Passaram-se alguns segundos. À medida que ele se recompunha, passava as mãos nervosamente pelos cabelos molhados.

— No outro dia, quando estávamos abraçados a caminho do morro do Engenho, você não parecia tão incomodada com a minha volta para esta cidade, que, aliás, não é somente sua — Salvador falou com ironia. — Em certos momentos temos nos dado muito bem... E tudo o mais em nosso passado? Aqui mesmo, no sítio... Esqueceu os nossos deliciosos passeios na beira do riacho? Claro que não!...

Ouviu-se o roncar do motor de um carro. O barulho foi se distanciando e já se podia ver o clarão dos faróis se movimentando rapidamente em direção à cidade, iluminando a ladeira margeada por árvores se balançando com o vento. Salvador ficou atento: *Alguém saiu da festa apressado*. Já refeito do susto, constatou que não poderia permanecer naquele lugar, molhado daquele jeito, pois começava a despertar a atenção das pessoas. Não pretendia dar explicações sobre o ocorrido. Pegou Vicenta pelo braço, puxou-a, notando o seu consentimento. Entraram no escuro do quintal.

— Quer ir até o local onde escorreguei? — disse, a conduzindo.

Ela se debateu fracamente, fingindo que tentava se desvencilhar, quando ele a encostou com firmeza em uma árvore. Enquanto era beijada ardentemente, Vicenta dizia como num sonho, com a voz entrecortada:

— Nada mais há a fazer... Passaram-se tantos anos... — estranhamente, Vicenta demonstrava nostalgia, mas roçava o corpo de Salvador, que, ofegante mordiscava-lhe os lábios. — Nossas escolhas do passado têm consequências hoje. Dificilmente poderão ser modificadas... — disse, mudando de tom e o empurrando. — E os seus pecados mais recentes? Como pretende expiá-los?

Salvador segurou-a pelos ombros:

— Não seja tão dura comigo! Afinal, você nunca foi, e nunca será um exemplo de retidão moral. Vivi todo esse tempo distanciado de Canabrava, mas não me faltaram notícias sobre os seus mandos e desmandos em toda a região. Proliferam-se rápido, principalmente as notícias ruins. Não se esqueça de que aqui, nessa sociedade, quem mais se sobressai é você: um prato cheio para as colunas de fofocas.

— Ora!... se quer participar do aniversário do meu filho, vá trocar de roupa.

— Voltaremos a nos encontrar, você sabe disso... — Salvador dirigiu-lhe um sorrisinho ardente.

***

Apressada, passando por entre canteiros de legumes depois do pequeno portão que separava o quintal do jardim de frente, Lorena pigarreou, anunciando sua aproximação para umas poucas pessoas que circulavam por ali. Depois de rosnar fortemente para ela, o cão se acalmara.

Atraída pelos latidos de Astor, Lílian viu Lorena, parecendo abatida, passar a mão na enorme cabeça negra.

— Você não está se sentindo bem? — Lílian perguntou à secretária de Vicenta.

— Raramente me deixo abater... mesmo diante de certas situações que tenho dificuldades para solucionar.... mas já passou!

Elas pouco conversaram. Lorena disse a Lílian que tinha trabalhado durante todo o dia, organizando a festa de logo mais, no Clube Recreativo, o tradicional baile do sábado de aleluia, inclusive com homenagens a Vicenta, que iria receber o apoio oficial do partido a que pertencia e também do Governador, através do Secretário do Governo.

Ao voltar para o meio dos convidados, Lorena comunicou a todos que durante o baile haveria também um segundo bolo para Geraldo, dando continuidade às comemorações do aniversário. E anunciou que o clube na Praça Fagundes Porto já estaria àquela hora todo iluminado para receber a fina sociedade de Canabrava.

Lílian voltava de suas andanças pelo jardim quando encontrou

Salvador aflito, passando as mãos nos cabelos e pelas mangas do paletó. Sem nada dizer, ele abriu os braços e olhou para o próprio corpo, mostrando a ela a péssima situação em que se encontrava.

— Você está todo molhado! O que aconteceu?

— É... molhei-me todo. Depois daquela hora que me separei de você, escorreguei, caí no riacho.

Ela não quis saber o que Salvador andara fazendo no fundo do quintal. Não se sentia mais à vontade para indagar sobre os vícios que ele mantinha.

— Parece que está precisando de ajuda.

Ele não comentou nada, mas perguntou:

— Você percebeu se Francisco saiu para a cidade? Ouvi um barulho de carro...

— Dona Amália não permitiria que o caseiro saísse do sítio, nem agora nem depois de terminada a festa, pois ficaria sozinha. Por que você está perguntando? Talvez algum convidado tenha saído para chegar mais cedo ao baile. Eu o aconselho a trocar de roupa, seu paletó está pingando água.

— Em nossa casa? Não pode ser. Saiba que esqueci o meu outro terno no sítio da Jandiara...

Nesse ínterim, a eficiente Ana Rosa fora avisada do que acontecera e já chegava trazendo um terno completo de Francisco, deduzindo que vestiam o mesmo tamanho.

— Troque de roupa na edícula da piscina — aconselhou a governanta. E saiu pelo jardim, anunciando num tom mais alto:

— Vamos todos para dentro de casa para partir o bolo. Vamos para a sala homenagear Geraldo!

— Aceita mais uma bebida? — perguntou Ana Rosa ao delegado. Usava um vestido justo, negro, e um avental azul, conjunto que caracterizava sua condição de governanta da casa.

— Mais uma taça de vinho, por favor — respondeu o Dr. Eurico, que justamente naquele momento falava à dona do sítio sobre o desaparecimento de Francisco na quarta-feira anterior: — No outro dia ele apareceu se desculpando, dizendo que encontrara uns amigos pelo caminho e bebera além do costume. Explicou que vindo de volta para o sítio ficara com muito sono e tinha parado para dormir em um desvio da estrada.

— Exigi que ele fosse se explicar à polícia — disse dona Amália.

Dois candelabros com centenas de cristais resplandeciam na sala de visitas. No mezanino, um pouco afastado, se escondendo, Francisco observava atentamente sua patroa. Parecia mortificado pela demorada conversa que ela mantinha com Dr. Eurico. Os olhares do caseiro e da governanta se cruzaram.

No instante em que dona Amália abria a boca para falar sobre Francisco, Ana Rosa os abordou; providencial, interrompendo bruscamente a conversa, disse que chegara o momento de cortar o bolo. A governanta conduziu a velha senhora até uma mesa instalada no centro da sala, insistindo para que esperasse Geraldo naquele lugar, porque ela seria a primeira a ser servida. A essa altura da festa algumas pessoas já se sentiam incomodadas porque ninguém até o momento encontrara o aniversariante no próprio aniversário.

Edith, sentada junto a Villa, exclamou para as pessoas próximas:

— Dona Amália já se encontra no meio do salão, esperando para cortar o bolo!

Amélia, a simplória mulher do delegado, perguntou:

— Onde está Ondina? Faz um bom tempo que não a vejo!

Da outra ponta da fila de cadeiras a irmã de dona Amália se empertigou toda.

— Minha filha? Foi respirar ar fresco no jardim... — informou Matilda, nervosa, preocupada com os exageros de Ondina em relação a seu tórrido caso com o primo. Pensava com seus botões: *Falei várias vezes para ela ter cautela, porque poderia provocar a ira de minha irmã, o que seria desastroso; iria atrapalhar o seu relacionamento com o herdeiro principal de tudo isso aqui e muito mais... A união legal entre eles seria uma excelente solução para nossas vidas...*

Finalmente, quando todos comentavam sua ausência, Geraldo apareceu na sala. Alguns convidados já assediavam a dona do sítio com perguntas, queriam saber se havia algum problema...

O pequeno sofá de veludo verde, como de costume, fora ocupado por Vicenta e Lorena. Também elas comentavam sobre o romance da filha de Matilda:

— Não estou gostando nada dessa relação exagerada de Geraldo com Ondina. Você notou? Até há poucos minutos estavam fechados no quarto!... Precisamos ter uma séria conversa com ela! — Vicenta se mostrava verdadeiramente irritada quando exclamou: — Não era para ser assim!

Um sinal de alarme disparou na mente de Lorena. O que Ondina deveria ter feito era somente convencer Geraldo a frequentar as cerimônias do Engenho, esse fora o combinado. No entanto, mesmo seriamente advertida, ela insistia na pretensão de levar adiante o inconveniente romance com o primo rico.

— Você terá que controlar Ondina — disse Vicenta. — Essa paixão poderá tornar-se perigosa demais.

Sorridente, Geraldo olhou para o grande portal de entrada da sala de visitas. Eis que, deslumbrante, em um vestido verde-esmeralda, Ondina entrou esbanjando sua exuberância morena. Balançou de leve a bonita cabeleira encaracolada sob o olhar de todos os convidados, e dirigiu-se para onde Matilda estava.

Vendo a cena, Lílian deu um longo suspiro; pensava no amigo Antônio e em seus dois filhinhos: *Ele precisa oficializar o término do casamento com Ondina. Felizmente teve o bom senso de não vir à festa.*

Todos cantaram a melodia usual; o bolo foi servido e logo depois dona Amália retirou-se da sala. Queria fugir da proximidade com Matilda e a filha e subiu as escadas, dizendo que precisava conversar com alguns amigos no mezanino.

Quando o relógio anunciou vinte e duas horas, os convidados começaram aos poucos a se despedir. Dr. Wilson permaneceu mais um pouco. Quem olhasse para o canto do mezanino onde estava a escrivaninha, teria visto quando ele entregou uma pasta de papelão para dona Amália. O entra-e-sai da casa continuou, sempre sob o olhar vigilante de Ana Rosa, que ainda servia bebidas.

Depois da saída de Lílian e Salvador, Vicenta e Lorena ficaram conversando. Repentinamente se despediram de todos com um aceno de mão e foram para o estacionamento, onde esperaram um pouco até que o elegante advogado entrasse em seu carro e partisse rumo à cidade. Nesse momento, Francisco se aproximou, saindo de trás de um tufo de hibiscos com a cara fechada e arrastando os pés, a fim de que elas percebessem sua chegada. Lorena tirou um gordo maço de dinheiro da bolsa, e o caseiro ficou parado por alguns instantes, como se se preparasse para dizer algo. Antes que ele abrisse a boca, Vicenta se dirigiu a Lorena, falando em uma altura que ele escutasse:

— Você precisa ter cuidado para que tia Amália não descubra que Francisco nos faz alguns favores — disse. Depois, com o canto da boca, sussurrou para a amiga: — Não podemos perdê-lo, pois ainda será de grande utilidade.

Pela janela entreaberta do carro, Lorena depositou o pacote de notas nas mãos estendidas do vigoroso empregado do Sítio das Rosas. Ele estava com o rosto avermelhado quando falou, esforçando-se para não ser grosseiro:

— Vocês precisam dar um jeito para que ela não tenha contato com o delegado. Eu sei muito bem que a senhora pode controlá-lo — disse, olhando para Vicenta — mas eu poderia ficar prejudicado... Naquele dia, à noite, dia da reunião da paróquia, não pude voltar para o sítio; e dona Amália insiste em saber o que eu estava fazendo.

— Mais uma coisa — Lorena continuou secamente, sem comentar o que ele dissera. — Hoje, mais tarde, faça o que você precisa fazer... vista o seu terno de serviço, camisa branca, e vá para o Clube Recreativo. Precisamos de você para ajudar nos serviços do bar. Tenha cautela!

***

Logo no início da descida para a cidade, Lorena notou que sua companheira — assim considerava Vicenta — estava entregue a profundos pensamentos. Sequer lhe dirigia um olhar.

Somente eu — Lorena pensava, presunçosa — consigo compreendê-la perfeitamente e influenciar suas decisões.

Percebendo que a secretária a olhava com insistência, Vicenta fez um breve comentário:

— Não posso tolerar que meu prestígio em Canabrava diminua. É esta condição que me dá suporte, é minha garantia de sucesso nas eleições — não era, porém, somente isso que a atormentava. Vicenta acumulava conflitos, a mente era fustigada por um turbilhão de temores e culpas. — Você não precisa querer adivinhar meus pensamentos. Sempre a informarei sobre minhas preocupações.

Vicenta sabia muito bem que sua secretária pensava que podia manipulá-la. E deixava-se levar, conscientemente, pelas sugestões de sua "amiga", mas *unicamente* até quando convinha aos seus interesses.

Quando desceram do carro, em frente ao Sobrado Verde, a servil Lorena olhou fixamente para a companheira, deixando-a intrigada; e sorriu, planejando: *Me esforçarei ao máximo para merecer o amor de Vicenta. Chegará o dia em que ela não poderá mais ficar sem a minha companhia.*

— Por que você me olha tanto? — perguntou Vicenta.

— Veja o tamanho daquela estrela, rápido, riscando o céu! — Lorena exclamou, desconversando.

***

A descida do sítio para a cidade ficara movimentada. Quase todas as pessoas que estavam no aniversário iriam ainda hoje ao Clube oferecer um segundo bolo a Geraldo. No entanto, nesse baile, a grande figura seria Vicenta, colhendo os louros, os olhares, os aplausos, presumíveis apoios para sua iminente candidatura oficial. Toda a sociedade abastada de Canabrava estaria presente no baile tradicional desse sábado de aleluia.

Os cabelos grisalhos de Salvador esvoaçavam enquanto dirigia ao lado de Lílian. Já contornavam as pedras negras, próximas à igreja de Nossa Senhora do Rosário, quando um frio na barriga o fez lembrar que há pouco havia sido empurrado para o abismo da cachoeira. Esperava o momento propício para contar à sua mulher. Passaram pela praça olhando para o cadafalso, que ainda soltava fagulhas onde queimava o restante da madeira. Quando falou, quebrou o silêncio constrangedor dentro do carro adotando um tom humilde:

— Minha autoestima anda diminuída ultimamente.

— Por que seria? — ela perguntou.

Ele não respondeu à interrogação irônica. Precisava desesperadamente de dinheiro para pagar as indenizações estipuladas nos processos. O Juiz havia determinado a cassação do seu diploma, o que o impediria de clinicar. Não estava em uma posição confortável, mas tinha certeza de que sua mulher não o abandonaria com tantos problemas, talvez pela antiga convivência — mesmo que agora corroída pelos acontecimentos recentes. *Felizmente existem as crianças, e graças a elas confio que muito em breve reconquistarei Lílian.* Armando-se de coragem, Salvador resolveu contar sobre o ocorrido na cachoeira do Sítio das Rosas. Vinha protelando o relato porque o assunto viria atrelado ao seu vício em morfina, que Lílian sempre repudiara com veemência. Não soube dizer quem quis matá-lo, nem por qual motivo.

Lílian não fez nenhum comentário, mas disse, com o semblante muito sério:

— Li algumas cartas que chegaram para você nos últimos dias de minha permanência em São Paulo — sentia-se constrangida ao falar sobre o assunto. — Abri duas; uma era de Lorena, dizendo que seus crimes de sedução e pedofilia já tinham caído na boca do povo de Canabrava, e que por isso você estava conseguindo arruinar a reputação pessoal e política de Vicenta, desenterrando lembranças sobre o seu passado com ela. No final ela acrescentou que você não devia voltar; e seu único desejo era que as notícias nos jornais fossem sobre sua morte.

Lílian olhou para Salvador, tentando adivinhar o que lhe ia na alma. Depois prosseguiu:

— Na verdade, você não ignora que Lorena tem medo de que Vicenta volte a cair em seus braços, estando você morando em Canabrava, o que ela daria tudo para evitar. A outra carta, de Ondina, é bem mais direta em suas intenções, maldizendo o dia em que o conheceu e dizendo que fará tudo para que o seu fracasso se torne ainda maior do que já está sendo.

Salvador ficou pensativo. Suava por todos os poros. Parou o carro no portão do chalé e olhou sua mulher diretamente nos olhos, como ainda não havia feito nos últimos dias.

— Eu não devo dar parte à policia. Toda essa situação, a droga... Não, não vou dizer nada ao delegado.

Lílian sustentou o olhar.

— Guardei as cartas para lhe mostrar depois que se aquietassem nossos graves problemas.

Notava-se medo nos olhos avermelhados de Salvador.

— É preciso que a gente consiga o dinheiro com dona Amália! O mais rápido possível! — disse, com os olhos muito abertos. — Afinal... você não é herdeira, junto com Geraldo?

— Faça diferente... Por que você não procura o Geraldo e inicia um diálogo sobre aquilo em que ele ainda não acredita, ou não compreendeu. Abra o seu coração; fale do amor que você sente por ele, prometa que será uma pessoa melhor... E talvez seu filho lhe empreste o dinheiro. Nunca pedi um centavo a dona Amália. Recebi dela a mesada que me sustentou em São Paulo, mas somente até que não precisei mais. Seria difícil suplicar à minha mãe que nos desse dinheiro com a finalidade de indenizar aquelas mulheres.

Já no chalé amarelo, Lílian recebeu da caseira noticias dos filhos e foi direto para o quarto, se perguntando se estaria disposta a ir ao Clube Recreativo presenciar a sobrinha de dona Amália ser bajulada. Sentia-se muito pouco à vontade para se mostrar agradável a algumas pessoas.

Salvador saiu, dizendo que além de buscar o terno que esquecera no sítio de Jandiara iria falar com Geraldo ainda antes do baile. Passou pelo portão, abriu a porta do carro, que ficara destrancado na porta do chalé, e, antes de se sentar, pegou um papel dobrado deixado em cima do banco. No caminho, leu o que estava escrito. Era um bilhete anônimo dizendo que deveria voltar ainda hoje ao Sítio das Rosas, onde uma bela surpresa o aguardava. *É uma grande coincidência. Seria Vicenta? Bem... antes do baile irei ao sítio de qualquer modo, para resolver os meus problemas. Só não posso chegar muito tarde ao Clube.*

Capítulo onze

Esperava-se que todas as personalidades importantes da cidade comparecessem à festa no Clube Recreativo para homenagear a elegante e importante futura deputada por Canabrava. Afinal, ela estaria em alta na política da região.

O partido da elite, ao qual Vicenta pertencia, era oponente ferrenho ao do atual prefeito da cidade; no entanto, a chegada dele, juntamente com a primeira-dama, era aguardada por todos no salão para abrilhantar ainda mais aquela festa de homenagens.

Naquele baile de sábado de aleluia, muitas pessoas ainda se lembravam do que ocorrera há vinte e sete anos, no mesmo clube: a maioria dos convidados que chegavam ricamente vestidos havia estado ali, no mesmo salão, no dia em que Salvador desaparecera da festa sem dizer nada a ninguém, e fugira da cidade sem deixar rastros por um bom tempo. Há quem afirme ainda hoje, como se sabe, que ele fora muito bem pago pelos familiares de Vicenta para agir daquela maneira detestável, justamente no dia em que ela debutava. Mas a Vicenta pouco importava que Salvador tivesse ido embora, mesmo depois que ela se descobriu grávida.

A animação aumentava à medida que chegavam mais convidados, e também os que não haviam sido convidados: pessoas que haviam malhado o Judas na praça se sentiriam deslocadas, somente os "bem-nascidos", pertencentes à "boa" sociedade, seriam bem recebidos.

Havia certa expectativa com a chegada de Urbano Santini — o novo-rico, dono do antiquário e descendente do guru Wigberto, primeiro usineiro de Canabrava. Urbano chegara à cidade, vindo do sul do país, dizendo-se inglês e legítimo herdeiro dos enormes barracões em ruínas do Engenho Santini, onde atualmente abrigava a "sua" irmandade da Luz do Fogo. Dizia-se também herdeiro de grandes quantidades de terras no Estado do Mato Grosso, das quais iria tomar posse brevemente.

Aos poucos, foi se acomodando em Canabrava. Instalou-se no melhor hotel, frequentava os melhores restaurantes, os bancos, as lojas, as casas das famílias endinheiradas. Depois de um breve período de desconfiança, fora aceito por quase todos como uma pessoa com a qual seria "conveniente" conviver. Com o tempo, a cidade conheceria novas facetas de sua personalidade, e ele se tornaria um famoso guru.

Como não possuía dinheiro vivo, mas estava para receber uma gorda herança, pegava na época empréstimos nos bancos oferecendo avalistas, ou pedia pequenas quantias a comerciantes locais. Atualmente, havia na cidade farmácias de sua propriedade vendendo caras garrafadas, preparadas com vinhos e raízes duvidosas, prometendo curas miraculosas. Sua grande pousada estava sempre lotada de buscadores da Luz do Fogo.

Comentava-se em Canabrava que a ex-prefeita Vicenta Fagundes Porto tornara-se sócia de Urbano em tudo, mas ninguém sabia ao certo.

***

A orquestra começou a tocar às onze horas, quando no salão já estavam dezenas de pessoas sentadas, tentando se comunicar e conversando cada vez mais alto, tomando suas bebidas favoritas. Inicialmente, uma seleção de boleros inundou o recinto com acordes cadenciados. As mesas, cobertas por toalhas de crivo branco, haviam sido organizadas de modo que houvesse um espaço razoável próximo ao palco, onde os casais poderiam evoluir com seus melhores passos de dança.

Urbano apareceu à meia-noite e meia, trajando impecável terno de linho branco. Sua personalidade magnética fazia com que várias pessoas olhassem para ele, naquele momento em pé observando a todos, como uma águia, virando a cabeça para todos os lados e balançando a cabeleira grisalha. Escolhia, certamente, a mesa onde mais lhe interessava sentar.

O chamativo guru não parecia ter mais de cinquenta anos. Com um gesto suave, levantou a mão direita tentando chamar a atenção de

Ondina, sentada no fundo do salão com Matilda e os amigos Edith e Villa, que também acabavam de chegar. Sem perder tempo, Urbano foi até eles, passando sorridente por entre as mesas, consciente de que estreitar relações com aquelas pessoas seria bom para seus planos futuros. Vários conhecidos o cumprimentaram, inclusive Vicenta, que chegara há pouco e estava sentada numa mesa próxima à pista de dança. De passagem, Urbano lembrou aos que frequentavam o morro do Engenho a importante cerimônia de iniciação de Geraldo na Luz do Fogo.

Belos vestidos, casacos chiques e ternos assentados de tropical ou de linho tornavam o baile um rico desfile. Colares de brilhantes e camafeus ornados a ouro e esmeraldas enfeitavam as senhoras, orgulhosas de estarem presentes naquela festa de pessoas importantes, aliás, uma ótima oportunidade para suas filhas solteiras conseguirem namorados, pois estavam no recinto os rapazes à sua altura, na maioria filhos de famílias abastadas.

O tempo passava como um turbilhão, sem que os convivas notassem. As bebidas entorpeciam os sentidos de alguns; outros permaneciam embevecidos pela música e a circulação espontânea das pessoas por entre as mesas dos conhecidos, próximos demais, cheios de alegria contagiante.

O delegado Eurico, homem de estatura mediana e meia-idade, com uma barriga respeitável disfarçada pelo paletó-jaquetão, saiu de sua mesa no canto esquerdo, próximo às janelas voltadas para a praça. Determinado, aproximou-se da sacada para onde Vicenta havia se dirigido. Com os cabelos engomados, lisos, era um tanto gordo, mas ágil, e vestia um terno verde-oliva desconhecido. A candidata a deputada levantou a cabeça, sorrindo, dentes perfeitos, mostrando todo o rosto muito claro, os olhos verdes suavemente marcados a lápis-escuro e as pálpebras em tom esverdeado. Rosto amplo, linda, usando um longo vestido negro de decote generoso, adornado com rendas e canutilhos que brilhavam nas fortes luzes do salão, a ex-prefeita chamava a atenção de todos.

— Como vai, senhor delegado? — disse, com um ar jocoso, enquanto atravessavam um lado da pista de dança. — Vejo que conseguiu trazer sua mulher para a minha festa.

— É a primeira vez que venho ao Clube Recreativo — disse Amélia, apressada, ansiosa, passando à frente de seu marido. — Mas desta vez eu disse a Eurico: eu também vou! Não poderia desapontar a Lorena, que tão gentilmente me convidou, pessoalmente.

Dr. Eurico esfregava as mãos sem parar, rezando para que Amélia falasse o mínimo possível durante os inevitáveis encontros com os conhecidos.

— Sua companheirinha chegou, está passando junto ao bar! — Amélia falou, com uma mão no ombro de Vicenta e um sorriso maroto, enquanto apontava o dedo.

Sem muito a dizer, mas mostrando-se vigilante, o delegado comentou com Vicenta:

— Eu pensava ainda há pouco... É incrível como alguns indivíduos aparecem e desaparecem como por encanto em um baile. Somente um observador muito atento, e por um bom motivo, seria capaz de rastrear todos eles em suas andanças pelo salão, banheiros, sacadas, sem perdê-los de vista.

Ele, certamente, exercitava o seu poder de observação. Vicenta olhou-o de esguelha, mas não disse nada. Com um grande embrulho nos braços, Lorena chegou até eles sorrindo sem graça, apertando os olhinhos para o delegado barrigudo. Convidou o casal a se sentar à mesa onde ela e Vicenta iriam permanecer. Meio deslocados no ambiente, os dois aceitaram o convite sem pestanejar.

— Está fazendo muito calor, mesmo com todas as janelas abertas — disse o Dr. Eurico, olhando em volta. — Eu queria cumprimentá-las tão logo chegamos, mas notei que as senhoras saíam do salão apressadas. Então, pensei encontrá-las na sala de espera, onde somente vi Matilda e Ondina chegando, dizendo a Geraldo que haviam necessitado dar uma rápida passada em casa. Seriam as crianças precisando de cuidados? — ao notar que falava muito, o delegado levou a mão à boca, pigarreou discretamente e olhou para a pista de dança, onde alguns casais jovens encaravam um rock caloroso.

Lorena chegou a pegar na mão de Vicenta por um segundo, tentando conduzi-la por entre as pessoas até a mesa, mas a um safanão da amiga soltou-a rapidamente. A elétrica secretária sempre fizera o tipo recatado nas roupas que vestia, contrastando com a perspicácia e agilidade que demonstrava, e no baile não estava diferente; usava uma roupa sóbria e observava tudo o que acontecia. Às vezes olhava Vicenta como a protegê-la, atendendo-a sempre, a um simples olhar que esta lhe dirigisse; principalmente nessa festa, na iminência de sua companheira tornar-se uma parlamentar federal, Lorena se esmeraria em atenções.

Dizia a toda hora, "O que você deseja... Um Martini? Daquele jeito de que você gosta, com pouco gelo e uma azeitona?" Logo em seguida, agia como se a controlasse, dizendo que ela deveria se comportar dessa ou daquela maneira. No passado, quando ainda eram bastante jovens, Lorena ficava exageradamente amiga dos namorados de Vicenta e logo dava um jeito para que ela desgostasse deles por um motivo fútil qualquer: baixa estatura, cor da pele, deselegância, situação financeira, família... eram os argumentos principais para depreciá-los. Entretanto, quando Vicenta conheceu Salvador, Lorena ficara impotente para afastá-lo. Então mudou de atitude e começou a hostilizá-lo, percebendo que não poderia atrapalhar aquela relação demasiado forte.

A orquestra tocava uma valsa quando Lílian chegou, radiante, esbanjando charme. Todos os ocupantes das mesas próximas notaram que Salvador não a acompanhava. Deu uma parada no início da pista de dança e perguntou alguma coisa ao garçom, que em seguida a conduziu diretamente para a mesa reservada. Transpirava jovialidade a linda jornalista, cabelos negros soltos balançando na altura dos ombros. Seu corpo perfeito vestia um longo verde-claro e em seu pescoço cintilava um pequeno diamante pendurado em um fino colar de ouro branco. Ao sentar-se à mesa, Lílian viu Geraldo perto do bar, num banco alto, com o cotovelo apoiado no balcão. Notou que ele olhava fixamente para o fundo do salão, certamente para Ondina e Matilda, que, irrequietas, faziam gestos como se estivessem brigando.

Nesse momento, o apresentador anunciou o aniversário dele enquanto a orquestra executava a tradicional melodia de parabéns, acompanhada por todas as vozes no recinto. Geraldo logo notou a presença de Lílian. Desculpou-se com vários amigos que o rodeavam e foi ao encontro dela, que o abraçou fortemente e o beijou no rosto, gesto que não passou despercebido a Vicenta, visto que não perdia um só movimento de seu filho no salão de festas.

O acabrunhado Geraldo estava com a pele úmida; os grandes olhos castanho-claros brilhavam com a emoção de pela primeira vez estar sendo homenageado em um baile do Clube Recreativo. Percebendo que Vicenta o olhava fixamente, andou por entre as mesas e chegou até ela, que estava ladeada por um séquito de bajuladores. Achou-a bela, altiva como sempre, hoje com os cabelos levantados, presos em um grande coque.

— Oi, Vicenta — ele disse, sorrindo. — Parabéns! Lorena me disse que a carta do Governador que vai ser lida hoje não deixa dúvidas quanto ao apoio que você terá durante a campanha.

— Parabéns a você, que aniversaria.

Geraldo também foi cumprimentado por Lorena e Urbano, mas logo saiu em direção à mesa de Ondina. Um grande bolo sobre uma mesinha com rodas, empurrada por Lorena, parou no meio do salão para Geraldo apagar as velinhas, o que ele fez sob aplausos e, novamente, os tradicionais cantos de parabéns. Quem olhou, naquele momento, para a parede do fundo do bar, viu que o relógio marcava uma e meia da madrugada de domingo.

Salvador tinha chegado mais tarde, se desculpando por não ter podido vir junto com sua esposa. Explicava o atraso repetindo que molhara a roupa durante o aniversário no Sítio das Rosas e que, depois da festa, tinha ido buscar seu terno no sítio de Jandiara, onde ficara hospedado antes de Lílian chegar a Canabrava.

Continuava frenética a movimentação das pessoas indo e vindo em todas as direções. Alguns, mais encalorados, iam de vez em quando para as sacadas que se projetavam para fora do salão. Durante uma das escapadas de Vicenta, sua companheira secretária, que não a perdia de vista, notou que ela chegava a uma das sacadas que ficavam do lado contrário ao da Praça Fagundes Porto, voltada para o telhado de algumas casas velhas de comércio. Ali ela se encontrou com Salvador, parecendo que ele já a esperava. Iniciaram uma conversa animada; os minutos passavam, e aquele bate-papo, para exasperação de Lorena, não chegava ao fim.

Enquanto esperava, lembrou-se de que há mais ou menos trinta minutos havia se encontrado com Salvador na sala de espera do andar inferior. Ele chegara ofegante, apressado, vindo do térreo, dirigindo-se às escadas que subiam para o pavimento seguinte. Ele olhara para trás, com o pé no primeiro degrau. Nada dissera. Depois, subiu rapidamente e foi para o lado esquerdo do salão de festas. Lílian esperava seu marido há pelo menos uma hora.

A atenção de Lorena voltou-se novamente para a sacada, onde Vicenta e Salvador ainda conversavam. Ficava cada vez mais ansiosa. Aquela cena lhe dava nos nervos, causando-lhe sentimentos hostis. Suas mãos suadas seguravam vigorosamente um leque azul-claro, bem para o alto, abanando-o, tentando chamar a atenção da amiga.

Os casais continuavam a executar seus melhores passos diante da orquestra, agora interpretando harmoniosamente a "Valsa do Imperador". Para Lorena, o tempo se arrastava.

Enfim, Salvador saiu direto para sua mesa; chegou pedindo mil desculpas a Lílian pelo atraso. Lorena, por fim, aliviada, viu sua companheira longe de Salvador e acompanhada de Urbano, que a encontrara a meio caminho voltando para a mesa. O guru da Luz do Fogo falava alto, fazendo gestos com um lenço na mão direita. Dizia, enquanto vagarosamente andavam em direção à mesa:

— Não se preocupe mais... o que você quer se realizará muito em breve, minha querida "deputada", se é que você permite que eu a chame assim.

— Eu quero muitas coisas, Urbano. Teria mesmo você poderes suficientes para me contentar? — perguntou Vicenta, com uma ponta de ironia.

Ele respondeu prontamente, solene:

— O caminho para se conseguir o que almejamos às vezes pode ser doloroso, mas não podemos recuar diante das dificuldades — e completou, dizendo com convicção: — Nenhuma entidade do lado de lá quer que sejamos fracos em nossas decisões. Nos ajudarão a obter o que queremos, esteja certa; mas você sabe muito bem, que a "ajuda" para conseguir dinheiro e poder, que é o que muitas pessoas querem, não vem sem as ações corajosas e necessárias. E saiba também, como advertência: o que conseguirmos obter nesta vida se espelhará em outra futura, onde certamente teremos que superar as consequências de nossos atos.

Nesse momento, várias explosões ensurdecedoras fizeram tremer as paredes do Clube. O reflexo, instinto animal inerente também aos humanos em casos de perigo extremo, fez com que a maioria dos presentes olhasse para fora através das grandes janelas e as vissem se quebrando, caindo em forma de chuva e espalhando milhares de fragmentos de vidro por todo o salão. Filetes de sangue correram de vários rostos e braços atingidos pelos pequenos estilhaços. De início, ninguém entendeu o que acontecia, mas o inferno de fogo e estrondos que entravam pelos buracos das janelas eram foguetes, sibilando e explodindo no teto e por toda parte e causando queimaduras, seguidas de gritos de dor e de terror.

O momento era de muita aflição, com as pessoas se acotovelando desesperadamente. Alguns se escondiam debaixo das mesas, e a maioria tentava, em meio a um grande tumulto, chegar até as escadas que davam acesso à rua. Do lado de fora, perto do Clube e também em frente, do outro lado da rua, havia estabelecimentos comerciais, mais ou menos atingidos pelos fogos. Notava-se claramente que a fonte das explosões estava em um sobrado velho onde funcionava uma antiga papelaria — agora sendo consumido pelas chamas — que tinha um dos lados rente à parede larga e alta do Clube Recreativo de Canabrava.

O incêndio havia-se alastrado também para outra casa, unida à papelaria pelo outro lado, onde funcionavam escritórios de advocacia e alguns despachantes. O local chamava a atenção porque uma enorme placa de propaganda — instalada antes do incêndio acima da porta de entrada — caíra, ficando encostada em um restante de madeiras em brasa. Os dizeres da placa estavam voltados para a rua, e naquela posição era ainda mais evidente o anúncio dos serviços oferecidos:

SERVIÇOS DE ADVOCACIA
Divórcios — Inventários — Testamentos
Legalizações de Imóveis Urbanos e Rurais

Dr. Wilson Pedroso
Dra. Maria de Lourdes Fagundes
Dra. Letícia Fontes Moreira

Havia muita gente sem saber o que fazer, participantes do baile, parentes e curiosos vindos das residências mais próximas. Ainda saíam pessoas pela sala enfumaçada de entrada para os andares superiores do Clube, completamente apavoradas, com queimaduras, machucadas por quedas e empurrões. Algumas, gravemente feridas, eram levadas de alguma forma para os hospitais. Formou-se grande agitação, todos querendo saber o que realmente acontecera, enquanto o fogo diminuía de intensidade sob a água da mangueira do único carro de bombeiros da cidade. Cada pessoa que chegava dava palpites sobre a causa do incêndio, pairando a dúvida se fora proposital ou acidental — o que somente poderia ser esclarecido quando houvesse uma criteriosa investigação. Quanto às perigosas bombas e rojões, todos sabiam como tinham ido parar na antiga papelaria: eram os fogos que seriam utilizados aos poucos pela festa da paróquia de Santa Ana.

Padre Clemente socorria e apaziguava com paciência as pessoas revoltadas com o ocorrido. Não sabia mais o que dizer sobre a insensatez dos festeiros das barraquinhas, que haviam guardado o perigoso material explosivo na casa de comércio ou outro lugar perto de locais habitados. Todo mundo tinha conhecimento de que o proprietário da papelaria, um filho querido de Canabrava, era um bom paroquiano, mas parecia impossível perdoá-lo naquele momento em que acusações convergiam de todos os lados.

O sacerdote dizia para os grupos de pessoas postados na rua, em frente aos prédios incendiados:

— Com o tempo, vocês verão que, apesar da gravidade dessa tragédia, sentimentos de ódio e revolta tendem a desaparecer. Os que sofreram queimaduras vão se curar, e com certeza também irão perdoar.

A movimentação desordenada das pessoas fizera com que muitos perdessem o contato com parentes e amigos que estavam junto a eles no salão de baile. Vicenta procurava Geraldo e a secretária; já havia percorrido toda a rua do incêndio, olhado nos bancos da praça e até na escadaria do Clube. Aproximando-se do delegado, indagou preocupada:

— Você viu Geraldo?

— Vi quando Lorena saiu com ele... estava com algumas queimaduras nos braços, nada grave. Mas Geraldo não se sentia bem. Sua secretária disse que iriam para a Santa Casa — no momento em que o Dr. Eurico respondia à pergunta de Vicenta, sua mulher Amélia e Lílian, que havia se perdido de Salvador, esperavam em seu carro.

— Sempre eficiente, a minha secretária — elogiou a ex-prefeita, para que todos ouvissem, e recusou a carona ofertada pelo delegado. — Os dois já devem estar em casa. — Vicenta atravessou a praça em diagonal, entrou pelo portão de ferro e chegou às escadas de acesso à espaçosa varanda do Sobrado Verde. Não se surpreendeu quando viu seu filho e Lorena saindo da sala de visitas. Urbano os acompanhava, mostrando a eles a gaze que tampava uma queimadura em seu pescoço.

— O que houve com Geraldo? — Vicenta, preocupada, perguntou a Lorena.

Ele mesmo respondeu:

— Consegui sair para a rua, sufocado pela fumaça, e me sentei na beirada da calçada. Pouco depois, encontrei Lorena saindo pela porta do clube, confusa, apertando uma toalha de mesa contra a boca. Respirava com dificuldade, mesmo assim disse que procurava por você. Fomos para a praça e com o ar puro voltamos a respirar melhor. De lá, vimos Urbano no portão da mansão, tocando a campainha. Pensei que você já estivesse em casa.

Geraldo olhava Vicenta com admiração enquanto dava as explicações, mostrando o grande carinho que sentia por ela. Não se falavam com muita frequência. Com vontade de abraçá-la, lembrou-se do momento em que ela revelara ser sua mãe verdadeira, no dia em que ele completou vinte anos, pedindo que não contasse para ninguém. Canabrava era provinciana, com muita gente preconceituosa. Desvendar o segredo de que a ex-prefeita Vicenta tivera um filho na adolescência seria um escândalo, poderia atrapalhar suas pretensões políticas, razão de sua vida. Geraldo ficara surpreso e satisfeito ao mesmo tempo com aquela estimulante revelação. Até o ano anterior costumavam conversar às escondidas, ocasiões em que ele queria saber mais sobre as circunstâncias do seu nascimento, ou sobre o seu pai, de quem ela não dizia o nome, mas a quem fazia questão de menosprezar. Até que um dia, quando Geraldo fazia vinte e cinco e cinco anos, em visita ao Sítio das Rosas, Salvador comunicou-lhe que era seu pai.

Passou a mão delicadamente na cabeça de Vicenta e perguntou como ela se sentia naquele momento.

— Estou bem. Mas há ainda algumas pessoas feridas, precisando de socorro — com uma virada brusca, Vicenta desceu as escadas para o jardim, passou pelo grande portão, entrou em seu carro e saiu, dizendo que iria oferecer sua ajuda a quem precisasse.

Apesar de Lorena saber que gestos de solidariedade à população fossem benéficos para a carreira política, não gostara da súbita saída de Vicenta, sozinha, em campanha de "primeiros socorros". Levantou-se apressada da poltrona de vime; disse alto que iria acompanhá-la, pediu que a esperasse, mas Vicenta saiu sem dar atenção a ninguém.

Dirigiu o carro em direção ao outro lado da praça, onde havia ainda muita gente conversando e gesticulando. Já esperava que as pessoas tentassem fazer valer suas próprias teorias sobre a causa do incêndio, e também que oposicionistas cobrassem com veemência alguma explicação para o acontecimento. Esses gestos políticos contra padre Clemente não seriam nada bons para ela. Porém, era verdade que os fogos guardados na papelaria seriam destinados à festa da paróquia; isso não poderia ser mudado. Em outro dia, quando tudo se acalmasse, procuraria o sacerdote para ajudá-lo a resolver a situação.

Notando o mal-estar que causara a brusca saída de Vicenta, Urbano quis defendê-la, dizendo em um tom paternalista:

— Ela não está sendo impulsiva — disse, olhando para Lorena. — Você sabe muito bem que essa "bondade" com os prejudicados pelo incêndio será favorável à campanha — e insistiu: — Esses são sempre instantes preciosos para angariar a confiança dos eleitores.

Lorena respondeu, vermelha de raiva e decepção por não ter sido convidada pela amiga para saírem juntas:

— Um gesto... uma atitude... Podem mudar o destino. Desconfio que existam outras intenções governando a mente de Vicenta, mais do que simplesmente ajudar eleitores em apuros. Ela sempre precisou de mim nessas horas, contava que eu assumisse a parte árdua de suas campanhas.

Urbano saiu em direção ao carro, entrou e permaneceu quieto, esperando pacientemente, até que Lorena se aproximou, as feições contraídas. Ela respirou profundamente e disse, enquanto soltava o ar dos pulmões:

— Amanhã... me espere perto das pedras negras, às dez da noite. Precisamos conversar seriamente sobre o ritual da fertilidade, sobre a iniciação de Geraldo. Os parceiros para o coito devem ser escolhidos com muito critério, para que não haja falhas.

Ele concordou, balançando a cabeça. Lorena olhava com insistência para a direção que Vicenta tomara. Disse que estava cansada, pediu licença e foi para seu quarto, enquanto Urbano partia rumo ao oeste, para o andar superior de um dos barracões do Engenho.

***

Já era alta madrugada. Vicenta acabara de deixar dois rapazes na Santa Casa de Misericórdia para que fizessem curativos; descia o pequeno lance de escadas da varanda do pronto-socorro, quando seu olhar se cruzou com o de Salvador, encostado a uma acácia florida de amarelo, à luz vacilante de um poste.

— Não seria necessariamente neste contexto dramático, mas estou seguindo você, conforme combinamos na varanda do salão de baile — disse, perscrutando o semblante dela.

— Lembro-me muito bem do que conversamos... — ela deu um sorrisinho. — Espero não me arrepender — Vicenta arfava, emocionada, pensando nas circunstâncias negativas que aquele encontro furtivo poderia acarretar. Mais uma vez, iria se sentar no banco do carro de Salvador e transmutar o ódio que alimentara contra ele durante quase toda a sua existência em paixão incontrolável.

O sedã azul-marinho tinha sido deixado estrategicamente camuflado debaixo de árvores, no estacionamento da Santa Casa, e quanto mais o carro de Salvador se afastava, mais Vicenta o via desaparecer no escuro. No meio do caminho para o morro do Engenho, Urbano passou por eles abanando a mão, fazendo-se notar. Ao observar que Salvador ficara incomodado pela aparição do guru, se apressou a dar explicações:

— Ele não comentará nada com ninguém... é muito esperto. Guarda as melhores cartas na manga, para usá-las na ocasião certa.

— Você tem certeza? — perguntou Salvador, preocupado, mas não por Vicenta. Também precisava se resguardar de escândalos, pois tinha ainda muito a perder perante Lílian e o povo de Canabrava. E sussurrou, encostando os lábios no ouvido da sua antiga namorada, fazendo jus à fama de sedutor:

— Quando a vi tão provocante no baile com aquele decote, tão segura, tão linda... não resisti a convidá-la para sair — sua excitação era visível. — Eu sabia que você estava louca de vontade para ficar a sós comigo outra vez. Não estou deduzindo certo?

Vicenta fingia indiferença. Tentava disfarçar as emoções, porém, quem pudesse ver seus olhos verdes notaria um brilho mais intenso que o normal ante o prazer que mais esse encontro com Salvador iria lhe proporcionar. Em seus sonhos, era um objeto de desejo sempre presente. Vicenta tivera poucas, talvez nenhuma oportunidade para exteriorizar e consumar desejos carnais; talvez na verdade jamais houvesse experimentado outra paixão além da que estava vivendo com ele, que a entendia como ninguém, dizendo-lhe as palavras certas para obter o que desejava.

O carro entrou por uma estradinha no mato, saindo da via principal que levava ao Engenho. Pararam em um local onde ninguém passaria àquela hora da noite. De imediato, começaram a se beijar furiosamente. Tiraram as roupas e fizeram sexo com tal selvageria que demorou pouco tempo para chegarem ao gozo, e em seguida, a uma agradável exaustão. Olharam-se nos olhos e compreenderam que aqueles momentos vividos nas últimas semanas há muito tempo eram esperados; e que, certamente, iriam repeti-los.

***

Àquela hora, ninguém mais observava o resto de fumaça que saía das casas queimadas. Na esquina oposta à do Clube Recreativo, somente a luz da varanda do Sobrado Verde estava acesa. Debruçada no peitoril da janela, desejando ardentemente a volta de sua companheira para casa, Lorena divisava a cor avermelhada do céu já emergindo por sobre as árvores da praça deserta.

De camisola, embrulhada em um cobertor, negava-se a aceitar aquilo que imaginava que a outra ousasse estar fazendo nessa noite. Insistentemente, aflorava-lhe a lembrança da cena de Vicenta e Salvador conversando amigavelmente na varanda do Clube, pouco antes de os foguetes irromperem salão adentro. Ela não poderia decepcioná-la, depois de tantos anos juntas, jurando que jamais trairiam uma à outra. A amizade entre elas tinha que ser sólida; nada deveria existir que pudesse nem ao menos arranhá-la.

Sua dedicação a Vicenta era de corpo e alma. Estava disposta a protegê-la de todos os males. Um amargor emergiu na boca da fiel secretária, vindo das entranhas, tamanha a aflição em que se encontrava, naquela madrugada que parecia não passar. Até que todo o seu corpo estremeceu mediante a visão de um carro virando a esquina, entrando na praça, com a cor azul-marinho misturando-se ao fim de noite. Ouviu o veículo entrando na garagem, o rangido do ferrolho no portão, as portas se fechando, o barulho dos saltos de Vicenta no corredor. Trêmula, correu pelo quarto e entrou debaixo das cobertas. Um leve bater de dedos na porta do quarto levou-a ao paraíso, tão grande era a sua paixão por aquela mulher, agora tão próxima, separada apenas por uma lâmina de madeira. A ansiedade paralisou-lhe a pretensão...

Não havendo movimentos indicando que sua secretária estivesse acordada, Vicenta dirigiu-se com a mesma cadência segura para o seu quarto. Amanhecia.

***

Passados exatamente vinte minutos, Lorena ficou novamente alerta, sobressaltada pela campainha que alguém tocava com insistência. Levantou-se rapidamente, abriu a porta do quarto, andou pelo corredor e de cima da escada viu que Vicenta girava a maçaneta da pesada porta da frente, abrindo-a. Era Geraldo, que entrou cambaleante sala adentro, chorando desesperadamente. Estava curvado, com a mão no abdômen, mal conseguindo articular uma palavra, tamanho era o seu desespero.

Esperaram que se acalmasse, e com a voz trêmula, balbuciou:

— Minha mãe! Caiu da escada! Está morta.

— Mas, como? Que escada? A que horas isso aconteceu? — perguntou Vicenta, com os olhos arregalados.

— Da escadaria para a sala de visitas... Não sei ao certo... — estava ofegante. — Eu a encontrei... deve ter sido quando, como de costume, se levantou da cama para ir tomar os remédios que ela guardava num armário da cozinha superior. Talvez tenha se sentido mal... E caiu... Justamente quando passava junto à escadaria do mezanino.

— Vamos nos vestir. Vamos imediatamente para lá — disse uma

Lorena pálida, com um ar de surpresa.

Aprontaram-se apressadamente, fecharam a casa e partiram rumo ao sítio. Lorena dirigia o carro de Geraldo, seguindo Vicenta de perto pela subida sinuosa, que agora tinha um quê de tristeza, mesmo com as flores das cercas vivas iluminadas pelo sol da manhã.

Passaram pelo grande portão de entrada para o estacionamento da mansão. De pé, no jardim, estavam o delegado Eurico com sua esposa Amélia, Lílian, Salvador e Ana Rosa. Francisco avisara a todos os presentes, menos ao irmão de dona Amália, o Dr. Raul, que dormira na fazenda. Estavam todos calados esperando o médico legista, olhando para o portal de entrada da mansão, de onde se podia ver o corpo estirado no piso da sala de visitas, como se fosse uma trouxa de roupa mal embrulhada. Naquele momento, toda a decoração da casa, com objetos de arte bem cuidados durante anos, havia se transformado, tudo parecendo supérfluo e sem brilho.

O clima de morte tomara conta de todo o ambiente. Até o cheiro das flores era diferente, um cheiro melancólico de velório. O delegado fazia perguntas ao caseiro. A governanta Ana Rosa esperava a sua vez, em um canto do jardim.

— Como o cachorro foi parar na sala onde está o corpo de dona Amália? Ele nunca estava solto, pelo que sei.

— Têm as barraquinhas, o senhor sabe!... Ele deve ter se assustado, como sempre, com os foguetes e bombas estourando na praça da igrejinha do Rosário; ou então, com os fogos de artifício... no incêndio da papelaria. O vento sopra para estas bandas do sítio nesta época do ano, carregando o barulho das explosões — o caseiro parecia seguro ao responder as perguntas de Dr. Eurico, pois ainda completou: — O Astor, com certeza, arrebentou a correia de couro por onde é preso no cabo.

Muito calma, Ana Rosa falou que não tinha dormido no sítio, não era seu costume aos sábados. Ficara com sua mãe, na casa da cidade. Disse que ela era bastante esclerosada, velhinha, e precisava de sua ajuda. Seu marido, Dr. Raul, passara a noite na fazenda de dona Amália, como sempre fazia de sábado para domingo; descansava do trabalho na segunda e na sexta-feira. Agora um agente bombardeava Francisco com perguntas. Ele respondia, ou então repetia com bastante naturalidade:

— Depois do aniversário fui para o Clube. Fiquei dentro do bar ou na portaria, ajudando na festa a pedido da Lorena. Voltei para o sítio, e pouco tempo depois já estava na cama. Geraldo me acordou, contando sobre o acontecido com dona Amália. Aí, avisei aos parentes e ao delegado.

Ao ficarem sabendo da triste ocorrência, Matilda e Ondina correram para o sítio, onde apareceram meio chorosas. Como os outros, se dirigiram para perto da entrada da sala de visitas, juntando-se aos que chegavam. Os oficiais da perícia entraram na mansão com o delegado, fecharam a porta e só saíram mais ou menos uma hora depois.

Lílian e Salvador, ao se movimentarem por entre as inúmeras pessoas que perambulavam pelo jardim, se posicionaram por alguns instantes bem de frente para a porta de entrada, local de onde se podia ver o corpo em relação à escadaria por onde dona Amália teria rolado. Em um relance, ficara marcado na retina de Lílian que o corpo estirado naquele chão de mármore não estava perfilado com nenhuma parte do último degrau baixo, mas posicionado um pouco à direita, próximo à coluna de madeira que sustentava parte da estrutura do mezanino. Somente mais tarde é que essa imagem momentânea emergiria de seu inconsciente para a forma objetiva.

Por apenas um minuto o corpo de dona Amália ficou sozinho na sala. Aproveitando, Lílian entrou no fúnebre recinto, talvez para guardar na memória aquela triste imagem de sua mãe. *Infelizmente não pudemos desfrutar de um grande relacionamento*, ela pensou. As negativas interferências de Vicenta haviam corrompido muito do que poderia ter sido prazeroso entre as duas. Lílian se mudara para São Paulo a fim de estudar, mas também impelida pela péssima convivência que tinha com a sobrinha de dona Amália. Lá, longe de Canabrava, quando a vida se tornava difícil, financeira ou afetivamente — principalmente nos primeiros anos —, sua mãe jamais a deixara desamparada. Sempre houvera uma carta ou um telefonema levantando seu ânimo para enfrentar a vida e os estudos. Ela lamentava que agora, mais madura e vivendo em Canabrava, não poderia mais resgatar momentos de um passado mal vivido com sua mãe adotiva.

Olhando mais uma vez para o corpo de dona Amália, agora com mais atenção, Lílian notou que o rosto e o nariz estavam arroxeados, com equimoses certamente provocadas por bater no chão de mármore. Estava de bruços, com a cabeça voltada para trás, como se estivesse olhando as próprias costas. Talvez, o pescoço estivesse quebrado, pois a cabeça parecia separada do corpo.

Alguém pediu, rispidamente, que Lílian saísse do ambiente, e a porta foi fechada para que o médico-legista voltasse a examinar o cadáver. Após mais inúmeras fotos e anotações, o corpo foi levantado e transportado para uma saleta contígua à grande sala de frente. Depositaram-no em cima de uma mesa retangular até que chegasse o caixão.

Dr. Eurico liberou as visitas, desde que fossem somente familiares, e colocou um soldado na porta para controlar a entrada. A pobre dona Amália já não mais estava com a cabeça torta.

— Ela será levada para o IML, tão logo chegue o carro fúnebre — ele disse.

— Quantos dias serão necessários para que vocês liberem o corpo? — perguntou Dr. Raul, que chegara há pouco, transtornado com a morte da irmã.

— Até que se cumpram os rituais de perícia, com profissionais que serão designados para o caso. Talvez oito, ou dez dias...

Por fim, lágrimas correram pelo rosto de Lílian, pela infinita compaixão que ela estava sentindo por sua mãe, essa mulher que tanto havia feito por ela e pelos mais pobres.

— Minha mãe teve um fim indigno — ela disse a Salvador, que colocara a mão em seu ombro, tentando consolá-la.

Durante o pouco tempo em que Lílian ficara velando dona Amália, vários pensamentos lhe passaram pela cabeça, mas poderiam não ser de um perfeito raciocínio, naqueles momentos de tensão. Entretanto, sentia certa inquietação, um sutil aviso a martelar sua mente: estavam acontecendo fatos terríveis desde sua chegada a Canabrava. Num ímpeto de carência afetiva, abraçou Salvador fortemente. Mergulhada em intensos sentimentos, por cima do ombro dele notou a entrada de Urbano Santini no recinto. *Esse homem me incomoda*, pensou, sentindo todo o corpo se arrepiar.

— A presença desse guru parece-me forçada, não é necessária nesse momento — ela se queixou.

De repente, surgiu-lhe um pensamento nada agradável, que governou seus movimentos. Deixou Salvador junto a Urbano e outras pessoas que chegavam, saiu da pequena sala, subiu a escadaria para o mezanino e enveredou pelo corredor que acabava na pequena varanda lateral, por onde se descia para o pomar.

Francisco acabava de recolocar o cachorro no cabo.

— A coleira se rompeu? — perguntou Lílian ao caseiro.

— Não... o pino da fivela saiu, mas já consertei, coloquei outra.

Ficou subentendido que a coleira era a mesma que estava no pescoço do Astor, quando ele se soltou. Apenas a fivela foi trocada. Ela se encostou ao parapeito de madeira da varanda e ficou observando o vaivém do cachorro, agora deslizando pela corda, da parte dos fundos para o lado direito da mansão; lembrou-se de que no dia da reunião da paróquia presenciara a cena de Astor se precipitando escadaria abaixo, indo se estatelar no meio do salão de visitas... exatamente como acontecera esta noite.

Num dado momento, ao olhar diretamente para a coleira, reagiu como se alguém lhe houvesse pregado um susto: *Será possível? Ou estou me pregando uma peça?* Deu dois passos rápidos para a porta envidraçada que fazia comunicação da varanda lateral com o corredor e examinou a fechadura, notando que a lingueta estava presa dentro dela por uma goma viscosa. Voltou para o parapeito da varanda, firmou novamente a visão na coleira que prendia o cão, constatando que não era aquela, nova, que fora colocada na quarta-feira passada, dia da reunião da paróquia, quando o cão correra para a sala de visitas.

A correia que Francisco consertara hoje, há pouco, era velha, e pelo que ele dissera, a mesma que Astor usava durante a noite. Ela pensou: *Por que a coleira nova foi trocada por essa, em um intervalo de apenas três dias?* Rapidamente, voltou para a porta que havia examinado, abriu-a e deu de cara com Geraldo, que vinha do corredor para a varanda. Seu pensamento era um só: *Devo avisar ao delegado sobre a minha desconfiança.*

Retornou pelo mesmo caminho que fizera, olhou para todos os lados, mas não conseguiu localizá-lo. Atravessou a grande sala; quase esbarrou em Lorena, e entrou na saleta onde haviam colocado o corpo de sua mãe. O ambiente, levemente aquecido, tinha um perfume de flores sobre o corpo da defunta, misturado ao cheiro de velas em castiçais dispostos próximos aos cantos da mesa.

Duas velhas paroquianas, amigas de dona Amália, olharam fixamente para Lílian. Perto da janela estavam Villa e Edith. Vicenta se encontrava de costas, próxima ao corpo, com as mãos levantadas em atitude de prece; *em sua mão direita brilhava um grande rubi, cintilando à luz das velas*. Lílian voltou o olhar para o rosto da querida velha senhora e notou algo diferente. Aproximou-se e viu três pequenas fitas atravessadas entre os lábios arroxeados. Examinando mais de perto, reconheceu que eram folhas de capim-meloso meio seco.

— Que coisa mais estranha! — E com um gesto delicado retirou as folhinhas e jogou-as pela janela. — Que descuido, deixar isso aí! — Lílian olhou à sua volta. Ninguém se pronunciou a respeito do que ela comentara.

Dois policiais entraram no recinto fúnebre, solicitando a todos que se retirassem. A jornalista então se lembrou do que desejava falar ao delegado e saiu em seu encalço, seguida por Salvador. Chegando à porta principal, perguntou a Ana Rosa se havia visto Dr. Eurico. Ela respondeu que após interrogar mais algumas pessoas ele havia voltado à delegacia.

— O que está acontecendo com você, andando assim, procurando por toda a casa? — perguntou Salvador, que a seguia sem entender o que se passava na cabeça de sua mulher.

— Agora não... Espera! — murmurou, colocando o dedo indicador nos lábios, discretamente.

Lorena, que naquele momento recebia uma xícara de café trazida numa bandeja por Ana Rosa, ficou atenta à fisionomia de Lílian, mas nada disse.

Mesmo sem o corpo, levado para o Instituto Médico-Legal, o dia transcorreu para todos que haviam ficado no sítio como se o estivessem velando. O ocorrido era muito doloroso para certos familiares e amigos; para outros, era somente uma ocasião melancólica; ficavam olhando para o vazio, certamente pensando na quantia que dona Amália lhes destinara como herança.

Até o início da noite muitas pessoas haviam passado pela mansão para dar suas condolências aos familiares. Os parentes que se despediram disseram que iriam esperar o IML liberar o corpo para os procedimentos normais do enterro. Urbano, todo de branco, passara o dia conversando pelos cantos, ora com Vicenta e Lorena, ora com Ondina e Geraldo. Edith e Villa pouco saíram de perto do guru, indo embora com ele. Matilda saíra de carona com vizinhos, dizendo-se com dor de cabeça. Antônio passou pelo sítio e ficou alguns minutos, dirigindo-se somente a Lílian.

Também visitaram o Sítio das Rosas muitas pessoas da periferia de Canabrava, gente humilde que ela ajudara materialmente ou com o seu afeto. Naquele dia que parecia não ter fim, Lílian acalentava uma ponta de orgulho ao escutar dezenas de pessoas dizendo-lhe o quanto dona Amália era querida. Perambulou com seu irmão, que permanecia inconsolável, pelo jardim e quintal, até quando ele precisou dela. Depois, Geraldo foi levado por Ondina sabe-se lá para onde, durante um bom tempo.

O prefeito de Canabrava era inimigo político ferrenho dos Fagundes Porto; contudo, ele e sua esposa, acompanhados de uma pequena comitiva de vereadores, também estiveram presentes. Ficaram menos de uma hora e foram embora, alegando compromissos. Quando quase todos já haviam saído, Geraldo acompanhou Vicenta ao Sobrado Verde.

Lílian também desceu a serra com Salvador rumo ao chalé. Sem a presença do corpo, não faria mais sentido permanecerem na confortável mansão do Sítio das Rosas. No caminho, Lílian resolveu desabafar a Salvador sobre sua desconfiança de que dona Amália não caíra acidentalmente do mezanino. Estava indignada.

Contou a ele sobre o que vira de manhã: Francisco consertando a coleira. Naquele momento, se assustou porque não era a mesma, nova, colocada três dias atrás. Discutiu com Salvador a possibilidade de que o pino da fivela houvesse sido sabotado duas vezes. Concordaram que era mesmo estranho que uma coleira nova tivesse que ser trocada por uma antiga, velha, no curto espaço de três dias; porém, ponderaram que seria muita coincidência o cachorro se desprender do cabo justamente quando dona Amália passava perto da escadaria.

— Acho mesmo — disse Lílian — é que toda essa história da troca das coleiras, do cachorro se soltar no momento dos estouros das bombas e foguetes, foi simplesmente para despistar. Minhas suposições podem até ser ilusórias... Contudo, tenho um forte pressentimento de que a morte de minha mãe não foi acidental.

E completou, fazendo uma observação:

— Pense no seu caso. Você me disse outro dia ter certeza de que foi empurrado para o abismo. São incríveis esses acontecimentos, tão próximos. Deve haver alguma ligação...

Salvador interrompeu Lílian com um aceno de mão.

— Você deve estar muito cansada. Tem ainda as crianças, que lhe causam preocupação. Além do mais, falar em assassinato nas circunstâncias em que nos achamos... Se não forem encontradas evidências de um crime, teremos sérios problemas com seus parentes de Canabrava.

— Você tem razão — Lílian enrugou a testa, carregando o semblante. — Devo ter cuidado. As crianças precisam de tranquilidade para se adaptar à escola, a Canabrava.

Salvador pensava que toda essa agitação e as recentes ocorrências o aproximariam de Lílian, servindo para que ela voltasse a conviver com ele como antigamente. *Preciso resgatar a antiga vida tranquila,* pensou. E agora havia a herança, que resolveria quase todos os seus problemas. Imperceptível para Lílian, apareceu no rosto de seu marido um apagado sorriso de satisfação. Mas ele a conhecia de longa data, e a jornalista Lílian não deixaria esse acontecimento diluir-se no tempo. Iria esmiuçar o incidente e manter-se vigilante até que tudo se esclarecesse.

***

Antes de chegar à sua casa junto com seu filho e Lorena, Vicenta raciocinava: *De agora em diante preciso tomar rápidas providências para controlar o comportamento de Geraldo.* Achava-se totalmente voltada para o possível montante da herança que Geraldo iria receber muito em breve. Não conseguira com a tia rica o dinheiro que precisava desesperadamente, mas agora as circunstâncias eram outras. Tornava-se imperioso aproximar-se mais de seu filho, e o mais rapidamente possível. Lorena cogitava sobre o mesmo assunto, e disse à companheira:

— Ele é seu filho, mas tem uma personalidade fraca e será necessário assessorá-lo quando tomar posse de todo aquele patrimônio. — E pensou: *Vicenta precisará tratar o filho com muita cautela, para que ele não se desespere e tome atitudes impensadas. Todo o dinheiro poderá se dispersar para as mãos de aproveitadores se não tomarmos cuidado.*

Notava-se que a ansiedade de Vicenta era grande ao dar uma ordem à sua secretária:

— Você deverá entrar em contato com Francisco ainda hoje! Vamos nos mudar o mais rapidamente possível para o Sítio das Rosas. Precisamos ficar lá, com Geraldo — e dizendo isso olhou para ele, encostado no canto do banco traseiro. — Fique tranquilo, meu querido, estaremos com você nesta hora difícil...

A primeira noticia que receberam ao chegar ao Sobrado Verde foi através de um bilhete entregue pela criada, dizendo que o Secretário do Governador estava hospedado no Hotel Palácio e queria falar com Vicenta ainda naquele dia. Transmitia sinceras condolências pelo passamento da querida dona Amália e se desculpava por não ter chegado a tempo de externar, no Sítio das Rosas, o seu pesar.

Essa notícia as deixou alvoroçadas como duas gralhas agourentas.

— São novos tempos — disse Vicenta. — Autoridades governamentais já começam a me tratar com a consideração digna de uma vencedora.

— Deixe comigo — a megalomania de Lorena se tornou evidente. — Tão logo passe a missa de sétimo dia, organizarei, discretamente, outra recepção para reforçar sua campanha. Nesse dia, vamos comunicar a injeção de dinheiro para financiar viagens, panfletos, *outdoors,* na cidade e em toda a região. E também milhares de telegramas, demonstrando a sua força como candidata.

Vicenta olhou para Lorena com inesperada ternura, em se tratando dela, um sentimento raro. Houve um breve silêncio; depois, externou o que pretendia, falando com muito cuidado, em tom amável, mais parecendo um discurso:

— Tenho muito a lhe agradecer... Sua atuação em minha vida pode-se dizer, foi, e está sendo decisiva para o meu sucesso. Tenho certeza de que você fará o que for necessário para que a gente consiga manter a hegemonia política dos Fagundes Porto na região, pois é também a sua família. Temos que ser unidas, sempre, para continuarmos influenciando o destino de Canabrava. Você nos adotou, e não se arrependerá nunca de tê-lo feito — olhou para a amiga constante e deu-lhe um demorado beijo na face. Sabia muito bem o que esse gesto significaria para

Lorena, e não pretendia mudar suas boas relações com ela.

Lorena ficou deslumbrada com aquela declaração de amizade; no entanto, sua companheira de tantos anos ainda não havia tocado na ferida, naquilo que ela remoía nas entranhas e lhe causava enjoos. *Ela me deu o beijo na face, fazendo juras de amizade eterna, mas não dá explicações sobre o que fazia ontem até quase o raiar do dia.* Esperançosa, Lorena pensava que poderia ter sido mesmo para ajudar os feridos no incêndio que Vicenta se ausentara por tanto tempo. *Bem, terei paciência, vou esperar o momento propício para, inclusive, tocar no assunto da conversa dela com Salvador na varanda do Clube.*

Estavam cansadas pelas longas horas conversando com parentes e amigos de dona Amália. Antes de se deitarem, um assunto ainda as preocupava: o rumo que tomava o apaixonado namoro de Geraldo com a prima. A interferência interesseira de Matilda estava mudando o rumo do que fora combinado com Ondina. Um casamento entre os dois seria um total impedimento para os planos de Vicenta de administrar a herança. Para evitar esse "desastre", teriam que se manter muito bem informadas. Ana Rosa e Francisco passariam a vigiar a movimentação dos dois, no pomar e pelos cômodos da mansão do sítio.

Quem passasse pelo corredor dos quartos superiores do Sobrado Verde ouviria os passos de Lorena, da porta para a janela de seu quarto, agitada, às vezes subscrevendo convites. De vez em quando parava, sentindo-se com as faces ruborizadas, e se sentava de frente para o espelho do toucador. Depois, olhava fixamente em direção ao quarto da amiga e soltava um longo suspiro. Sofria, agora mais, com o forte sentimento de rejeição amorosa que vinha acumulando ao longo de todos esses anos de convívio com Vicenta. Lorena tinha uma admiração muito grande pela força, pela firmeza da amiga; também a desejava profundamente, e, ao mesmo tempo, a invejava pela descendência tradicional dos Fagundes Porto — sentimentos que não poderia expressar por meio de palavras, nem mesmo quando mais jovem, depois daquele dia, no pomar da mansão de dona Amália, em que duas haviam se tocado intimamente até o gozo, pois Vicenta jamais permitira, nem dera abertura para que aquele momento de amor fosse comentado entre elas.

Foi um resto de noite de insônia para a dedicada secretária, virando-se de um lado para o outro em sua cama. Pela manhã, cuidaram de fazer as malas e se mudaram para o Sítio das Rosas. Geraldo concordara com a mudança, inesperadamente condicionando a presença das duas à boa convivência com Ondina. Deixou muito claro que não pretendia se afastar dela como algumas pessoas queriam.

Capítulo doze

Era natural que pessoas mais próximas à dona Amália estivessem tristes e outros nem tanto, alguns intimamente conscientes de que o tempo não para, a vida é forte demais para não ser vivida — cada indivíduo às voltas com seus desejos, paixões, alegrias, decepções, e escolhas. Entre os parentes, nenhuma pensamento era manifestado, ou pelo menos sugerida alguma alternativa ao modo pelo qual dona Amália caíra do mezanino. Todos pareciam conformados: o destino reservara para ela, simplesmente, uma morte acidental causada pelo cão desgovernado.

Lílian não aceitava esse desinteresse em relação ao suposto "acidente" com sua mãe. Como jornalista, antes que o tempo apagasse possíveis provas, ela podia e estava motivada a iniciar uma investigação paralela à que naturalmente seria feita pelo delegado.

Apesar das preocupações, estava feliz nessa manhã: seus filhos estavam em um ônibus a caminho de Canabrava, com horário previsto de chegada por volta das oito da noite. Logo após o almoço, com metade do dia ainda pela frente, aproveitaria para visitar o Sítio das Rosas. Sua mente desinquieta, focada na morte de dona Amália, a impeliu para perto do local onde supostamente a mãe teria rolado escadaria abaixo. Foi até a garagem, entrou no carro e partiu esperançosa em busca de indícios que a conduzissem à verdade.

Vinte minutos depois, tocava a campainha do grande portão de entrada, olhando para o estacionamento e para o sedã azul-marinho de Vicenta.

— Mudaram-se rapidamente para cá, aquelas hienas gananciosas — sussurrou para si, agarrada ao ferrolho do portão enquanto o puxava, tentando abri-lo.

A mulher do caseiro veio logo atendê-la, meio desconcertada.

— Preciso falar com Geraldo, por favor, abra o portão.

— Seu irmão ainda não se levantou da cama — ela resmungou. — Foi dormir muito tarde ontem. — Tereza calou-se por alguns segundos, sentindo que suas palavras soavam falsas, e disse: — Tenho ordens, dona Lílian, para anunciar à Dra. Vicenta todas as visitas que aparecerem por aqui. Mas, como é a senhora, com certeza não vai ser necessário.

— Não será mesmo necessário — Lílian respondeu, com firmeza. Sentia-se estranha ao passar pelo jardim. Além daquela situação incomum, o friozinho na barriga indicava os dissabores pelos quais iria passar se tentasse ajudar Geraldo a superar a tristeza.

Tereza a conduziu até a edícula da piscina, onde a presença de Geraldo contradisse a caseira. Estava sentado em um comprido banco de madeira, com a cabeça apoiada na mesa, e ao ver Lílian se levantou, com os olhos umedecidos.

— Eu disse a ela que você não queria receber ninguém — falou a mulher.

— É claro que essa ordem de Vicenta não poderia incluir minha irmã — sua voz soou fraca e pastosa.

Tereza se retirou para o lado do pomar. Lílian sentou-se ao lado de Geraldo e passou carinhosamente os dedos por entre os seus cabelos cacheados. Ele esboçou um sorriso triste:

— O sítio de dona Amália é também seu... Por direito. Poderá vir aqui quantas vezes quiser.

— Isso não tem importância — sua voz era carinhosa — é secundário — e continuou, com muito cuidado: — Espero é que seja forte e não tenha medo de enfrentar a nova vida que vem por aí. Sua rotina vai ser um pouco modificada... Tenha muito cuidado ao aceitar o que lhe sugerirem.

Geraldo levantou lentamente a cabeça. Os olhos continuavam lacrimosos.

— Você a amava muito, eu sei... — Lílian queria estimulá-lo a falar.

— Sim, sempre... Ela me tratava com carinho, principalmente nestes últimos meses em que eu estava fazendo coisas que ela não aprovava. Nossa mãe Amália sabia que seu tempo de vida não seria muito, pelo avançado da idade. Tínhamos nossas discussões, mas nada tão sério que pudesse modificar a afeição que eu sentia por ela.

— Temos que interiorizar que ela se foi para sempre, mas enquanto nos lembrarmos dela, sua memória viverá. Eu não a chamava de mãe quando estava junto dela... Incrível, não a chamava de nada, e me arrependo. Eu a amava... Sábado, quando a vi descendo os degraus para a sala de visitas, curvada, tão velhinha, apoiada naquela bengala, me emocionei, tive vontade de abraçá-la, dizer que a amava, mas não o fiz.

Houve um breve silêncio.

Como Lílian diria ao irmão o que tinha em mente? Não queria ser indelicada, mas era necessário que ele soubesse... Então, ela falou, com todas as sílabas:

— Mas ainda posso fazer alguma coisa por ela: descobrir quem, e por que, alguém teve a coragem de *assassiná-la*.

Geraldo a olhou, surpreso, e, ao mesmo tempo, assustado por ouvi-la dizer aquelas palavras com tanta firmeza. Protestou com veemência, o que não era o seu estilo.

— Você não acredita realmente que nossa mãe tenha sido assassinada! Como pode ter acontecido essa barbaridade? Não foi o Astor que a derrubou escadaria abaixo?

— Geraldo... — murmurou Lílian, com pena do rapaz. — Desculpe-me... Mas eu penso justamente o que disse. Eu não tocaria nesse assunto com você se não tivesse fortes suspeitas de que não foi um acidente. Gostaria de fazer algumas perguntas, se é que você se sente em condições para responder — Lílian queria levantar o ânimo de Geraldo, vendo que ele ficara atordoado com a terrível novidade.

— Quem colocou goma de mascar na lingueta da porta envidraçada da varandinha dos fundos?

Geraldo mostrou-se meio constrangido.

— Bem, foi Lorena... e Ondina.

— Adivinho para que fizeram isso... — e respondeu ela mesma: — Para que Ondina entrasse... para ver você. Mas alguém não poderia ter usado a porta com outras intenções?

Lílian percebeu que o assunto ficara embaraçoso para Geraldo, mas estava seriamente preocupada com a segurança dele naquela casa.

— Querido... preciso que você seja meu aliado, principalmente aqui, no Sítio das Rosas. Preciso muito que vigie o comportamento, a movimentação das pessoas. Avise-me imediatamente se notar algo estranho. Qualquer coisa, está bem? Agora escute o que vou dizer e tire suas próprias conclusões. O assassinato poderia ter sido tramado e preparado no dia da reunião da paróquia, tudo indicando que o causador do "acidente" fora o cão. Você se lembra de que naquele dia o Astor, enquanto as pessoas chegavam, escapuliu de onde estava preso e se estatelou no chão da sala de visitas? Pois bem... Por acaso vi a coleira que alguém colocou nele logo após o ocorrido: era de couro amarelado, novíssima, sem fivela, difícil de soltar — Lílian fez uma pausa, observando a reação de Geraldo. — Depois do "acidente" com dona Amália, no domingo, a coleira que se soltou permitindo que o cão escapasse do cabo era outra, bastante usada, de cor marrom. Eu pergunto a você: por que a coleira nova, amarela, foi trocada por outra, envelhecida, mas com fivela, em menos de três dias?

— Ah... poderia ser... para derrubar nossa mãe do mezanino — vendo que ela não concordara de imediato, ele se calou.

Geraldo ouvia e se encolhia cada vez mais no banco, naturalmente pensando nas possibilidades, em quem e por que alguém iria querer matar dona Amália. Não podendo adivinhar os pensamentos de seu irmão, Lílian continuou com os comentários:

— Mas acho que você vai concordar comigo que o cachorro se soltar, justamente um pouquinho antes de nossa mãe passar perto dos degraus onde se inicia a descida do mezanino, parece uma *improvável* coincidência.

— O que você quer dizer com isso?

— Que a participação do Astor foi somente uma estratégia, forjada para despistar o verdadeiro modo como o crime foi cometido. Outra coisa que me intriga é que, durante sua festa de aniversário, dona Amália me pediu para fazer uma visita ao sítio na segunda-feira. Disse que era urgente, precisava falar comigo. Infelizmente, morreu antes de poder me contar o que a afligia ultimamente.

Geraldo estava sufocado; não conseguia articular qualquer palavra, tal a sua comoção. Ao perceber que o irmão não estava nada bem, Lílian resolveu não insistir mais em fazê-lo compreender a gravidade da situação, visto que os suspeitos de assassinato poderiam estar entre as pessoas de seu convívio próximo. Semeara a desconfiança na mente de

Geraldo, e precisava saber o que ocorria dentro da mansão através do que ele conseguisse observar.

— Compreendo que provoquei decepções... Porém, digo mais uma vez para se acautelar, prestar muita atenção nas pessoas à sua volta. A grande herança que dona Amália deixou é fonte de muita cobiça, e não quero que você se magoe.

— Então, qualquer um de nós, se é que você está segura, poderia ter empurrado nossa mãe do mezanino.

— Isso mesmo. Descartando um assalto como motivo, pois parece que nada valioso foi roubado, creio que entre nós existe uma pessoa que usa muito mal o seu livre arbítrio, capaz, inclusive, de cometer assassinatos.

Geraldo começou a andar em volta da piscina, pensativo, tentando digerir todo aquele amontoado de emoções. Parte da tristeza que sentia antes da chegada da irmã havia se transformado em perplexidade. Por fim, ela comentou que nos últimos dias dona Amália fizera mudanças no testamento — no dia da reunião da paróquia e no sábado do aniversário. Quem prestava atenção, viu Dr. Wilson e dona Amália redigindo o novo documento.

Enquanto o observava, Lílian pensava em ficar junto dele o maior tempo possível. Colocou suavemente a mão em seu ombro e o conduziu até a entrada lateral da mansão. Geraldo empurrou suavemente a porta envidraçada, fazendo-a deslizar silenciosa nas dobradiças.

— A lingueta continua presa pela goma — ressaltou Lílian. Sem fazer mais comentários, olhou para o cão, tranquilo, deitado perto de sua casinha.

— Sei que Vicenta está no sítio...

— Faz algum tempo que elas foram para a casa do Francisco. Estão reunidos com o irmão de dona Amália, combinando a continuação dos diversos serviços, aqui, no Sítio das Rosas. e nas fazendas, inclusive a contabilidade, que o Dr. Raul sempre fez. Tem muito gado nos pastos. Elas querem fazer um inventário sobre quantas são as cabeças.

Lílian voltou-se para Geraldo.

— Pelo visto, Vicenta já tomou a rédea dos negócios e nem nos convidou! O que lhe parece... Não é um grande atrevimento?

Ele não respondeu.

Tomando uma decisão, Lílian convidou seu irmão a irem para o chalé, mas ele não quis. Disse que estava esperando Ondina.

— Preciso voltar para casa. Meus filhos chegarão ainda hoje de São Paulo — Lílian olhou ternamente para Geraldo. — Há vários dias estamos separados. Você... fique atento! E me procure se notar algo estranho na movimentação normal da mansão.

***

A descida pela extensa alameda dos sítios estava quase no final quando o carro de Ondina passou por Lílian em sentido contrário. *Pelo visto, não faltarão ombros onde Geraldo poderá se consolar. Serão ombros amigos?*

Enquanto contornava as grandes pedras negras, chegando à pracinha de Nossa Senhora do Rosário Lílian viu Urbano e Lorena, vindos do lado oeste da cidade. *Certamente estavam organizando a próxima cerimônia*, pensou. Nesse momento, se lembrou de que precisava recombinar com Antônio de irem até às dependências do Engenho, em breve. Era inegável que além da reportagem ela também queria investigar o motivo de tanta gente, inclusive pessoas de sua família, estar tão interessada nessa irmandade.

Quase chegando ao chalé, mudou de rumo e foi para a delegacia. Lílian não queria perder tempo. Como jornalista, poderia fazer perguntas ao delegado sobre o andamento da investigação do sequestro de Rafael.

Dr. Eurico se mostrou muito reservado, dizendo para ela ter paciência, que em breve haveria novidades. Ficou olhando para os lados, parecendo ter pressa em ver-se livre dela. Sobre a morte de dona Amália, não falou muita coisa; estava aguardando mais alguns dados que viriam dos legistas, mas assegurou que no devido tempo iria tomar depoimentos de todos, que, por um motivo ou outro, estivessem envolvidos com o Sítio das Rosas. Vaidoso, permanecia resistente a dividir com ela o resultado das investigações. *Quer guardar os seus trunfos.* Ela compreendeu.

O relógio de parede da sala de jantar marcava quatorze horas quando chegou ao chalé. Salvador não estava em casa. Fez uma rápida refeição, ouvindo os protestos de Dona Alzira, que se dizia nervosa com a inesperada morte de dona Amália. Do corredor, Lílian olhou para dentro do quarto das crianças e respirou aliviada, sabendo que à essa hora estavam a caminho de Canabrava. *Devem ser protegidos de todo o mal*, Lílian pensou, com saudades.

Deitou-se para relaxar um pouco e acabou pegando no sono. Acordou sobressaltada mais ou menos duas horas depois, com um barulho na rua, na porta do chalé. Levantou-se, olhou pela janela através dos encaixes quadriculados, e viu Salvador saindo do carro de Vicenta. Seu coração deu um salto, e, num instante, mil coisas lhe passaram pela cabeça. Um pressentimento ruim, de algo que não se encaixava, deixou-a angustiada. A vontade de contemporizar, de uma tentativa de entendimento amigável com ele por causa das crianças e por bons momentos que haviam passados juntos, se esfumaçou.

Salvador entrou no quarto e sorrateiramente tornou a sair, para não acordá-la. Pelo menos, imaginara que ela estivesse dormindo.

Capítulo treze

As crianças e a babá chegariam a qualquer momento. Ao lado de seu marido, indo em direção à rodoviária, Lílian permanecia calada, ansiosa para abraçar os filhos, pensando que algumas alegrias que as pessoas têm na vida estão contidas nos acontecimentos mais simples do cotidiano, nas relações harmoniosas que todos deveriam desfrutar. Olhando para Salvador, via cada vez mais uma pessoa que não consegue controlar as próprias emoções, com uma inclinação especial para perder o que conseguira de bom, até mesmo o último fio de consideração que os unia.

O ônibus chegara um pouco adiantado. Alguma pessoas ainda desciam a pequena escada metálica quando Salvador estacionou o carro, e lá estavam os três viajantes, já sentados em um banco de madeira. Os dois praticamente correram para abraçar sua prole, com sorrisos abertos. Na ida para casa as crianças não se cansavam de falar, fazendo planos, animadas com a vinda para Canabrava. Foram dormir um pouco mais tarde, cansados, mas excitados pela mudança de ambiente.

Ninguém se importou que na manhã seguinte eles acordassem mais tarde, bem depois de Dona Alzira ter servido o café. Lílian estava menos falante, sem vontade de se expressar, dizendo trivialidades como "as crianças logo descerão para o café" ou também comentando o dia ensolarado que se anunciava. Esses assuntos felizes sempre poderiam sair de sua boca, mas se fossem para agradar a quem a estivesse tratando com respeito, e, definitivamente, esse não era o caso de Salvador — naquele momento sentado na mesa, à sua frente. Ela pensava que queria ter uma família tranquila, com conflitos, mas que não fossem destrutivos.

Salvador evitava olhar dentro dos olhos de sua mulher, mas precisava dizer alguma coisa... para quebrar o silêncio. Então pronunciou algo nada supérfluo:

— Encontrei o delegado ontem à tarde, na Praça Fagundes Porto. Ele me pediu que o acompanhasse até o Sobrado Verde, pois precisava fazer um comunicado importante, para mim e também para as donas da casa. Fui até lá, e depois Vicenta me trouxe até aqui. — Salvador olhou de esguelha para o rosto de Lílian.

Ela esboçou um sorriso. Não passou disso.

— Fomos solicitados — ele continuou — ou melhor, fomos intimados a comparecer às dez horas, hoje, ao Sítio das Rosas, onde seremos interrogados sobre o acidente que matou dona Amália. Aqui está o ofício — colocou-o em cima da mesa.

Sentindo algo que não conseguia definir naquele instante, Lílian recebeu as crianças, que vinham correndo do quarto para abraçá-los. Ofereceu o lanche da manhã e pouco tempo depois ela e Salvador saíram, para cumprir a determinação do Dr. Eurico. Depois de concluído o interrogatório ela reuniria forças para decidir sua vida com Salvador.

Não demoraram mais do que quinze minutos para fazerem o conhecido caminho para os sítios da zona leste da cidade. Do grande portão de entrada para a mansão, vendo a quantidade de carros, constataram que não seriam somente eles a serem interrogados.

Lílian começava a sentir-se melhor por ver que o delegado iniciava investigações sobre o que acontecera no Sítio das Rosas na noite de sábado. Com Salvador à frente, dirigiram-se imediatamente para o entorno da piscina, lugar onde estavam reunidas as pessoas do convívio direto com os Fagundes Porto, sentadas nas cadeiras brancas das mesinhas com guarda-sol. Geraldo foi o único a cumprimentá-los; em seguida, pediu a Ana Rosa que lhes trouxesse cadeiras.

Os rostos daqueles conhecidos personagens eram disfarçadamente perscrutados por Lílian, perplexa por estar entre eles. Pensava que qualquer um poderia ter empurrado Dona Amália escadaria abaixo, executando aquele ato de maldade extrema.

Passara-se uma hora; pouco havia sido dito. Um clima de indignação começava a pairar, vez por outra alguém dizendo alto que não suportava mais aquela demora, quando o Dr. Eurico apareceu, andando pelo jardim, seguido de dois detetives assistentes.

— Estamos esperando! Chateados, Dr. Delegado — disse Vicenta, sacudindo a cabeça adornada por um coque elegante preso por um vistoso grampo vermelho. Seu semblante era ao mesmo tempo desafiador e inquieto. — Estamos todos aqui, reunidos, como foi determinado.

Dr. Eurico colocou uma pequena ponta da camisa branca para dentro da calça, deu um suspiro prolongado e, com atitude mordaz, começou a falar como se tivesse ensaiado, com um tom de voz aumentado como ele certamente achava que convinha a uma autoridade:

— Os senhores não estão pensando que foram reunidos à beira desta piscina para se divertirem — ele foi solene, mas direto ao ponto. — O que me fez convocá-los para virem até este sítio foi a certeza de que a morte de dona Amália Porto Steinberg não foi um acidente.

Ouviu-se um burburinho entre os presentes.

O olhar perplexo que Geraldo dirigiu a Lílian demonstrava seu assentimento à irmã, que havia lhe pedido segredo.

— Nossas investigações convergiram para o fato de que um crime bárbaro foi cometido aqui, de sábado para domingo, dentro daquela casa — e apontou na direção da mansão. — E premeditado! — o delegado continuou confiante. — O assassino tentou desviar a atenção... atribuir ao cachorro da casa a culpa pela morte de dona Amália, como se *ele* a tivesse abalroado no mezanino, jogando-a escadaria abaixo. Vou explicar...

Dr. Eurico levantou as mãos, bem alto, segurando três coleiras. Mostrou uma envelhecida, com o pino da fivela quebrado pela metade, explicando que era a que Astor usava na quarta-feira anterior, quando escapuliu pouco antes da reunião da paróquia. Mostrou a segunda coleira, dizendo que fora colocada depois daquela reunião, essa bastante nova, sem fivela, fechada pelo entrelaçamento de uma fita de couro reforçada em duas argolas de aço. Quanto à terceira coleira, um tanto gasta, mas com a fivela intacta, disse que o cachorro a usava na noite em que dona Amália fora assassinada, e que a mesma estava em seu pescoço até momentos atrás. Nessa última coleira o pino partido foi trocado pelo caseiro, como ele mesmo tinha relatado.

— Esses detalhes sobre as três coleiras eu soube através de depoimentos e denúncias. Ninguém soube dizer quem trocou a segunda coleira, nova, sem fivela, por uma terceira, velha, mas o motivo, certamente, foi que alguém precisava de uma coleira com um pino de fivela para ser serrado.

E o delegado concluiu, enfático:

— Como comprovei, os pinos dos fechos da primeira e da terceira coleira foram parcialmente serrados para que se rompessem facilmente quando Astor ficasse indócil, devido ao barulho dos estouros dos rojões nas barraquinhas. Por outro lado, no tempo adequado o cão poderia ter sido solto pelo próprio assassino, ou cúmplice, quebrando os pinos manualmente. Esse engodo foi ensaiado no dia da reunião da paróquia, como todos os presentes testemunharam, e repetido na noite do crime, para convencer de que a morte de dona Amália foi um mero acidente. O cachorro correu para o mezanino porque a porta da varanda lateral encontrava-se apenas encostada, com a lingueta da fechadura imobilizada por uma goma espessa, um *chicle* qualquer. Pois muito bem... Essa tentativa de mascarar o *assassinato* foi tola... quem acreditaria em tal coincidência! O Astor se soltar e atropelar a vítima, precisamente quando esta passava pelo alto da escadaria!

O delegado ostentava um semblante de júbilo por sua interpretação, mas ainda não terminara a explanação. E continuou:

— Dona Amália era uma mulher querida nesta região. Não se sabe de inimigos que ela pudesse ter. Ainda assim, convocamos possíveis suspeitos para interrogatório — ninguém moveu um músculo sequer. — Todos que estão aqui também estiveram presentes à festa de aniversário de Geraldo, no dia do assassinato. Portanto, convoco-os a me ajudar na elucidação desse crime, se alguém quiser, ou puder, é claro — ficou pensativo por alguns segundos. — Um fato que me leva à certeza de premeditação é que a velha senhora tinha o hábito de sair de seu quarto para tomar remédios exatamente à meia-noite, alertada pelo badalo do relógio no mezanino. Isso era do conhecimento de algumas pessoas do seu convívio, principalmente dos familiares. Pela declaração do médico-legista, a morte poderia ter ocorrido entre 23h00 de sábado e 1h30 da madrugada seguinte, é claro, com alguma margem de erro, dependendo se ela morreu ou não de imediato — o Dr. Eurico enfatizou — *quando o seu pescoço foi quebrado.*

Foi outro burburinho, todos se revolvendo em suas cadeiras, comentando as declarações do delegado. Lílian suspirou, desolada.

— Os ferimentos já estavam bem secos quando o corpo foi examinado — o delegado falava ainda mais alto, para que fizessem silêncio.

Consultou o relógio de pulso, olhando depois por cima das cabeças à sua frente. Um detetive se aproximou do delegado e disse que precisavam dele na sala de visitas da mansão.

Todos olharam para trás ao notarem que chegava mais uma pessoa, vinda do fundo do jardim. Era Urbano, o convidado que faltava. Chegou, como sempre, com a costumeira expressão exultante, como a dizer que iria resolver todos os problemas e ninguém precisava mais se preocupar.

Inexplicavelmente, em contraste com a gravidade do momento, o clima naquela manhã à beira da piscina era de tranquilidade. Com raras exceções, as pessoas não estavam assustadas. Alguém que estivesse assistindo como mero espectador à reunião para interrogatório ficaria imaginando se o delegado, apesar de querer criar uma atmosfera tensa, infundir medo aos presentes para conseguir alguma pista reveladora, estava conseguindo seu intento.

Lílian prestava muita atenção a todos, observando cada mudança de expressão. *É incrível o poder de sugestão emanado de certas pessoas*, pensava. *O sangue-frio de Vicenta é capaz de contaminar a outros, dando-lhes segurança, afiançando-os perante essa trágica situação.* Apesar de não haver bebidas, o clima era de festa. Tudo parecia pura diversão, as pessoas comentando, rindo comedidamente, parecendo estranhamente felizes. Enquanto isso, o delegado se demorava...

Vicenta e Lorena iam de mesa em mesa, exibindo gestos e semblante conciliadores, seguramente com palavras de consolo para os parentes e amigos. Dr. Eurico sempre estivera muito envolvido com aquela gente, desde que começara a exercer a função de delegado, e mesmo antes, como colaborador da campanha de Vicenta à prefeitura, evoluindo depois para a sua "promoção". Sempre fizera questão de estreitar amizade com as famílias importantes da área, principalmente com os Fagundes Porto.

Na cidade, há muito se sabia que o poder político da ex-prefeita influenciava o delegado e era também fator de dominação de seus parentes, alguns deles reunidos à volta da piscina, sentindo-se confortáveis em suas cadeiras: tinham certeza de que Vicenta os defenderia na Justiça caso precisassem, desde que estivessem do lado dela, defendendo os interesses dela. Lílian sabia que não estava incluída na lista dos protegidos da prima adotiva.

Quando voltou, o delegado ocupou o mesmo lugar e fez um sinal de que iria continuar. Empertigou-se todo e voltou a falar:

— Para entender, tomemos primeiro a posição de quem desce a escadaria de mármore que vai do mezanino para a sala de visitas da mansão.

Continuou afirmando que a perícia confirmara ter encontrado dona Amália de bruços, com o rosto voltado para trás. A queda do mezanino causara também uma deformação no nariz, mostrando que a queda fora frontal; o pescoço tinha sido quebrado quando ela já estava caída no piso da sala de visitas. Alguém tinha pegado sua cabeça com as duas mãos e a torcera, explicou, e fez uma pausa.

— Dona Amália não morreu ao bater no chão; portanto, obviamente, o assassino precisava silenciá-la. As pernas da morta mostravam sinais de fortes arranhaduras, e constatamos que foram causadas pelas unhas do cão, que em sua correria a pisoteou. Se a tivesse abalroado no alto da escada, provavelmente não haveria marcas — Dr. Eurico ajeitou as calças, puxando-as um pouco para cima do umbigo, e completou: — A conclusão é que Astor, descendo atabalhoadamente as escadas, vindo da entrada lateral da casa, pisou com força no corpo já caído na sala, e isso liquida a hipótese de que foi o causador do acidente.

Devido ao tipo das lesões e à posição do corpo, a perícia também concluiu que dona Amália não rolara escada abaixo: foi empurrada do mezanino por cima do parapeito e bateu o peito e o rosto no chão diretamente, ficando somente suas pernas próximas do degrau mais baixo. Dr. Eurico terminou a explanação com um semblante orgulhoso, colocando um ponto final em qualquer dúvida sobre a existência ou não de um crime:

— Não foi encontrada nenhuma impressão digital do assassino, ou assassina, simplesmente porque a balaustrada do mezanino e os corrimãos da escadaria foram cuidadosamente limpos de quaisquer marcas que um corpo humano pudesse deixar, o que nos convence ainda mais de que a morte de dona Amália não foi acidental... — olhou para os lados, virando vagarosamente a cabeça, parecendo aliviado. — Infelizmente, sem as digitais, fica um pouco mais difícil incriminar, evidenciar o autor do crime.

Em tom de reflexão, Dr. Eurico informou que até o presente momento fora constatado, após averiguações realizadas pelos moradores da casa, que nada havia sido roubado, nenhuma joia, quadro ou outros objetos que pudessem ter despertado a cobiça de alguém, motivando o assassinato. E afirmou que Geraldo abrira o cofre junto à perícia e constatara que não havia sinais de arrombamento, se surpreendendo porque até então não sabia que dentro dele havia a quantia de setenta mil em dinheiro. Pediu que cada um retirasse um dos papeizinhos enrolados colocados em cima de uma pequena mesa de madeira, explicando que o sorteio era para ordenar o interrogatório. Disse ainda que as pessoas ausentes que haviam estado no aniversário de Geraldo seriam intimadas a depor na delegacia.

Os policiais se dirigiram para a sala principal, onde fora instalado um pequeno escritório com uma máquina de escrever, para anotar os depoimentos.

Quase todos os interrogados disseram ter ido ao baile na noite do assassinato. Perguntados sobre o que faziam das 23h00 de sábado até uma e meia da madrugada seguinte, responderam que haviam dançado, conversado nas mesas ou bebido no bar, sem conseguir precisar a hora exata. Mas indicavam álibis, também para suas andanças no salão ou fora dele durante a festa, com a exceção de Salvador, que não conseguiu apontar nenhuma pessoa que o tivesse visto durante o período de tempo estipulado para a ocorrência do crime. Realmente, fora ao sítio para buscar o terno, mas permanecera lá somente por alguns minutos e nem poderia dizer o contrário, pois em algum momento seria tomado o depoimento de Jandiara.

Lílian preferiu se calar quanto à ida de Salvador à mansão naquela noite terrível, com a finalidade de pedir um empréstimo a Geraldo. Achou melhor somente confirmar que ele fora buscar o terno num sítio afastado, e por isso chegara tarde ao baile. Percebeu quando um policial se aproximou de Salvador, que conversava com Lorena e Geraldo perto da piscina. Preocupada, viu o marido transpor a passos indecisos a ampla porta da mansão.

Antônio tampouco tinha um álibi consistente. Não se aproximara de Ondina durante o baile e somente trocara algumas palavras com Lílian, antes da chegada de Salvador. Alguns de seus alunos disseram que o tinham visto no clube, mas não conseguiam informar a hora com exatidão. Ninguém acusou ninguém, como se já tivessem combinado de antemão, nem sabiam de nada sobre a coleira de Astor, que todos os presentes haviam tocado no sábado ou na quarta-feira. O cão era dócil, gostava que os conhecidos lhe fizessem afagos.

Mas um fato importante seria contado por Dr. Raul, o último a ser interrogado, e sua declaração alterou em parte o foco das investigações. O contabilista afirmou que sua irmã Amália havia recebido recentemente, em pagamento pela venda de uma partida de bois, o montante de cento e setenta mil em dinheiro. Ao contador pareceu estranho que houvesse no cofre apenas *setenta mil,* como disse Geraldo depois de conferir o conteúdo. O delegado pediu sigilo ao Dr. Raul.

Terminado o interrogatório, Dr. Eurico se dirigiu para o canto esquerdo da sala de visitas, onde algumas folhas datilografadas foram colocadas em suas mãos. Depois de lê-las com atenção e trocar algumas palavras com os agentes que haviam tomado os depoimentos, ficou pensativo, andando de um lado para outro. Por fim, suspirou profundamente e pediu ao ajudante próximo:

— Chame a jornalista, a dona Lílian, por favor.

Com o novo chamado do delegado acentuou-se a estranha sensação de perigo que Lílian vinha sentindo nas últimas horas. Ansiosa, atravessou a porta da mansão e foi encontrar o delegado atrás de uma mesa, debaixo do mezanino. De pé, falou a ele com o olhar interrogativo:

— Alguma coisa a mais que o senhor quer me perguntar? — e continuou, meio encabulada: — Creio que já disse tudo...

O delegado respondeu, com um ar de triunfo:

— Tenho fortes suspeitas sobre quem foi o autor do crime — fez uma pequena pausa. — A senhora mesma disse, e também outros interrogados, que chegou ao baile sem o seu marido e que ele apareceu por lá somente à uma e meia da manhã. Estou correto?

Lílian estremeceu de terror ao intuir o que viria pela frente. Então disse, com dificuldade, sentindo a boca seca diante da autoridade, em quem não confiava:

— Quase todos que estivemos aqui no aniversário de Geraldo chegamos ao Clube Recreativo por volta de onze horas, justamente porque saímos um pouco tarde e ainda fomos nos aprontar para o baile — sentindo uma palidez gelada no rosto, um suor frio nas têmporas, omitiu mais uma vez que sabia da visita de Salvador ao Sítio das Rosas para conversar com Geraldo. E sustentou, mas com a voz enfraquecida: — Eu disse ao senhor: Salvador foi buscar o indispensável terno preto no sítio da amiga. Quando Jandiara for interrogada, certamente confirmará que meu marido esteve lá.

Lílian se sentia mal por estar sonegando informações ao Dr. Eurico. Era uma profissional que conseguira sensata notoriedade e o respeito de seus colegas, justamente, por sua retidão de caráter e por ter sempre conduzido suas reportagens pautada pela verdade. Sua consciência se debatia ferozmente entre culpar-se por omissão ou optar por dizer tudo, empurrando sobre Salvador uma terrível suspeita.

O delegado continuava a se explicar, entre excitado e aliviado, pensando que havia deslindado o caso de maneira rápida e, talvez, conveniente.

— Considero a senhora, dona Lílian, uma mulher inteligente, e sei que anda fazendo indagações sobre o crime por conta própria. Foi por isso que a chamei, para lhe passar em primeira mão a descoberta do maior suspeito... que, infelizmente, é seu próprio marido.

Como se sentisse prazer, Dr. Eurico continuou, orgulhoso por haver descoberto o que se passara pouco antes de o assassinato ser cometido.

— Sinto muito pelo que vou lhe dizer, mas após as declarações que ouvimos esta manhã todas as suspeitas recaem fortemente sobre Salvador, inclusive a sua, confirmando que ele só chegara ao baile por volta de uma e meia de domingo. Entretanto, o indício mais sério e esclarecedor foi o relato de Francisco, que disse ter visto Salvador e dona Amália em uma discussão acirrada por volta das 23h30 de sábado, quando ele pedia emprestada uma grande soma em dinheiro. Bem antes, portanto, de Salvador chegar ao Clube. O fato se torna ainda mais grave porque seu marido confirmou a péssima situação financeira e moral em que ele se encontra — parou um pouco para pigarrear e continuou:

— Recebi ontem à tarde em minha caixa de correspondência um envelope com recortes de jornais de São Paulo. Eles explicam muito bem tudo o que aconteceu a vocês recentemente, e que os levou a se mudarem para Canabrava. Mais uma coisa: continuando o depoimento, Salvador tentou se defender dizendo que naquela noite realmente tinha vindo pedir a Geraldo que o ajudasse a obter um empréstimo com dona Amália, mas Geraldo já havia saído para o baile. Confesso que fiquei boquiaberto com o restante do desabafo... Ele fez uma espécie de confissão, dizendo que Geraldo era seu filho com Vicenta, e que jamais revelaria esse segredo se não estivesse sendo acusado de assassinato. Isso, no entanto, não muda a sua condição de único suspeito; pelo contrário, com a morte de dona Amália ele se beneficiaria duas vezes: você, mulher dele, e também o filho Geraldo, são ambos herdeiros... No tribunal, pode até ser que essa verdade conte a favor de seu marido...

Lílian se recusava a crer que ele houvesse cometido um assassinato. Conhecia-o muito bem, concordava que era um canalha, mas, matar dona Amália? Isso não.

Dr. Eurico estava impassível, embora se esforçasse para não parecer grosseiro.

— Infelizmente, tenho que indiciá-lo e prendê-lo hoje mesmo.

Por um momento, Lílian se sentiu aliviada: *Minha omissão sobre a vinda dele ao Sítio das Rosas tornou-se sem sentido; não mais estou em estado de mentira.* Nem por isso deixou de se sentir grudada no chão em frente ao representante da Justiça, como se uma mão poderosa forçasse sua cabeça para baixo. Como em uma tela aberta em sua mente, viu sua vida desde o dia em que esbarrara em Salvador por acaso, na universidade. Reconheceram-se, e a partir daí, todos os dias após as aulas ele ia ao seu encontro. Com o tempo, se apaixonara por ele, mesmo conhecendo o seu passado nada recomendável, quando se tratava de convivência com mulheres.

O delegado repetiu que sentia muito, mas que a prisão de Salvador era iminente, trazendo Lílian de volta à dura realidade. Ela se levantou, perguntando se as perguntas haviam terminado, e saiu para o jardim. Andou cambaleante pela passarela em meio ao gramado e foi amparada rapidamente por Salvador. Dirigiu-lhe um olhar benevolente, balbuciando, com a voz embargada:

— Está tudo muito confuso! Nossa vida está ruindo a cada minuto que passa... Você será preso em instantes... como único suspeito do assassinato de minha mãe.

— Mas... eu não faria tal coisa! O que você está dizendo?

O delegado, que acompanhava Lílian a certa distância, aproximou-se de Salvador e lhe deu voz de prisão.

— Acredite em mim! Não tenho me comportado bem, mas você sabe que eu não teria coragem de matar quem quer que fosse... Nem meu pior inimigo!

Dr. Eurico declarou que ele teria amplos direitos de defesa e não precisava dizer nada, até que estivesse junto a um advogado. Lílian pediu para ficar a sós com o marido por alguns minutos, o que foi concedido pelo delegado com um ligeiro aceno de cabeça. Segurou Salvador pelas mãos e praticamente o arrastou para um canto, tamanho era o seu estado de perplexidade. Por enquanto, nenhuma daquelas pessoas que circulavam pelo jardim sabia o que se passava, mas o gesto da jornalista atraiu vários olhares curiosos.

Lílian disse o que realmente lhe ia à alma, tentando ajudá-lo, aconselhá-lo sobre o que deveria se calar:

— Acredito que você não assassinaria minha mãe e vou fazer tudo o que estiver ao meu alcance para livrá-lo dessa acusação, mas, principalmente, não diga nada sobre o novo testamento, que me contemplava com um quinhão bem maior do que o antigo.

Salvador a olhava atentamente, pensando: *Posso mesmo contar com ela para me defender? Teria ainda alguma chance de reconquistá-la?*

— No dia da reunião dos paroquianos — Lílian continuava a falar, rapidamente —vi você no quarto de dona Amália lendo o rascunho do testamento. Também o li, e certamente outras pessoas. Eu passaria a ser a maior beneficiada, com setenta por cento da fortuna, se o documento final não tivesse desaparecido. Confesso que não me senti muito bem com essa mudança, planejava conversar com minha mãe sobre o assunto tão logo tivesse oportunidade. Agora, com a queima do documento original no incêndio, ninguém está dizendo coisa alguma sobre um "novo testamento". A cópia que ficou com dona Amália também foi destruída, ou ela a guardou, muito bem guardada.

— Naquela noite... — falou Salvador, ofegante, tentando se explicar — quem me atendeu foi Francisco, vindo dos fundos da casa... Dona Amália também apareceu e quis saber o que eu queria. Olhava de um lado para outro, irrequieta; por mais que eu perguntasse o que a preocupava, não quis dizer. Aproveitei a oportunidade, me armei de coragem e disse o motivo da minha presença ali, àquela hora. Disse que estava com dívidas... E que tinha vindo até o sítio para pedir a Geraldo que intercedesse por mim junto a ela. Por fim, solicitei a quantia que eu precisava. Ela disse que falaria com você sobre esse assunto, disse exatamente: "Venham os dois, amanhã à tarde, fazer-me uma visita. Tenho muita coisa a conversar com minha filha... E também com você!"

Salvador concluiu: — Procure descobrir por que ela parecia tão preocupada...

O delegado se aproximou, dizendo que tinha que ir para a delegacia. Pediu a Salvador que o acompanhasse e disse que não iria algemá-lo, dando por terminada a conversa. Lílian começou a andar, vagarosamente, acompanhando os dois, olhando para o lado enquanto dizia:
— Vou para casa ver as crianças e à delegacia, logo em seguida.

Saíram os três para o estacionamento sob os olhares inexpressivos de todos os presentes, que já estariam percebendo o que estava acontecendo.

Capítulo quatorze

Lílian não foi à delegacia como havia prometido a seu marido. Precisava refletir sobre o crime, tentar descobrir alguma pista que a levasse ao assassino. Passou algum tempo com os filhos e os levou ao pequeno parque de diversões, perto das barraquinhas. Passou a tarde com eles, mas com os pensamentos fervilhando, na tentativa de alinhavar a lógica dos fatos e resolvê-los satisfatoriamente.

Por volta das nove e meia pôs as crianças para dormir. Às dez, vestiu um conjunto preto que destacava as formas de seu belo corpo; de tênis escuros, os cabelos soltos e usando um boné, estava preparada para uma boa caminhada pela cidade. Andou alguns quarteirões até a Praça Fagundes Porto, circundada pelas casas das famílias mais endinheiradas de Canabrava, ainda iluminadas, clareando as brancas paredes da igreja de Santa Ana, a matriz católica da cidade. Àquela hora, não fossem o frio e o vento cortantes, haveria várias pessoas nas alamedas do jardim. Alguém acostumado a ficar até mais tarde vagueando pelas ruas certamente estaria no aconchego de algum bar nas redondezas, de preferência no bar do João Grigolo, o mais movimentado, situado quase em frente ao Clube Recreativo e aos escombros escurecidos das casas incendiadas no sábado de aleluia.

Os restos de tijolos e madeira queimados lembravam a Lílian que o proprietário da papelaria fora indiciado, talvez tivesse que pagar indenizações aos prejudicados. Pela intermediação de Vicenta junto à justiça local, a paróquia fora isentada de qualquer responsabilidade pelo trágico acontecimento.

Com passos curtos e silenciosos, Lílian perambulou pelas alamedas da praça, se indagando sobre o que faria nos próximos dias. Lembrou-se de que o Dr. Wilson iria fazer a leitura do testamento, que seria aberto bem mais depressa do que o normal por influência de Vicenta.

Talvez por estar sozinha, emocionada, olhou para o alto, para o céu, tentando focar-se em seus objetivos; mas seus pensamentos divagavam sobre o que o futuro bem próximo lhe reservava. A morte de dona Amália a tornaria muito rica; e o dinheiro certamente lhe traria poderes que nunca tivera, isso ela não podia negar. Apesar disso, a maneira como parte da fortuna de sua mãe iria passar às suas mãos a incomodava, embora tivesse perfeita consciência de que, por mais que quisesse, não poderia mudar os últimos acontecimentos.

Ouviu barulho de passos e olhou em direção a eles, assustada. Era padre Clemente. À luz do lampião do poste da esquina, vindo ao seu encontro, Lílian o achou bonito —cabelos crespos, pele escura, rosto quadrado de traços marcantes. Aproximando-se com as duas mãos estendidas, a abraçou, dizendo que fora visitar um doente.

— Você está triste, minha filha. Muito quieta... nesse frio. Como posso ajudá-la?

— Não se preocupe, padre. O senhor já é muito gentil vindo conversar comigo —segurou as mãos dele fortemente. — Têm acontecido coisas muito tristes... o senhor sabe.

Lílian o conhecia desde um pouco antes de se mudar para São Paulo. Ao iniciar o ministério, provocara um burburinho geral devido à sua maneira gentil e à eloquência ao subir ao púlpito. Não teria mais de trinta anos quando veio para Canabrava; seu bom humor e disposição para as artes, principalmente o canto, geraram um infundado descrédito, entre os mais carolas, sobre sua real vocação para o sacerdócio. Achavam-no um tanto delicado, como diziam na época, mas com o passar dos anos o padre provou ser um verdadeiro transmissor das verdades divinas. Seu discurso preferido era sobre o livre-arbítrio — onde a pessoa usa o silêncio, a intuição e a força de vontade para escolher entre o certo e o errado, colhendo mais tarde o resultado de suas deliberações.

"O que seria o certo ou o errado?", alguém perguntou a ele um dia, em um dos seus sermões. Ele respondeu: "As antigas, contudo atuais expressões do mestre Jesus são o certo, 'não podemos desejar para o outro aquilo que não é bom para nós'. Esse comportamento já seria um grande começo para o agir ponderado, uma verdade divina que, praticada por todos, traria paz à humanidade."

Por sua consciência elevada, padre Clemente se tornara respeitado em toda a região de Canabrava. Sabia de longa data que Lílian era uma mulher determinada, inteligente, que não hesitaria em tentar esclarecer o que lhe parecesse errado; mas no momento estava muito só, não podendo contar com o ombro amigo do marido. Então, ele falou firmemente, inspirando confiança:

— Você não deveria hesitar em me procurar para pedir ajuda! Vamos nos sentar naquele banco; tentaremos diminuir sua ansiedade para que possa ordenar os pensamentos.

O vento se acalmara, tornando o frio mais ameno. No céu, podia-se agora avistar algumas estrelas, antes escondidas por uma forte cerração. Do local onde estavam, no jardim da praça, via-se no Sobrado Verde de Vicenta as luzes do alpendre acesas e algumas pessoas tomando chá, sentadas em poltronas confortáveis. Entre elas, além das donas da casa, estavam mais uma vez o delegado Eurico e sua mulher Amélia.

Enquanto olhava a cena, Lílian reafirmava ao padre toda a sua desconfiança e revolta por haverem tirado a vida de dona Amália, inclusive com o modo como o interrogatório no Sítio das Rosas fora conduzido, culminando com a prisão de Salvador.

Após um breve silêncio, padre Clemente se pronunciou:

— Primeiramente, você precisa se conscientizar de que o tempo atuará na medida certa — disse, sereno. — E para resolver alguns problemas é preciso persistência. Relaxe... Contenha a sua ansiedade, e não tenha medo dos acontecimentos futuros. Nunca se esqueça de que ações positivas a ajudarão a conseguir o que busca. Sobretudo, não deixe de agir com presteza, indo de encontro ao problema e aprendendo com ele. A verdade há de prevalecer, sempre, mesmo que leve algum tempo.

Encorajada pelas palavras do padre Clemente, Lílian procurava expressar o que lhe ia no íntimo:

— Salvador não seria capaz de matar. Acredito que foi ao sítio no sábado à noite simplesmente para pedir o empréstimo. Houve uma precipitação, é verdade, pois eu é que deveria ter ido falar com ela sobre o dinheiro.

— Salvador será julgado! — disse o sacerdote, com propriedade.

— Mas a verdade para esse caso talvez não seja realmente buscada pela autoridade local, a quem falta a competência necessária para emitir um parecer justo — Lílian estava assustada com as próprias palavras. — Erros judiciários existem, como o senhor sabe. Principalmente quando não há vontade de elucidá-los. O senhor não conhece o "Caso dos Irmãos Naves", de Araguari? Originou um magistral livro jurídico, referência no mundo todo. Depois de sofrerem barbaridades, e também sua mãe, serem presos e torturados cruelmente, um dia, depois de muitos anos a "vítima" apareceu faceira, andando pela cidade.

Padre Clemente passou o braço esquerdo sobre os ombros de Lílian e disse, quase sussurrando:

— Também fico preocupado e com uma estranha sensação de impotência diante do comportamento de algumas pessoas, bastante conhecidas nossas. Suspeito, cada vez mais, dos "motivos" de não estarem vindo à igreja como antes. O mal campeia pelo mundo, vindo de nós mesmos, os humanos. Estou ciente das cerimônias que exaltam espíritos malignos no Engenho Santini. Receio que algumas pessoas proeminentes da nossa sociedade as estejam frequentando.

Vendo que o assunto interessava a Lílian, Padre Clemente continuou:

— Ultimamente, vinha percebendo que dona Amália estava muito preocupada com o comportamento de Geraldo, que, segundo ela, estava sendo levado por certas pessoas a frequentar a Irmandade. Algo a afligia muito nos seus últimos dias e ela iria me contar, mas infelizmente não houve tempo... — o sacerdote parou de falar por alguns segundos. — Bem, talvez seja um problema meu com relação às pessoas que tento ajudar, e não diga respeito às suas preocupações. Desculpe.

— Aí é que o senhor se engana. Pretendo assistir a uma cerimônia da Luz do Fogo. Vou com Antônio, ex-marido de Ondina, que também está interessado em descobrir o motivo de ela gostar tanto daquele lugar. O Engenho será um bom ambiente para observar comportamentos...

Naquela altura, a praça não tinha viva alma, nem um carro passava à sua volta. O vaivém apressado no Sobrado Verde atraiu novamente a atenção de Lílian. Ela se levantou do banco antes do padre, com o rosto virado diretamente para o alpendre onde via o delegado e sua mulher se despedindo de Vicenta. Segundos depois, Lorena apareceu na varanda, acompanhada de Ana Rosa. Todos desceram as escadas e se dirigiram para a garagem. O delegado e Amélia tomaram um rumo diferente.

Lílian voltou-se para o sacerdote:

— Venha comigo, depressa, ou não conseguiremos segui-las.

Padre Clemente ficou mais ou menos sem saber o que fazer, mas mesmo assim saiu quase correndo atrás dela. Era evidente a animação de Lílian, andando rápido, explicando ao sacerdote suas intenções.

— O senhor mesmo me disse há pouco que eu não deixasse os problemas para depois. Pois então, vamos atrás delas. Minha intuição diz que uma reunião dessas três mulheres será bem interessante e, na falta de pistas, podemos vigiar os que nos parecem mais suspeitos.

Atravessou a rua seguida pelo padre, que, entendendo o seu propósito, decidira levá-la. O carro dele estava perto; sem demora, saíram para o lado leste da cidade. Lílian poderia imaginar muitas coisas que elas iriam fazer: buscariam Geraldo no Sítio das Rosas para levá-lo a ensaios da Luz do Fogo ou alguém teria encontrado a cópia do testamento? Bem, correria o risco para ver, ouvir...

***

A jornalista e o sacerdote viram que o grande portão do jardim estava aberto, talvez significando que as mulheres não pretendiam permanecer na mansão por muito tempo. Pararam o carro fora das vistas de quem saísse e caminharam sorrateiramente, evitando chegar perto da piscina parcialmente iluminada. Estavam tensos, receosos de que Astor fizesse o maior estardalhaço quando chegassem à cerca que separava o jardim do quintal. Por sorte, o cão emitiu somente uma rosnada baixa e grossa; mostrando os enormes caninos brancos, limitou-se a abanar o rabo e a dar grunhidos de satisfação ao ver dois conhecidos por entre as frestas da cerca de madeira.

Lílian escolheu um local conveniente, de onde poderiam ver as janelas dos quartos, a porta da frente, e, do outro lado, a porta envidraçada da varandinha lateral. A pequena escada estava às escuras. Instantes depois, um clarão apareceu pelos vidros e a porta se abriu. Francisco surgiu no facho de luz, apoiou-se no parapeito, olhou para um lado e para o outro e desceu bem devagar os poucos degraus, dirigindo-se para os fundos do pomar.

— Será que ele foi para casa? — o padre perguntou, baixinho.

— Creio que sim.

Teria Francisco nos visto, ou escutado algum barulho? — pensou Lílian. Continuaram agachados, bem encostados à cerca, escondidos por um arbusto repleto de flores brancas. Um pássaro bateu as asas, sobressaltando-os. Ela segurou fortemente no braço musculoso do padre, olhando para seu expressivo rosto negro.

O tempo passava devagar. Teriam transcorrido uns dez minutos e só haviam conseguido ver as fracas luzes que atravessavam os vidros das janelas, um pouco acima de onde estavam. A qualquer momento o caseiro poderia voltar, pois Astor começava a dar sinais de que estava incomodado com aquela situação, duas pessoas agachadas sem fazer nada. Lílian tirou de uma pequena bolsa uma barra de chocolate, única coisa de que dispunha para agradar o cachorro. Repentinamente, na luz difusa de uma das janelas, viram dois vultos. Notava-se claramente que estavam se beijando.

Dali a pouco, a porta envidraçada que dava para o pomar foi novamente aberta e Lorena e Vicenta saíram, discutindo. Conseguia-se ouvir nitidamente as imprecações de Vicenta, que falava sobre Ondina.

— Ela prometeu!... Que não continuaria alimentando essa paixão inoportuna de Geraldo! O que ela está pensando? Que vai se casar com ele? Esse é o sonho que a mãe dela acalenta ultimamente, mas não vai se tornar realidade! Tia Matilda deveria saber que não pode, não deve me enfrentar.

As duas mulheres passaram pelo pequeno portão e seguiram para o jardim, em direção ao estacionamento. Momentos depois, Ondina desceu o pequeno lance de escadas para o quintal. Lílian engoliu em seco, esforçando-se para respirar devagar, com medo de que fossem notados. Padre Clemente, sentado no chão, assistia as cenas de olhos arregalados, perplexo por haver aceitado seguir Lílian naquela aventura.

Cantarolando algo cadenciado, numa língua incompreensível, Geraldo fechou a porta envidraçada atrás de si e alcançou sua amante descendo a escada em três passos, pulando degraus. Ouviram a voz de Lorena, que dizia bem alto:

— Fique tranquila, Vicenta. Ondina não vai se casar com Geraldo! Vou me entender com ela, e hoje mesmo colocarei um ponto final nesse romance.

Geraldo não acreditou no que ouvia.

— Não vamos nos separar nunca, por mais que Vicenta queira que isso aconteça. — disse, nervosamente.

Ondina correu à frente do amante, aproximando-se de Lorena:

— Você deve ter enlouquecido! Pense bem no que está dizendo! Não ponha tudo a perder... — falou em tom sussurrado, suficiente apenas para que a secretária ouvisse.

Lílian e o padre já não podiam entender o que diziam. Escutaram somente o pesado portão de ferro sendo fechado. O silêncio voltou, quebrado em seguida pelo ranger da dobradiça de uma das janelas da frente, que se abriu para o lado das piscinas. Ouviram ainda, dentro da casa, vários sons repetitivos, parecendo um abrir e fechar de gavetas.

Ana Rosa saiu pouco depois, andando rápido para o pomar.

— O que estaria fazendo... — comentou o sacerdote, intrigado com os ruídos. — Seriam móveis sendo empurrados?

— Veja, ela vai para aquele lado; deve estar indo para a casa de Francisco.

Passaram-se alguns segundos e viram a silhueta do caseiro, vindo do fundo do quintal ao encontro de Ana Rosa, que lhe estendeu as mãos. Em seguida, desapareceram no escuro, por entre as árvores. A mansão ficou em total silêncio.

Lílian e o padre saíram do esconderijo e se dirigiram ao estacionamento. No caminho de volta, a jornalista tentava colocar em ordem seus pensamentos. Perguntou-se em voz alta:

— Estariam aproveitando a ausência de quem... de Geraldo? E para quê? Para procurarem o testamento, dinheiro, alguma joia? — e virando-se para o padre, comentou: — O senhor viu que até hoje a lingueta da porta lateral continua presa? É por ali que Ondina entra todos os dias para ir dormir com Geraldo. Ele a ama, me disse no outro dia. — pensativa, Lílian suspirou. — Mas, afinal, quem poderia entender os desejos que o estão dominando? Gostaria que tudo fosse diferente, que Geraldo fizesse um casamento do qual não se arrependesse.

— Antônio sabe desse romance há muito tempo? — perguntou o sacerdote, enquanto olhava para a curva à direita. Subitamente, seus olhos se arregalaram, forçando a vista em algo que chamara sua atenção.

— Vi os faróis de um carro lá para baixo. Deve ter capotado — dirigiu-se para o acostamento, parando o carro um pouco depois da curva.

— Meu Deus! — exclamou Lílian. — Vamos, depressa!

Saíram correndo para onde estava o carro, caído em uma grota não muito profunda. O terreno era acidentado, o capinzal espesso atrapalhava os movimentos, tornando lenta a descida. Encontraram o veículo com as rodas para cima e foram direto para as janelas, ansiosos para saber se os ocupantes estavam bem. Felizmente, Ondina se mexia, de cabeça para baixo, meio embolada, presa ao cinto de segurança.

— Viva, graças a Deus! — exclamou o sacerdote, aliviado.

— Onde está Geraldo? — Lílian quase gritou.

Depois de alguns minutos de dificuldades conseguiram soltá-la e arrastá-la para fora; ela tremia, com escoriações nos braços e no rosto. Levaram-na para longe do carro, muito danificado, temendo que pudesse haver fogo e explosões.

— Geraldo não estava com você? — Lílian repetiu a pergunta.

— Não... Eu ia direto para casa. Vicenta pediu... queria muito conversar com ele antes de nos encontrarmos no morro do Engenho. Geraldo não veio comigo... Ainda bem.

Subiram a ladeira com o capinzal úmido atrapalhando a movimentação das pernas, fazendo com que Ondina caminhasse devagar. Pouco depois, já dentro do carro, ela começou a chorar baixinho; ficou com o rosto molhado colado ao vidro da janela até chegarem ao Sobrado Verde. Encontraram Lorena e Geraldo na varanda, à espera de Vicenta, ansiosos para sair imediatamente para o Engenho Santini. Quando viram Ondina descer do carro do sacerdote, trôpega, descabelada, amparada por Lílian, correram para o portão de entrada. O primeiro a se manifestar foi Geraldo.

— O que aconteceu? O seu carro... onde está?

— Os freios não obedeceram — disse ela, chorando. — O carro está lá, no fundo da grota, no meio do mato.

Ele passou as mãos desesperadamente pelo corpo de Ondina, perguntando onde doía, se ela havia se machucado muito. Lílian explicou o estado em que a encontraram, salpicada de pedaços de vidro do para-brisa, de cabeça para baixo, e bendisse a sorte de tê-la encontrado com vida.

— É preciso mandar verificar a causa do acidente, o motivo de os freios não terem funcionado — disse Ondina a Geraldo, já um pouco refeita. — Agora, quero ir para casa.

Lílian assegurou que ia fazer a ocorrência do acidente.

— Foram até o sítio? — perguntou Lorena, encarando padre Clemente. — Saímos de lá há pouco e não vimos vocês.

Ele não respondeu, e pediu a Vicenta para levar Ondina até o hospital para uma avaliação médica. Em seguida, saiu com Lílian em direção à delegacia, sem dar explicações de por que passavam naquele momento por aquela estrada.

Após informar detalhadamente ao detetive de plantão a hora e o local em que haviam encontrado Ondina, o sacerdote deixou Lílian na porta do chalé. Combinaram de marcar um encontro para comentar a incursão ao Sítio das Rosas, em outra ocasião, quando estivessem descansados.

As noites, nessa época do ano, ficavam impregnadas do perfume gostoso das flores azuis e brancas do manacá — espalhado por uma brisa fresca, abrandava as tensões. Várias casas preservavam as pequenas árvores em seus jardins. Debruçada no beiral da janela do quarto das crianças, Lílian sentia o aroma enquanto pensava em Salvador, preso na delegacia. *Estaria sofrendo muito? Como explicaria às crianças o que estava acontecendo? Como enfrentaria essa realidade?* Virou-se e olhou para cada um dos rostinhos, vendo-os dormir, tão inocentes. *Onde estaria Rafael, o menino de seis anos que desaparecera sem deixar vestígios? Espero que seja logo encontrado, desvendado o seu paradeiro... Os pais dessa criança devem estar experimentando o pior dos sofrimentos, imaginando as barbaridades que podem estar acontecendo ao filho...*

O cansaço a fez adormecer aos sobressaltos, com um último pensamento: *Meu filho tem a mesma idade de Rafael.*

***

Concluída a perícia, finalmente, às dez horas de domingo, o corpo de dona Amália foi entregue aos familiares. Saber que não mexeriam mais no cadáver era um alívio para todos que a amavam. As avaliações do delegado sobre o modo como ocorrera o assassinato ficaram confirmadas, caracterizando o crime como premeditado, com requintes de crueldade.

Dona Amália foi enterrada após uma missa para encomendar sua alma a Deus, como era o costume católico na cidade. Em um sermão breve, padre Clemente manteve a tônica implacável sobre a punição divina para os que haviam cometido o brutal assassinato. Por trás dos véus negros e dos óculos escuros, não se podia ver os semblantes de várias pessoas sentadas nos bancos da Igreja Matriz de Santa Ana. Algumas delas devem certamente ter sentido um forte calafrio na barriga, causado pelas contundentes palavras do sacerdote.

O carro fúnebre saiu da porta principal da igreja, vagarosamente, acompanhado por centenas de amigos e conhecidos, atestando o quanto a velha senhora era querida. No cortejo, um grupo de pessoas se aproveitou do momento para realizar um protesto, aliás, insosso, mostrando em cartazes a incompetência do delegado para dar solução aos crimes que ocorridos na cidade. O domingo transcorreu melancólico para os amigos de dona Amália, aqueles que verdadeiramente a tinham apreciado em sua passagem por este mundo.

Capítulo quinze

O desaparecimento da criança em Canabrava era assunto destacado nos jornais da região, espalhados na mesa do delegado Eurico. Lílian tinha assinado a reportagem no jornal em que trabalhava, mostrando a mesma foto de Rafael que estava estampada nos panfletos pregados nos postes da cidade. Em outra matéria Lílian elogiava a grande dama que fora dona Amália, lembrando suas obras beneficentes.

No transcorrer daquela segunda-feira, surgiram algumas novidades interessantes. Várias pessoas exigiam atenção na delegacia, com queixas variadas, principalmente querendo reclamar e dar depoimentos sobre o incêndio na esquina da Praça Fagundes Porto. Mas o delegado não dispunha de muito tempo para dar atenção a todos os problemas que vinham acontecendo ultimamente em Canabrava. Naquele momento, estavam em seu escritório o oficial-chefe do Corpo de Bombeiros e o representante de uma seguradora; ambos comunicavam que ao término da perícia nas áreas de incêndio havia sido constatado que o mesmo fora criminoso. Tinham achado estilhaços de vidro com traços de gasolina dentro de um pequeno frasco de aço inoxidável apropriado para carregar bebidas alcoólicas — na verdade, uma bomba incendiária improvisada que fora atirada de uma das varandas do Clube Recreativo durante o baile, atravessando a claraboia da papelaria que guardava o material explosivo.

No documento da seguradora constava que o estabelecimento, de nome Papelaria Principal, não ia receber o seguro de incêndio porque descumprira os padrões de segurança contratados: o proprietário, erroneamente, permitira que em suas dependências fossem guardados produtos combustíveis e explosivos. As indenizações solicitadas por outras empresas e pessoas prejudicadas seriam pagas em seu devido tempo, conforme as sentenças proferidas pela justiça.

No final, veio aquela clássica advertência: "Fogos de artifício devem ser guardados em locais afastados de edificações urbanas e em ambientes apropriados, onde não ofereçam perigo à população". Os restos do objeto de metal e os cacos de vidro chamuscados foram postos em cima da mesa do delegado, que os deveria guardar para posterior utilização no tribunal.

— Agora é com a polícia — enfatizou o representante da seguradora. — Estamos na expectativa de que o senhor descubra o mais rapidamente possível o autor desse crime.

— É natural que a população esteja revoltada e desejando justiça — disse o oficial do Corpo de Bombeiros apontando para o saguão da delegacia, cheio de gente. — Fizemos a nossa parte — ressaltou.

O Dr. Eurico esfregava as mãos com impaciência. Disse que intensificaria as investigações e explicou que, no momento, contava com poucos policiais e funcionários administrativos, e que já pedira reforços ao órgão competente.

Do lado de fora da delegacia, sentados em um banco de madeira, os pais de Rafael esperavam, também impacientes. Desejavam mais uma vez perguntar diretamente ao delegado como iam as investigações. A mãe chorava, mas não mais desesperadamente; as lágrimas desciam pelas faces sem expressão, marcadas por rugas de sofrimento.

O tempo passava e Dr. Eurico não queria perder a leitura do testamento de dona Amália, com início marcado para as dez horas. Os problemas na delegacia haviam aumentado assustadoramente nos últimos dias, e ele parecia amedrontado dentro daquele ambiente cheio de cobranças. Olhava o relógio a cada minuto, desejando que os representantes dos prejudicados pelo incêndio saíssem logo.

— Farei o possível. Os culpados, certamente, irão indenizá-los. Alguma coisa a mais? — perguntou, e se levantou da poltrona, se despedindo com um aceno e tentando se esquivar.

Outras pessoas o abordaram.

— Agora não vou poder atendê-los. Tenho que sair neste minuto para resolver um assunto muito importante. Voltem na parte da tarde, por favor.

O pai de Rafael falou, aflito com a situação de seu filho:

— Estamos desesperados. Rafael está desaparecido há dez dias e a polícia ainda não encontrou pista nenhuma. — O pobre homem implorava: — É preciso que o senhor ande depressa com as buscas, antes que aconteça o pior!

— Está bem... senhor — a voz era grave. — Estamos fazendo o possível para encontrar o garoto — completou o delegado, dizendo que precisava sair para continuar as investigações e se dirigindo para a porta da frente, andando rápido.

Chegando à calçada, viu Lílian sentada no banco do carro, com a porta aberta. Ela o aguardava, após conversar com Salvador dentro da cela.

— Acabei de fazer uma visita a meu marido — ela olhava diretamente para o rosto do delegado. — Ele está em péssimo estado emocional. Continua a dizer que não confia na polícia daqui, acha que não se interessam pelo no caso.

— Ele falou isso para você? Pois não há evidências de outro suspeito... Sinto muito.

Lílian esperou alguns segundos para responder:

— Prometi que não iria abandoná-lo na prisão, e faria o que fosse preciso para provar sua inocência — ela ousou. — Hoje mesmo vou telefonar para um amigo do jornal onde trabalho, pedindo-lhe que venha me ajudar. Ele tem um grande faro investigativo e pode descobrir coisas que muitas vezes passam despercebidas à polícia.

— Faça isso. Peça que ele chegue o mais rápido que puder.

Lílian notou que as palavras soaram ressentidas, sem muita ênfase.

— O nome dele é Jurê — fez uma pausa. — Sinto-me na obrigação de comunicar à polícia local que o convidei... — Lílian prestou atenção à reação do delegado. — Jurê é também advogado — disse, devagar. Testava o delegado. — E gostaria que ele tivesse acesso ao material que o senhor tem sobre o caso do assassinato de dona Amália.

Uma nuvem de preocupação turvou o semblante do Dr. Eurico. Sabedora de que ele não perderia por nada a leitura do testamento, Lílian lhe fez um convite:

— Entre, delegado — falou com delicadeza. — Sei que não precisa, mas lhe dou uma carona até o Sítio das Rosas para a leitura do testamento. Pensei em aproveitar o breve trajeto para conversarmos, caso o senhor não se importe.

Dr. Eurico sentou-se ao lado dela e bateu a porta.

— Não me importo em trocarmos impressões sobre o assassinato — tentava ser simpático. — Tenho muita admiração pela senhora. É uma mulher fina, inteligente, lutando por seus interesses! Também faço o mesmo, quando necessário — pensou por alguns instantes. — Sinceramente, dona Lílian, acredito que esteja completamente isenta de culpa no ocorrido com a sua mãe adotiva, mas não pense que me esqueço de que é herdeira de uma boa parte da fortuna que ela deixou. É muito dinheiro! E sempre poderá haver cumplicidade, onde menos se espera...

— O senhor não está pensando...

— É só um comentário, a senhora compreende — e calculou o que diria a seguir. — Mas continuarei a ajudá-la em suas investigações paralelas — fez uma pequena pausa e mudou o tom de voz. — O que a senhora gostaria de saber?

Lílian não se fez de rogada e respondeu:

— Estão dizendo, na cidade, que o incêndio foi provocado. Gostaria que o senhor me confirmasse isso.

Ele falou com ar misterioso.

— Descobriu-se realmente que o incêndio foi provocado, e não causado por um curto-circuito, como se pensava.

— Diante dessa nova situação, deduzindo, e acredito que o senhor raciocinaria da mesma maneira, a intenção do incendiário foi queimar o escritório onde estava guardado o novo testamento de dona Amália. E também reforçar, "sugerir" que o cão provocou o acidente ao se assustar com o barulho das explosões.

O delegado ponderou:

— Também poderia ser algo muito diferente, alguma rixa do proprietário da loja com pessoas invejosas, ou de outra religião, ou irmandade, querendo incriminar a igreja por permitir que guardassem inadequadamente os fogos das barraquinhas. Ou então, para recebimento de seguro, se não ficasse provado que o incêndio foi criminoso. Investigando o assassino de sua mãe certamente acharemos quem ateou fogo na papelaria! — completou.

— Obrigada, Dr. Eurico, por estar falando comigo sobre esses assuntos — Lílian soou eufórica, pois novos dados eram acrescentados aos que já possuía. Quanto mais informações ligadas ao crime, maior a possibilidade de se levar o verdadeiro criminoso à justiça.

— O suspeito principal continua sendo Salvador — insistiu o delegado. — Mas é evidente que qualquer um que frequentasse livremente o sítio e tivesse interesse na herança é um suspeito em potencial, executor, mandante ou... cúmplice — ele a olhou com firmeza. — Até mesmo a senhora poderia... No entanto — Dr. Eurico continuou, parecendo satisfeito com o que dizia — permanece o fato de que seu marido foi visto por Francisco discutindo com dona Amália, pouco depois das onze horas. Tem também a péssima situação financeira de vocês, que desaparecerá com a grande herança que em breve passará às suas mãos.

— Ainda bem que o senhor se permite "imaginar" que outra pessoa poderia ter realizado ou encomendado o crime — Lílian não iria perder a oportunidade de insinuar. — E... se essa pessoa quisesse *controlar* Geraldo, manipular todo o dinheiro que ele iria receber?

— Não sei onde a senhora quer chegar, mas não se esqueça de que falou sempre no condicional, e que essas cogitações dificilmente iriam servir como prova para se acusar alguém de um assassinato. — Dr. Eurico aconselhou Lílian: — Reze para que uma cópia do novo testamento não apareça. Certamente não seria positivo para Salvador diante de um júri o fato de sua mulher haver abocanhado setenta por cento da grande herança —disse a última frase de forma irônica.

Lílian ficou pensativa: *Então, de algum modo, ele ficou sabendo do teor do novo documento.* Para não entrar em desespero, se agarrava à esperança de que alguém se traísse. *Redobrarei minha atenção* — raciocinava. — *Salvador continua a me parecer sincero quando diz que nada tem a ver com o crime.* O carro ia devagar, subindo em direção ao sítio. O objetivo dela, naquele momento, era continuar extraindo informações do delegado sobre o desenrolar das investigações.

— Felizmente, Ondina escapou ilesa do acidente — o comentário fugia ao assunto da conversa, por isso o delegado demorou alguns segundos para entender o que ela queria.

— Estou esperando as respostas da perícia, da companhia de seguros e da polícia. Estamos chegando — ele disse, vendo o majestoso portão do sítio.

As pessoas interessadas já estavam a postos, esperando a abertura do testamento.

Doutor Wilson sentou-se em uma poltrona de couro, justamente no local onde a dona do sítio fora encontrada morta, e começou a leitura do documento com vinte minutos de atraso, quando Lílian chegou e logo se sentiu constrangida, pois todos os presentes a olharam com ares de reprovação.

Inicialmente, o advogado explicou, sem nenhuma pressa, para que ninguém tivesse dúvidas, que dona Amália havia feito recentemente uma mudança em seu testamento e havia ditado para que ele próprio escrevesse, no dia da reunião da paróquia — um novo testamento onde a distribuição dos bens mudaria substancialmente se o documento assinado por ela não tivesse se queimado junto com o escritório de advocacia, no incêndio do domingo anterior. Assegurou que a cópia que ficara com dona Amália fora procurada minuciosamente dentro da mansão, mas não havia sido encontrada. E salientou, para que o contexto ficasse bem claro:

— Se a cópia do novo testamento for encontrada, certamente haverá averbação em cartório e sua consequente leitura, mudando completamente a divisão da herança.

Os olhares se entrecruzaram. Alguns se remexeram em suas cadeiras; pareciam nervosos, mas se mantiveram calados.

Dr. Wilson continuou:

— Por pedidos insistentes de algumas pessoas da família, o conteúdo do testamento em vigor com a listagem do patrimônio será divulgado neste momento, fora dos prazos legais. A distribuição dos bens somente se consumará passados não menos de quatro meses da data de hoje, com a presença de advogados das partes interessadas, prazo que o Meritíssimo Senhor Juiz de Direito estipulou — fez uma pausa prolongada, olhando para o rosto dos presentes. — Este é o tempo para que se dê por terminada a busca pela cópia desaparecida do novo documento.

A atmosfera ficou ainda mais tensa. Por alguns segundos, teriam ouvido até o ranger dos dentes de Matilda se ela não tivesse saído apressada para o banheiro, com a mão na boca. Vicenta e Lorena se achegaram uma à outra, se protegendo mutuamente de um súbito mal-estar. Já sabiam tudo o que Dr. Wilson dissera, mas a insegurança gerada pela informação de mudanças nas porcentagens da herança batia como um aríete em suas cabeças ambiciosas.

O advogado começou a leitura do testamento original, solenemente, bem alto, à maneira de um arauto comunicando as últimas deliberações do rei. Logo no início, foi dito com clareza que, no momento, não haveria valores especificados em bens ou dinheiro para Geraldo e Lílian. Setenta por cento da grande fortuna seriam destinados a Geraldo. Lílian herdaria vinte e cinco por cento. A paróquia receberia dinheiro para as suas obras de caridade.

Supunha-se que dona Amália tivesse pedras preciosas, guardadas após a morte do marido; no entanto, nada disso foi mencionado. Todos estavam admirados com o montante da herança deixada pela velha senhora: o Sítio das Rosas, duas grandes fazendas, milhares de cabeças de gado, ações, imóveis em Canabrava, São Paulo e no Rio de Janeiro. Avaliando *grosso modo*, seriam cinquenta milhões de dólares.

Os empregados deviam receber em dinheiro, mas alguns torceram o nariz, demonstrando desagrado com os pequenos valores. Somente Francisco ficou satisfeito com a boa soma que lhe fora destinada, para surpresa de todos.

Matilda, irmã de dona Amália, herdara, além de dois imóveis em Canabrava que lhe garantiriam bons aluguéis, também a casa em que morava na cidade. Ao irmão, Dr. Raul, couberam trinta por cento das terras do Sítio das Rosas, sem a mansão, joias, algumas ações bastante valorizadas e a casa onde morava com Ana Rosa, que não ficou nada satisfeita com o que fora destinado ao seu marido. Começou a suar e precisou sair do recinto para se recuperar daquela surpresa desagradável.

O rosto de Ondina estampava uma euforia bastante controlada. Não conseguia parar de olhar para Geraldo, imaginando o que faria com os milhões que ele ia embolsar. Disfarçadamente, Vicenta não tirava os olhos dos dois, pensando no risco de Ondina teimar em se manter amante de Geraldo.

A leitura do testamento havia chegado ao final. À Vicenta, nada fora destinado. Ela ficou tremendamente decepcionada, branca como a blusa que vestia; mas seu filho não herdaria a maior parte? Teria sido esse o motivo para sua tia Amália esquecê-la no testamento?

A grande sala de visitas da mansão pouco a pouco se esvazia-va, enquanto o advogado arrumava seus apetrechos. Se havia alguma dúvida, ninguém se pronunciara a respeito, certamente porque pairava sobre eles o fantasma do novo documento, que poderia ser encontrado a qualquer momento e mudar tudo o que fora dito pelo testamenteiro.

Enquanto os interessados na herança permaneciam no sítio, conversando pelos cantos, Lílian estava com Geraldo, os dois sentados em um banco de madeira embaixo de uma das janelas dos quartos. De lá, poderiam ver o que se passava no jardim.

— Veja que tristes figuras... Estão nervosos, discutindo... — Lí-lian comentava com seu irmão. — Heranças podem causar decepções, tragédias... Estranham-se uns aos outros. Muitas vezes parentes que se davam bem viram inimigos, sentem-se prejudicados, inconformados com o quinhão recebido.

Fez ainda um comentário sobre a distribuição da herança:

— Dona Amália não deixou nada para Vicenta. O que você pen-sa fazer a respeito?... — Lílian se segurava para não repetir que sua mãe biológica tentaria ficar com todo o dinheiro.

— Pretendo ajudá-la, emprestar-lhe dinheiro, mas fique despre-ocupada que não vou esbanjar. Além do mais, Ondina irá me ajudar na administração de nossos bens, pois pretendo me casar com ela — e completou com uma frase que deixou Lílian tão preocupada como no início da conversa: — Aliás — disse em tom de desafio — já nos enten-demos sobre esse assunto. Pedi segredo, mas contei a ela que Vicenta é minha mãe verdadeira e que pretendo ajudá-la a se eleger deputada. O que dona Amália fez por mim até hoje agradecerei por toda a minha vida, mas preciso me aproximar de Vicenta, tentar conviver melhor com ela — Geraldo falava muito emocionado. — Voltando a Ondina, já disse a você que ela é o amor da minha vida, e por mais que Vicenta ou outra pessoa não queiram, como dona Amália também não queria, continua-rei a me relacionar com ela.

Lílian se calou; tendo em vista seu atual estado de espírito, não adiantaria tentar fazê-lo compreender que estava errado. Percebeu que tanto Vicenta como Ondina, cada uma a seu modo, haviam influen-ciado Geraldo profundamente, através de crendices muito fortes. Ago-ra Lílian compreendia com mais clareza o motivo de dona Amália ter mudado o testamento: ela sabia que Geraldo não teria forças para lutar contra Vicenta e outros gananciosos que apareceriam para explorá-lo. Quase todos já tinham ido embora e Lílian continuava conversando com seu irmão.

— Só quero o seu bem. Continuarei eternamente sua amiga. Sempre que precisar, conte comigo.

À tarde, Lílian deu um longo telefonema para Jurê, seu amigo jornalista, contando o que acontecera de trágico desde sua chegada a Canabrava. Certamente, ele conseguiria uma folga no trabalho e viria a seu encontro para ajudá-la nas investigações. Comentou sobre a morte de dona Amália e a situação de Salvador como principal suspeito.

Jurê já sabia alguma coisa a respeito, e até mesmo sobre o desaparecimento misterioso do garoto Rafael.

Capítulo dezesseis

Lentamente, Lílian fez algumas posições de relaxamento para aliviar a tensão; sua expectativa era grande, por não saber direito o que presenciaria à noite no Engenho. Seus filhos haviam chegado do parquinho da Praça do Rosário. Não daria tempo de colocá-los para dormir; entretanto, só de vê-los dentro de casa já ficara mais tranquila. Tomou um longo banho, imaginando como seria a cerimônia pagã da Irmandade da Luz do Fogo.

Naquela quarta-feira, os trabalhos mediúnicos nos quiosques do Engenho Santini começariam às onze e meia. Ela sairia de casa por volta das dez, para se encontrar com Antônio no lugar combinado. Deveriam subir por uma velha estrada de cascalho na encosta do morro, sinuosa, por mais ou menos trinta minutos, até avistarem duas pedras gigantescas impregnadas de malacacheta, que coruscavam a um clarão mais forte da lua.

O principal motivo de sua curiosidade era a reportagem que iria fazer. Mais recentemente, se interessara também porque algumas pessoas ligadas a dona Amália estariam lá. Aproveitaria a ocasião para observar bem de perto o que iam buscar naquele antigo engenho de açúcar.

Lílian imaginava que a influência de Urbano Santini na aceitação da filosofia da irmandade seria acompanhada de intensas sugestões. Interesses inconfessáveis estavam levando pessoas consideradas importantes, presumidamente inteligentes, a frequentar as cerimônias: comerciantes e políticos procuravam o "Guru de Canabrava" a fim de realizarem as suas ambições; chegava gente de toda parte em busca de um lenitivo para seus sofrimentos, cura para seus males espirituais ou financeiros.

Certos indivíduos, como Villa, Edith e outros negociantes, lucravam muito com a grande afluência de pessoas a Canabrava, lotando hotéis, comprando remédios ou raízes engarrafadas. Comentava-se que muitos se curavam, voltavam satisfeitos para casa elogiando Urbano, a quem consideravam um grande médium — que incorporava uma entidade maligna chamada Wigberto.

Lílian se despediu ouvindo de dona Alzira um rosário de recomendações. Saiu em direção ao bairro do lado oeste, para o estacionamento da Rua Catalão, início da principal trilha para o grande pátio do morro do Engenho. Por ali, subiriam quase todos os seguidores da Irmandade.

O estacionamento da Rua Catalão estava cheio quando Lílian chegou para se encontrar com Antônio. Esperou durante uns trinta minutos. O tempo corria e ele não chegava. Não poderia esperar mais. Decidida a assistir à cerimônia, resolveu seguir sozinha. Caminhou por uma estrada de chão batido, seguindo algumas pessoas que não conhecia; passou por uma comprida alameda de eucaliptos antes de chegar ao início de uma forte subida. Agora a vegetação dominante era composta de árvores não muito altas, de plantação recente. Olhando bem, um bom conhecedor das espécies vegetais da região veria que se tratava de um esparso reflorestamento com aroeiras, belas árvores carregadas com cachos de pimentas-rosas, vermelhinhas, delicioso tempero. Um forte cheiro vindo do capim-meloso, que crescia entre os arbustos, invadiu as narinas de Lílian.

Há muito tempo eu não sentia esse aroma de mato — pensou, com saudades dos tempos em que passeava a cavalo pelos pastos das fazendas de dona Amália. As pessoas que ela seguia foram se distanciando pouco a pouco, e quase não se podia mais vê-las devido às curvas da estradinha. Às vezes, um barulho a assustava, pequenos animais que se mexiam entre as folhas secas.

Lílian subia vagarosamente, questionando o motivo de todas aquelas pessoas estarem caminhando em direção à irmandade pagã para assistirem a uma cerimônia; inclusive sua própria razão para estar igualmente envolvida — todos curiosos, mas também desejosos de "encontrar a verdade", cada um com expectativas relacionadas ao processo da descoberta de si, todos tentando entender o propósito de terem nascido e saber para onde iriam no final da vida. Pensava que o grande perigo durante a "busca da verdade" seriam as crendices, uma fé cega e amedrontadora que insensibiliza o raciocínio crítico, e que poderia levar algumas pessoas a escolhas erradas, às vezes fazendo aflorar seus piores sentimentos e as tornando extremamente cruéis. Sabia que sua presença iria acionar mecanismos de autodefesa em alguns indivíduos.

Seria preciso muita cautela para tentar provar a inocência de Salvador, levar à justiça o verdadeiro assassino de sua mãe. Manter-se atenta já seria um bom início. Quando o veneno começasse a purgar das palavras dos maus ela iria compreender tudo; seria somente uma questão de tempo. Lílian subia rapidamente, ansiosa para chegar ao antigo engenho do século dezoito, propriedade encostada nos altos paredões gêmeos de pedra que Urbano Santini herdara de seus antepassados. Muitas pessoas ainda subiam, algumas à sua frente, outras atrás, mais devagar: silhuetas, fileiras humanas que contrastavam com o negror da noite.

Lílian se afastou um pouco da estrada e sentou-se em uma rocha plana, observando o tremulante capinzal numa clareira próxima, que às vezes brilhava entre uma nuvem e outra que se abriam no céu. Contemplava o clarão provocado pelas luzes nos postes da cidade, quando, por entre os arbustos, viu as figuras de dois homens com lanternas, movendo-se na escuridão uns vinte metros abaixo. Chamou-lhe ainda mais a atenção quando eles depositaram algo parecido a um embrulho em uma pequena elevação do solo, e começaram a cavar ao lado. Intrigada com a cena, esperou que se afastassem e seguiu em frente, para a missão que se havia proposto. Fervilhava de curiosidade, mas receava perder o começo da cerimônia.

Mais alguns minutos andando ladeira acima e avistou todo o conjunto de construções do engenho em volta de um grande pátio iluminado por vários pontos de luz. pequenas labaredas de fogo. A vegetação nativa havia invadido parte da área, mas ainda restava um grande espaço de chão batido, ocupado por quiosques feitos com troncos de madeira, cobertos de palhas de coqueiro e capim. O quiosque maior dominava o centro do pátio. As outras construções, um conjunto de seis barracões com paredes de pedras retangulares, acompanhava os altos e baixos do terreno. Por trás deles emergiam os dois imponentes paredões rochosos.

Em seus primórdios, o Engenho Santini fora um grande empregador. Carroças puxadas por cavalos e os carroções de bois se ocupavam de todo o transporte, trazendo do grande vale os fardos de cana. O açúcar e a cachaça eram levados para os armazéns da cidade. Passaram-se os anos. No início do século vinte o transporte de tração animal foi substituído por caminhões, causando desemprego na região.

Finalmente, Lílian chegara, curiosa, observando tudo com muita atenção. Ao entrar no espaço levemente aquecido sofreu um forte impacto, sentindo-se desassossegada no cenário insólito. As luzes tremulantes das tochas e lamparinas iluminavam as paredes brancas das construções e a vegetação que margeava o pátio. A claridade se refletia nas rochas escuras, impregnadas de malacacheta brilhante, provocando a ilusão de uma dança de figuras fantasmagóricas.

Havia recipientes de ferro batido, candeias antigas, queimando uma substância oleosa. Pendiam dos beirais das construções e dos postes, distribuídos por todo o local. Um odor intenso vagava por todos os ambientes, desagradável, como se estivessem queimando peles ou ossos de animais.

Lílian se armou de coragem e aproximou-se do grande quiosque central, notando, pelas grandes janelas, inúmeras velas acesas dentro de redomas de vidro amarelo. De perto, parecia uma enorme taba indígena. Grande parte das pessoas que esperavam do lado de fora agora se dirigia a essa imponente construção de madeira e capim seco. Foram se acomodando nas dezenas de toscos bancos semicirculares dispostos em volta de um altar, medindo mais ou menos um metro e meio de altura. Alguns fiéis caminhavam para outros quiosques ou para os barracões.

Quando ultrapassou a grande entrada, ornada por um belo portal feito com bambus entrelaçados, Lílian viu-se à sombra de um objeto grande, que tampava o clarão de algumas tochas. Olhou para cima e viu uma cruz invertida, majestosa, de madeira pintada de vermelho, cravada em uma rachadura no solo ao lado do altar. Teria uns três metros de altura. Seus braços baixos e o topo do tronco central apresentavam terminais de barras de ferro, com pontas em forma de flechas. Ao pé da cruz, um enorme bode de pelagem escura encontrava-se preso por uma correia trançada com peles úmidas.

Até aquele momento, parecia que ninguém percebera a presença de Lílian. Bem devagar, ela se dirigiu para o lado direito do recinto e foi se sentar em uma das últimas vagas no segundo banco semicircular. Passados alguns minutos, viu seu irmão sentado no banco mais próximo ao altar, do lado esquerdo, junto a um casal que depois reconheceu como sendo Villa e Edith. Surpreso, Geraldo demorara um pouco para perceber a presença da irmã.

— Venha até aqui! — Lílian fazia esforço para não gritar. Havia um lugar vago, e ela acenava com as mãos, apontando, pedindo a ele para se sentar a seu lado.

Ouviu-se um bater de tambores, ora com ritmo cadenciado, ora irregular, provocando arrepios e uma agradável euforia. Era um estranho prazer permanecer naquele lugar. Vendo Lílian sozinha, Geraldo caminhou até onde ela se sentara, passando próximo ao altar. Olhou rapidamente para Ondina, que se movimentava dentro de círculos desenhados no chão: acendia incensos, velas amarelas e candeeiros suspensos por fios presos no teto, espalhados pelo ambiente, pairando.

— Ainda bem que o encontrei aqui, meu querido — Lílian cumprimentou seu irmão com um largo sorriso. — Vim para fazer a reportagem. Gostaria que você fosse meu guia e explicasse o que ocorrerá na cerimônia — falava em tom bem alto enquanto pegava um copo de vinho, servido por algumas pessoas com avental vermelho. — Ainda não conheço a filosofia da Luz do Fogo.

— Você verá por si mesma. E depois, quando terminar, poderá falar com Urbano, que vai explicar melhor do que eu a origem e os fundamentos filosóficos da irmandade — Geraldo falava com entusiasmo, deslumbrado com aquele ambiente mágico. — A missa que vai começar daqui a pouco será estimulante, curativa, você se sentirá gratificada por ter vindo.

Lílian pegou no braço do irmão e o conduziu para uma passagem que vira entre os bancos da frente. Prosseguiram em direção às cordas de couro trançadas que separavam as pessoas dos círculos traçados no chão.

— Não podemos nos aproximar muito do altar — disse Geraldo, puxando-a para a porta de saída. — Venha, vou mostrar a você o interior dos barracões. Temos tempo para ver os nichos de cura e voltar para a cerimônia, que começará quando Urbano chegar.

A pele de Lílian estava úmida e com uma cor avermelhada, apesar do clima ameno, a brisa soprando leve por entre os morros.

— Você participa dessas cerimônias há muito tempo? — perguntou ela, levemente ofegante.

— Lorena me trouxe aqui pela primeira vez há três meses. Na ocasião eu não me sentia muito bem, acho que estava deprimido, chateado com a minha vida. Aqui acontecem coisas maravilhosas. Foi onde comecei a amar Ondina.

— O que você me diz do guru, chefe da irmandade?

Nesse momento Geraldo notou que Urbano saía de um quiosque, andando com passos firmes para o lado dos grandes barracões. Carismático, esbanjava segurança.

— É o grande sacerdote — respondeu. — Veja quantas pessoas o assediam.

Várias pessoas o perseguiam tentando beijar-lhe a mão cheia de anéis. Ele já começara a se paramentar, a fim de cumprir o ritual de agradecimento a Wigberto, a entidade que supostamente o possuía durante os rituais.

Geraldo estava exaltado. O tom de adoração com que falava da irmandade mostrava o alto grau de fanatismo que o dominava, mais uma vez levando Lílian a crer que Urbano era mesmo um guru muito eloquente. Como ainda faltavam vinte minutos para o início da cerimônia, aceitou a sugestão de Geraldo: fariam uma visita ao complexo de barracões. Lílian estava decidida a conhecer com detalhes a misteriosa Irmandade do Engenho.

Partiram para a construção do centro, mais próxima do paredão de pedras, onde a luz do fogo emanada dos quiosques se refletia com maior intensidade. Com determinação, Geraldo transpôs uma grande porta de madeira cravejada com flores-de-lis de ferro enegrecido, e ela o seguiu. O interior a surpreendeu, pois nada tinha a ver com as paredes brancas acinzentadas, retangulares e comuns que observara ao chegar ao platô. Era fartamente decorado, exibindo cortinas coloridas que pendiam do alto até o chão de pedra rústica, dividindo o recinto em vários nichos. Em cada um havia duas ou três pessoas, sendo que uma era o paciente, deitado em uma cama que mais parecia uma maca suspensa por cordas, assim como as cortinas, também presas no teto a grossos travessões de madeira.

Geraldo desempenhava bem o papel de guia. Explicava, entusiasmado, que os doentes em repouso tinham vindo até o Engenho para que Urbano os libertasse das entidades prejudiciais que os obsediavam. Outros procuravam o guru porque sofriam com problemas financeiros, sexuais ou amorosos: eram os que pagavam a conta mais elevada. Os que estavam de pé eram médiuns, trabalhadores voluntários da irmandade, sempre aplicando passes e tratando os pacientes com chás de raízes. Todos os internados, sem exceção, deveriam participar das cerimônias. Os que não pudessem andar iriam de maca ou cadeiras de rodas, ajudados pelos médiuns e outras pessoas encarregadas da organização do "hospital".

Andando por entre os pequenos nichos, Lílian notava que as cores das cortinas eram de vários matizes, predominando o violeta. Geraldo explicou que os pacientes mudavam de cama, dependendo de seu estado emocional. Os nichos de cor azul abrigavam os que desejavam somente meditar; a cor vermelha era excitante; e a violeta, curativa, para aqueles com males físicos. Todos sempre acompanhados por seus mestres.

Nas paredes, bem alto, acima das cortinas, para que todos pudessem ver e contemplar, iluminados por velas em castiçais, encontravam-se estampados pentagramas ornados com caracteres simbólicos da antiga Inglaterra mística, época das antigas cruzadas. Centralizadas, pendiam do teto duas grandes cruzes com três travas de tamanhos diferentes formando seis braços. Em cada cruz, no centro, havia um busto de braços abertos, de rosto feminino, com quatro seios e um pênis. No topo de cada cruz, uma grande pinha. Geraldo fitava aquelas figuras embevecido, quando Lorena chegou para chamá-lo, dizendo que Urbano precisava de sua ajuda na cerimônia.

A secretária disse secamente, exibindo um sorriso diabólico:

— Parabéns por ter vindo, Lílian! Veio para participar, ou é só curiosidade de jornalista? — e continuou, modulando a voz: — Cuidado, ao escrever sobre coisas que você não entende.

— Estou aqui justamente para descobrir o que não entendi — falou Lílian. — Para saber, por exemplo, como essa irmandade influencia a conduta das pessoas.

Lorena deu-lhe as costas e saiu na direção do grande quiosque central, agarrada ao braço de Geraldo, enquanto este dizia, olhando para trás:

— Não demore, Lílian. Você poderá se beneficiar, assistindo à missa presidida por Urbano.

Lílian sabia perfeitamente que não interessava a algumas pessoas que Geraldo ficasse a sós com ela. Ondina, por exemplo, se esmerava na relação amorosa com o objetivo de se casar com ele, não iria querer muita conversa entre os dois irmãos. Lorena não gostaria que ela ficasse falando sobre heranças, por exemplo. Afinal, o testamento original de dona Amália ainda poderia ser contestado, e Geraldo talvez soubesse alguma coisa sobre o paradeiro do novo.

Privada da companhia do irmão, Lílian saiu do barracão central. Olhou em volta e, instintivamente, escolheu a direção de outra construção, para o lado do Rio do Engenho. Caminhou depressa por uma passarela de pequenos seixos e parou diante de uma porta, bem maior do que a do primeiro barracão. Suas têmporas ardiam e o peito arfava, pela emoção de investigar o desconhecido. Não é que ela não tivesse uma consciência mística; tinha, estava certa da existência de uma Mente Universal, expressando-se harmoniosamente em tudo o que existe. Frequentara algumas irmandades, lugares místicos, esotéricos, e havia gostado do que diziam alguns dirigentes — aqueles que não se proclamavam donos da verdade nem infligiam dogmas escravizantes, capazes de corromper a liberdade de escolha.

Esse não era o caso da Luz do Fogo, onde "espíritos malignos" e "gurus" prometiam coisas improváveis, de difícil concretização. Lílian professava a ideia de que através de boas escolhas e perseverança é que se consegue o que se deseja. Nenhuma benesse cairia do céu ou subiria do inferno, como pensavam muitos.

Cuidadosa, entrou no barracão. Era muito diferente do outro, o das cortinas coloridas. Maquinários antigos, mezaninos altos e baixos com escadarias dominavam todo o espaço, iluminados por tochas colocadas em lugares estratégicos. Enormes tonéis e alambiques projetavam sombras por todos os lados, formando figuras disformes, compondo um ambiente impressionante. O cheiro de incenso e das velas de sebo queimando ficava mais forte quanto mais se entrava para o fundo. Ela estava com medo e um pouco arrependida por ter-se aventurado sozinha, mas armou-se de coragem e andou mais um pouco por entre moendas e alambiques, até que se deparou com a fenda entre os altos paredões de rocha cinzenta, o que seria a entrada de uma caverna. Acima, em um ressalto da pedra lisa, entre figuras de sombras, brilhava um daqueles pentagramas. Quem quisesse chegar até o símbolo teria que subir degraus de madeira que terminavam em uma porta, que se sobressaía mesmo na penumbra com um tom azul-claro. A figura andrógina de braços abertos estava pouco acima do portal emoldurado por caracteres simbólicos, parecidos com os que ela vira no barracão de curas.

No exato momento em que colocava o pé direito no primeiro degrau, a porta se abriu, emanando uma tênue claridade. O tempo para que Lílian se escondesse fora exato. Ajeitando-se debaixo da escada, percebeu as pisadas e as vozes de Vicenta e Urbano Santini, que conversavam animados, em tom grave. Aguçando bem os ouvidos, escutou perfeitamente que falavam do altar-mor de um templo interno e da iniciação de Geraldo.

Ela então compreendeu que por aquela porta se entrava na fenda entre os rochedos, e também para a caverna descrita por alguns moradores da cidade.

Vicenta dizia para o guru:

— O animal deverá estar sem se alimentar e em posição adequada, a partir de amanhã.

— Ninguém poderá se atrasar, pois a missa começará exatamente à meia-noite — Urbano falou com firmeza. — Não poderá haver falhas, do contrário ficaremos expostos a transtornos psíquicos, abertos a possessões e doenças.

— Não se preocupe. Todos os preparativos para a cerimônia de sexta-feira estão sob minha responsabilidade. Villa trará o animal e Lorena cuidará pessoalmente das vestimentas. Ondina e Edith, a partir de agora, ficarão responsáveis pela colocação dos objetos nos seus devidos lugares. O sacrifício maior será feito antes, no salão da caverna, em ritual particular, no altar de pedra apropriado. Não poderá haver falhas nesse meu agradecimento a Wigberto — disse Vicenta com a voz cortante, como que decidida em seu intento.

Um arrepio percorreu as costas de Lílian. *Sacrifício maior? Que agradecimento seria esse?* Ela estava com medo de que a vissem, o coração apertado no peito e a respiração muito curta. Um mal-estar a levou a se segurar na escada, temendo cair e denunciar sua presença.

Urbano saiu apressado do barracão. Já era hora de começar a cerimônia de hoje. Vicenta voltou, subiu a escada, passou pelo portal azul e entrou na caverna, fechando uma ruidosa grade de ferro; depois, cerrou com um ferrolho a pesada porta de madeira. Com certeza ri sair pela abertura do outro lado, pela entrada alternativa, sorrateiramente.

Era meia-noite. Seguindo o guru Urbano a pouca distância, Lílian levou uma mão ao nariz, tentando se proteger do odor horrível que exalava de suas vestes.

Alguns minutos haviam-se passado. Lílian já se achava novamente sentada ao lado de Geraldo, alarmada, segurando a mão dele fortemente.

Em cima do altar, dois candelabros de cinco velas iluminavam vários objetos: pequenos vasos, embrulhinhos feitos de couro, punhais, espadas e alguns incensários fumegantes. Um livro de capa negra, com marcador de fita vermelha, estava perto de uma ânfora de barro. Lílian olhava fixamente para cada um daqueles objetos, para ela surpreendentes, imaginando como seriam utilizados. Seus olhos ardiam e a respiração ficara intensa, sufocada pelos cheiros fortes do ambiente.

Geraldo estaria consciente do que representava essa irmandade? — ela se perguntou, balbuciando, preocupada por ver o frágil rapaz encantado com a magia envolvente do lugar. Virou-se para ele, e disse:

— Depois que você se afastou fui até o grande prédio que fica à beira da ribanceira, aquele maior, ao lado do qual, mais abaixo, corre o Rio do Engenho. Em meio àqueles maquinários iluminados por tochas, vi Urbano e Vicenta saindo por uma porta azul, encimada pelo pentagrama com a figura andrógina — Lílian falou abruptamente, provocando Geraldo para que ele se abrisse, contasse mais coisas sobre o lugar. — Aonde leva aquela porta? Falaram sobre um altar-mor, dentro do morro...

— Urbano seleciona as pessoas que poderão entrar no templo da caverna, usado para as "grandes missas", como ele tem o costume de dizer; ali deverá ser a minha iniciação, quando receberei as bênçãos de Wigberto, nosso dirigente no mundo dos espíritos. Ondina me contou que a cerimônia é muito inspiradora. Aprenderei sobre o mistério maior da Irmandade da Luz do Fogo, que é o agradecimento à "mãe natureza" pela realização de algum dos nossos desejos — disse Geraldo como num devaneio, talvez repetindo fragmentos de discursos do guru. — "É ela que mata impiedosamente, mas também ocasiona a continuação da vida no Universo. Os espíritos, bons ou maus, são a excelência de suas manifestações". — Geraldo confidenciou no ouvido de Lílian: — Raramente a irmandade realiza uma cerimônia como essa, para iniciação de um futuro grande sacerdote. Também a mãe do iniciado, representando a mãe natureza, será contemplada com a realização de um ardente desejo.

Capítulo dezessete

Notava-se que Urbano estava para começar a cerimônia a qualquer momento. Lílian sentia-se zonza, após beber o vinho que alguém colocara em suas mãos. Lembrando-se de repente de Salvador, fechado naquela cela, perguntou a Geraldo:

— Você já foi visitar seu pai na delegacia?

— Ainda não. Vou amanhã, com Lorena. Soube que ele está com problemas, tendo delírios. Lamentavelmente, com sua prisão, todos ficaram sabendo do seu vício em morfina.

Por ter o terceiro grau completo, Salvador fora colocado em uma cela especial, mas era de se esperar que, mesmo sendo médico, fosse impedido de prescrever morfina para si mesmo. Lílian estava preocupada com o sofrimento do marido. Desde o início da detenção, sigilosamente, e de comum acordo com o delegado, havia providenciado um médico para tentar amenizar sua dependência da droga. No momento, era o máximo que podia fazer por ele.

— Espero poder provar que Salvador não matou dona Amália — repetiu. Parecia bêbada, com a atenção voltada para a reação de seu irmão. — Ele não é assassino, disso tenho certeza!

— Está bem. Mas e se tiver sido realmente ele quem assassinou nossa mãe?

Pela ansiedade que demonstrava ao falar do assunto, percebia-se que Geraldo continuava se recusando a acreditar que outras pessoas da família pudessem ter matado dona Amália.

Lílian respondeu, aconselhando:

— Já disse que não creio nisso... E você precisa estar preparado para o que vai acontecer, quando for provada a inocência de seu pai.

Geraldo foi novamente afastado de Lílian, dessa vez por Ondina, dizendo que precisava dele para ajudá-la na preparação de algumas bebidas que seriam usadas durante a cerimônia.

Urbano estava resplandecente como um faraó, ostentando um avental dourado à luz das tochas. Ninguém conseguia desviar os olhos daquela figura impressionante, de braços abertos, em cima do altar. Um sibilar estridente, vindo de trás, do lado de fora, chamou a atenção de Lílian. Todos desviaram o olhar em direção ao portal de entrada.

Dos bancos em semicírculos, através das aberturas laterais, podia-se ver os doentes e médiuns saindo dos barracões, com os olhares fixos, alguns cambaleantes, outros amparados por enfermeiros vestidos de branco, todos caminhando na direção do quiosque onde se realizaria a cerimônia. Eram pelo menos cinquenta pacientes internados nos "barracões-hospitais" do Engenho. Conforme iam chegando, vestindo camisolões vermelhos, violetas ou azuis, tomavam assentos reservados nos bancos de trás.

Fez-se um breve silêncio. Depois, todas as gargantas, a de Geraldo entre elas, começaram a emitir o mesmo tipo de som, uns silvos tremidos, sendo alguns agudos e outros graves, aumentando e diminuindo a intensidade das vibrações, sem interrupção — como um "iiiiiiiiiiiiiiiii" perfeitamente sincronizado, quase impossível de ser emitido, que todos pronunciavam com os dentes meio cerrados. A missa estava prestes a começar.

Entraram alguns homens vestidos com túnicas e capuzes, tendo à frente Edith e Lorena carregando solenemente um carneirinho branco, que amarraram em uma cruzeta encravada aos pés do altar. Os tambores tocavam, cada vez mais forte e rápido, enquanto outras pessoas encapuzadas distribuíam um tipo de pão escuro, fatias de *bacon* e copos de cristal cheios de um vinho cor escarlate.

Lílian esperava ver Vicenta a qualquer momento, desempenhando alguma função, mas ela não aparecia. Começou a se sentir desconfortável, com um mal-estar repleto de sensações, ora com dormência nas mãos, ora turvando a visão. Fechando os olhos, via um bode escuro se aproximar e se afastar, como se estivesse preso a uma mola.

Os círculos em volta dos sacerdotes brilhavam e giravam, aumentando cada vez mais a velocidade. *Seria efeito do vinho?* — Lílian conseguiu pensar, com dificuldade. De repente, um estalido; e seu cérebro manifestou-se em milhares de luzes coloridas, fazendo-a volitar por um túnel que lhe pareceu sem fim. Viu a cara enorme de um fauno cornudo, pisando com força, vindo ao seu encontro. Ele lhe dizia, repetindo pausadamente:

— Você precisa se tratar, minha criança! Beba tudo...

Ela escutou a frase pulsando em seu cérebro, com insistência, parecendo infindável... até que num dado momento sentiu-se agarrada fortemente pelos braços por alguém que dizia, repetindo com a voz sussurrada, mas com persistência:

— Acorda! Vamos, Lílian, acorda! Precisamos sair deste lugar! — e a sacudia pelos ombros. — Vamos!

Parecia-lhe haver passado muito pouco tempo até o momento em que se percebera meneando a cabeça de um lado para o outro, pedindo que alguém a levasse para casa. Meio tonta, entendera estar sendo conduzida para fora de um dos barracões com cortinas coloridas. Olhou para trás e viu, através do grande portal de madeira, as luzes, as cortinas vermelhas; ao fundo, estampado na parede, o já conhecido pentagrama tendo ao centro a figura de quatro seios e órgão sexual masculino.

O vento frio a reanimou, e só então percebeu que era Antônio amparando-a com seus braços musculosos. Sem compreender muito bem a situação, Lílian se deixou levar, até que adentraram a espessa vegetação, um lugar afastado da estradinha principal, fora das dependências do Engenho. Continuava cambaleante. Àquela hora, ninguém mais descia o longo caminho para o estacionamento da Rua Catalão. Era uma situação de fuga, mas não houvera nenhuma reação contra a sua saída. Os doentes estavam dormindo, e não havia ninguém no grande pátio. Antônio não tinha entendido por que ela fora levada para o barracão de curas; talvez quisessem viciá-la em alguma droga, para que ficasse dependente da irmandade.

Sentaram-se em uma das várias pedras, por entre a vegetação.

— Por quanto tempo fiquei naquele ambiente? — perguntou Lílian, com a voz pastosa. — Meu braço esquerdo está doendo muito — queixou-se. Esticando-o, notou um pequeno hematoma no dorso da mão — devo tê-la batido em algum lugar.

— Está me parecendo mais uma picada de agulha...

— Infames! Me drogaram! Não fosse você ter vindo ao Engenho...

— São três horas da manhã — disse Antônio. — Peço desculpas por ter faltado ao nosso encontro; mais uma vez a babá se atrasou, eu não podia deixar as crianças sozinhas. Mas não devo ter demorado tanto assim para chegar ao platô... Enquanto observava aquela cerimônia desconcertante, percebi que dois encapuzados conduziam você para fora do quiosque, passando por trás do altar. Consegui sair logo; passei pela barreira de pessoas que permaneciam de pé por trás dos bancos, mas já não os encontrei. Procurei por todo canto. Percebi que somente um dos barracões estava com a porta trancada. Esperei que tudo terminasse, segui os doentes e a encontrei dormindo profundamente num catre de madeira, suspenso entre cortinas vermelhas.

— Havia alguma substância alucinógena naquele vinho!... — exclamou Lílian, como se estivesse sonhando. — Bebi um pouco, logo que cheguei; depois, alguém colocou em minhas mãos outra caneca, naquela parte da cerimônia em que Edith e Lorena apareceram carregando o carneirinho branco. Tenho uma vaga lembrança de estar, em seguida, flutuando entre símbolos e cores cintilantes.

Preocupado com a segurança da amiga, Antônio mantinha-se atento a qualquer movimento. Os eventos que presenciara durante a noite voltavam a todo minuto à sua mente. Ele não se conteve: começou um desabafo sobre os acontecimentos que mais o preocupavam atualmente:

— Custei a acreditar quando vi Ondina fazendo parte daquilo! Não que eu não soubesse que ela frequentava essa irmandade... — havia lágrimas em seus olhos — mas hoje constatei que ela está mesmo fortemente influenciada por esse Urbano, agindo de acordo com as ordens dele e de outros dirigentes — ele respirou profundamente o ar fresco da madrugada. — Há dois meses estamos praticamente separados, ela não quer mais ser minha mulher. Porém, por enquanto, não devo sair de casa; ela ficaria desgovernada, está desequilibrada demais para cuidar dos filhos.

Lílian se recuperava do efeito das drogas que a tinham derrubado.

— Agi como uma imbecil, tomando aquele vinho! — exclamou. — Mas todos estavam bebendo, inclusive Geraldo... me deixei levar pelas circunstâncias do momento, talvez pelo medo do desconhecido. É evidente que a mistura com o alucinógeno é endereçada cuidadosamente, conforme o interesse da irmandade... Qual desejo meu seria realizado, para que eu começasse a acreditar nos poderes da Luz do Fogo? Afinal, eles não me internariam naquele nicho vermelho sem motivo.

— Quem sabe a informação do nome do assassino de dona Amália? Poderiam mascarar a realidade "revelando" a você um bode expiatório...

Ela o olhou carinhosamente, no fundo dos olhos; e sabendo que iria abordar um assunto muito delicado, mediu as palavras:

— E Ondina, por qual desejo se deixaria sugestionar por Urbano?

Lílian queria que ele contasse o que ela já sabia, para então tentar confortá-lo.

— Geraldo... era a razão do que eu não compreendia... Tolamente motivada pela cobiça, ela o seduziu, foi isso que aconteceu. Eu o conheço desde criança, acompanhei-o na adolescência, sei de suas carências afetivas. Ondina o encantou, fazendo com que se apaixonasse, algo que ele talvez nunca tivesse experimentado... — e comentou, mostrando-se magoado: — Estão se preparando para casar, você sabia? Enfim, parece que ela conseguirá mesmo o que queria.

Antônio completou seu raciocínio:

— Entre seus altos e baixos de humor, minha mulher estava controlando uma dissimulada insensatez. Mas com a recente volta de Salvador para Canabrava, veio à tona todo o ressentimento que ela guardava, tornando-a amarga e insegura, lembranças dele e do filho dele que abortou. Você sabe desse caso... Estou muito apreensivo... O comportamento de Ondina mudou, ela praticamente abandonou os filhos, pois atualmente está com várias incumbências no Engenho...

— Conversei com Geraldo a respeito da Ondina. Ele está com o firme propósito de manter essa relação, mesmo com a total discordância de Vicenta. Dona Amália abominava o romance dele com a sua mulher... — e Lílian perguntou: — E Matilda? O que ela pensa sobre a separação de vocês e a aventura da filha com o primo?

— Sem que as duas me vissem, as ouvi outro dia conversando sobre esse assunto. Percebi claramente que Matilda incentivava a filha a se casar com Geraldo, elas sempre cultivaram esperanças de voltarem a ser ricas, e essa seria a grande oportunidade. O filho de dona Amália, o grande herdeiro, é a "galinha dos ovos de ouro" delas... Matilda é ainda mais ambiciosa que Ondina, mas, felizmente, não compactua com o fanatismo pela irmandade, sempre diz a ela para deixar de frequentar o Engenho e retornar à igreja de padre Clemente.

Lílian sentiu pena de Antônio, que, com razão, estava decepcionado. Continuou tentando apoiá-lo:

— Me parece, meu amigo, que lhe convém repensar seriamente o rumo que escolherá para sua vida, como eu mesma estou fazendo. Salvador está preso, continuarei a luta para libertá-lo, mas não pense que mudei o propósito de me separar dele. Tardiamente, entendi que ele jamais abandonará o estilo mulherengo e canalha que sempre adotou. Digo-lhe mais uma coisa, que talvez possa ajudá-lo — tentava elevar o amor-próprio de Antônio. — Principalmente..., não tenha medo de seus problemas. Relaxe e se dê um pouco de tempo para descobrir um novo caminho. Ajude seus filhos a passar por esta fase de desarmonia e deixe Ondina aprender com os próprios erros... Mas você não é obrigado a preservar o casamento a qualquer custo — calou-se e não voltou ao assunto, para não chateá-lo.

Reiniciaram a volta para a cidade. Estavam na metade do caminho quando Lílian percebeu que passavam perto do local onde, no início da noite anterior, vira dois indivíduos prestes a enterrar o que lhe pareceu um embrulho feito com jornais. Começava a baixar uma névoa úmida, embaçando o clarão da lua. Decidida, se virou para Antônio.

— Venha comigo — e o puxou para dentro do capinzal. — Quero mostrar a você uma coisa que eu vi enquanto caminhava para o Engenho.

— O quê? — ele disse, tentando entender o gesto.

— Venha! Deve estar perto daquele tufo de capim — falou, apontando. — Foi ali que enterraram algo.

Sem saber o que ela pretendia, Antônio tirou do bolso uma pequena lanterna, que foi prontamente rejeitada por Lílian.

— Precisamos ter cuidado. Não parecia boa coisa o que aqueles homens estavam fazendo... cavando um buraco e enterrando algo.

Procuraram cuidadosamente, até encontrarem o lugar onde a

terra fora revolvida. O capim em volta estava todo amassado. Lílian começou a cavar com as próprias mãos, retirando o cascalho.

Um leve murmúrio de vozes chegou até eles. Ela olhou rapidamente para os lados e se assustou com um barulho de passos apressados, pisando em folhas e galhos secos. Mais um instante e viram, com os olhos esbugalhados, que era Geraldo, acompanhado de um jovem desconhecido.

— O que vocês estão fazendo? — perguntou o irmão. — O que estão procurando neste mato, a esta hora?

— Ainda não sabemos... Estava indo para os barracões quando vi enterrarem algo. Estamos averiguando o que possa ser — disse ela, e continuou o que estava fazendo; não poderia esconder o fato óbvio de estar abrindo um buraco naquele chão coberto de cascalho.

Vendo que Lílian não teria condições de escavar daquela maneira, Antônio tomou seu lugar, tirando a terra com uma lasca de madeira seca achada perto dali. Suando, impaciente, por fim tocou com as mãos algo fofo, parecendo papel. Tirou o embrulho para fora e começou a abrir, cuidadosamente, com o coração quase explodindo: era uma calça, camisa e sapatos de criança. Todos exclamaram ao mesmo tempo:

— O garoto desaparecido! — a associação das roupas ao sequestro ocorrido há poucos dias foi imediata. Lílian tapou a boca para não gritar.

— Meu Deus! — exclamou, indignada com o terrível pensamento que lhe passou na mente como um raio. — Será que aconteceu o que estou pensando? Não é possível que tenham feito essa barbaridade... Temos que impedir! — saiu em disparada morro acima.

Lílian encontrara forças para correr. Saiu do mato e tomou a estrada de volta para o Engenho. Geraldo correu atrás, seguido por Antônio e o outro rapaz. Usando de toda a sua agilidade, Antônio passou à frente de Geraldo, alcançando-a. De um salto, segurou-a pelo braço e impediu que prosseguisse. Ofegante, avaliou o que deveriam fazer:

— Vamos imediatamente à delegacia, relatar nossas suspeitas. Acho imprudente voltar aos quiosques. Se essa gente for culpada, estará disposta a fazer qualquer coisa para encobrir seu crime, principalmente se souberem que as roupinhas foram desenterradas. Poderemos colocar tudo a perder, se agirmos precipitadamente.

Houve um rápido silêncio. Antônio continuava lúcido, sugerindo acertadamente:

— Outra medida que podemos tomar é espalhar para o maior número de pessoas que descobrimos essas peças de roupas de criança enterradas, e que supomos estarem ligadas ao sumiço de Rafael — e prosseguiu no raciocínio: — Assim, os possíveis sequestradores não irão correr o risco de consumar um crime de morte, se é que já não o fizeram — completou, horrorizado.

— Ótima ideia — Lílian concordou, imediatamente. — Mas também exigiremos na delegacia que acordem o delegado, ele não poderá ficar inerte. A denúncia que faremos é grave demais para que o Dr. Eurico não se prontifique a investigar.

Começaram a descer em direção ao estacionamento. Geraldo permanecia mudo, limpando a garganta com um pigarro de vez em quando. Estaria Antônio pensando o mesmo que Lílian, ao trocarem um rápido olhar de cumplicidade? Bastaram algumas palavras sussurradas para chegarem a um consenso: seria uma tentativa de impedir que pessoas malévolas consumassem um crime hediondo.

Geraldo seria iniciado na Irmandade Luz do Fogo; certamente, iria contar a eles o ocorrido nas proximidades do Engenho. Precisaria estar com muito medo para deixar de relatar o que vira, e, naturalmente as primeiras pessoas a quem contaria seriam Ondina, Vicenta e Lorena. Fingindo-se cansada, Lílian parou por alguns instantes; esperou que todos estivessem à sua volta e iniciou uma tentativa de raciocinar claramente, elevando a voz para que todos ouvissem:

— Estive pensando: o sumiço do garoto estaria ligado à irmandade de Urbano? A prática de sacrifícios de animais já é uma realidade mórbida nas cerimônias, porém... seriam capazes de cometer a infâmia de sacrificar uma criança? Ou teria sido apenas coincidência o fato de termos encontrado as roupinhas enterradas, justamente na encosta do morro do Engenho?

Somente Antônio fez um comentário, com um olhar firme, após as legítimas indagações da amiga. Já estavam próximos ao estacionamento na Rua Catalão.

— Com a descoberta dessas roupas, estamos iniciando um processo sem volta. A verdade começa a aparecer.

— Meu Deus!... O que realmente penso não é nenhuma novidade. Isso já aconteceu em outros lugares, em outras facções religiosas: a imolação de crianças por motivos torpes. É preciso que eu mantenha a objetividade... Qualquer pessoa de bom senso, vivendo esta situação, estaria certa do que teria acontecido com essa criança. Portanto, é imprescindível que a polícia investigue ostensivamente as dependências da Luz do Fogo.

Capítulo dezoito

Lílian queria muito que o desaparecimento de Rafael tivesse um final feliz. Preocupava-se com a família do menino, que se desesperaria ainda mais quando fosse chamada à delegacia para o reconhecimento das roupinhas. E pensava, aflita, se questionando a todo instante: *Que percentagem de culpa teriam Vicenta e Lorena? Ondina e Geraldo saberiam de tudo?* Precisaria de provas para incriminar os culpados. Além de fazer justiça, teria uma reportagem e tanto nas mãos. Afinal, não havia perdido seu emprego de vista.

Os quatro, finalmente, estavam próximos a seus carros. Lílian caminhou até Geraldo, aproximou a boca muito perto da orelha dele, segurou-o pelos ombros e articulou com esmero algumas palavras, com o semblante sério:

— Espero que você faça a coisa certa. Este momento é muito grave... algumas pessoas poderão torná-lo irremediavelmente cúmplice de um crime hediondo...

O estacionamento estava quase vazio. Geraldo entrou em seu carro e saiu com o amigo em direção ao lado leste da cidade, talvez para o Sítio das Rosas.

Lílian e Antônio não deixariam o comunicado da ocorrência para quando amanhecesse. Ela não parava de falar sobre a irmandade; estava obcecada por esclarecer os reais interesses de seus dirigentes:

— Não perderei por nada a cerimônia da próxima sexta. Ouvi perfeitamente Vicenta dizer que a iniciação de Geraldo está sendo preparada com requintes. Disse também que Ondina e Edith haviam sido escaladas para organizarem os preparativos do grande evento. Será que a cerimônia vai ser realizada dentro da caverna? Não sei como, mas entraremos nesse templo de qualquer maneira, pelo outro lado do morro, às escondidas. Se você puder vir, estarei com Jurê, repórter do jornal onde trabalho. Ele está vindo de São Paulo para me ajudar, e será ótima testemunha.

Era muito justo que Lílian pedisse ajuda ao amigo jornalista. Sentia-se praticamente sozinha em seu desejo de descobrir quem era, ou quem eram os assassinos de sua mãe. Havia ainda um trágico complicador, o sequestro de Rafael, que poderia estar ligado à morte de dona Amália. Por fim, tinham dito apressadamente que houvera mesmo um crime e bem depressa acharam o culpado; era muito conveniente, todos se deram por satisfeitos.

A madrugada já ia alta quando ela e Antônio chegaram à delegacia. O sonolento agente de plantão anotou tudo, disse que o delegado chegaria às oito horas, tomaria conhecimento da situação e que a perícia iria investigar se os dois homens haviam deixado pistas. Antônio ficou prestando maiores informações sobre o local onde haviam encontrado as roupinhas enquanto Lílian aproveitou para visitar Salvador em sua cela, encontrando-a semiaberta. Seu marido já estava acordado, tomara banho e a barba estava feita, impecável.

— Estou gostando de ver sua animação — disse Lílian. — O que teria acontecido para que esteja tão disposto, a esta hora da manhã?

— Dormi muito pouco esta noite — respondeu, com um olhar indeciso. — Mas acordei muito esperançoso de que sairei brevemente desta prisão.

Lílian achou que ele estava mentindo. *Está eufórico demais*, ela pensou com seus botões.

— Tenho pensado nestes dias que, quando conseguir minha liberdade, você não vai mais querer ficar comigo; no entanto, sei que continua lutando para descobrir o assassino de dona Amália, então... me beneficiarei com a verdade. Tenho ou não motivos para estar confiante de que vou escapar dessa acusação de assassinato?

Lílian sentiu um pouco de sarcasmo na voz de Salvador. Em contrapartida, deu-lhe uma boa notícia.

— Você se lembra do Jurê, aquele meu colega do jornal? Ele atendeu prontamente ao meu pedido de ajuda para as investigações. Chegará amanhã de manhã em Canabrava. Por sorte, acabou de terminar uma reportagem que fazia na Inglaterra, e no momento encontra-se de férias. Não é maravilhoso poder contar com um dos melhores repórteres investigativos do país?

— É sim, que bom — respondeu Salvador, sem muito entusiasmo. Estaria com ciúmes? Ou escondendo algo?

— As crianças estão bem — disse Lílian. — Trarei notícias, assim que tiver novidades.

Bem acima da cabeça de Antônio, sentado no saguão da delegacia, um relógio de parede marcava cinco horas. Contou a Lílian o que ouvira depois de ter feito a ocorrência:

— O detetive me confirmou que o desastre ocorrido com Ondina não foi acidente. Alguém que gostaria de vê-la morta afrouxou os parafusos da roda direita traseira do carro. Foi tentativa de assassinato! Aconselho você — apontou o dedo para Lílian — a prestar atenção, ter muito cuidado em suas andanças em busca de sequestradores e assassinos!

Capítulo dezenove

Às oito da manhã, o lado de fora do chalé estava movimentado, ninguém se importando se Lílian dormira menos de duas horas. Um aglomerado de pessoas falava alto junto ao portão, querendo que ela se pronunciasse sobre o que descobrira na noite anterior. À frente de todos, agarrados aos ferros da grade externa em desespero, estavam os pais e parentes do menino desaparecido, que ela atendeu prontamente. A mãe de Rafael estava rouca, gritando que havia reconhecido as roupinhas na delegacia.

Com dificuldade, Lílian abriu o portão e deixou que entrassem para o alpendre. Contou-lhes tudo o que sabia, tentando não fazer acusações sem provas. Concluiu pedindo que esperassem por mais notícias da polícia, assim que descobrissem alguma pista sobre quem havia enterrado o pacote. Pacientemente, tentava conseguir o impossível: confortar aquela gente tão sofrida. Nada que ela dissesse seria suficiente para diminuir a dor que sentiam.

Num dado momento, tocou o telefone da sala de visitas. Todos ficaram alertas. Poderia ser o delegado. Dona Alzira não demorou nem um minuto para trazer o aparelho, esticando o fio até a porta de entrada e o entregando a Lílian.

— Quem fala? — ela perguntou.

Depois de um breve silêncio, ouviu uma voz grave, distante, certamente disfarçada:

— Não meta o nariz em mistérios que você não entende... ou eles se voltarão contra você.

A voz falou mais alguma coisa que Lílian não conseguiu entender e desligou, deixando-a atônita, sem saber o que dizer. Segundos depois, seu filho Marcos apareceu na porta da sala, esfregando os olhinhos ainda meio fechados pelo sono. Carregava no braço esquerdo, aconchegado ao peito, um inesperado carneirinho de pelúcia negra. Foi como se o chão faltasse sob os pés de Lílian: sentiu dentro da cabeça o mesmo estalido que lhe provocara o desmaio durante a cerimônia no Engenho, mas agora não estava drogada, e correu para abraçar o filhinho.

Os presentes não entenderam o que se passava. Continuavam querendo respostas que a assustada Lílian não poderia fornecer naquele momento. Levou seu filho para junto da babá e pediu que ela não se afastasse das crianças por nenhum motivo, até a sua volta.

Para acalmar a todos, disse que continuaria ajudando o delegado nas investigações e informaria pessoalmente aos pais da criança quaisquer novas pistas que aparecessem. Logo em seguida, junto com dona Alzira, conduziu a família de Rafael para dentro do carro e os levou para casa, na Vila Paraíso. A figura do seu filho segurando aquele carneirinho negro não dava folga a seus pensamentos. Mesmo assim, ela disse:

— Vocês devem cobrar do delegado, diariamente, o progresso das investigações. No entanto, precisam também pensar em seus outros filhos. Todos precisam se alimentar direito e dormir à noite, para que não adoeçam. Estarei sempre pronta para ajudá-los, até que a gente descubra o paradeiro de Rafael.

Lílian se despediu e retornou ao chalé. Planejara ir à tarde até a biblioteca pública para uma pesquisa; queria saber mais sobre a doutrina da Irmandade da Luz do Fogo, entender melhor os rituais de sacrifício, a missa negra, os meandros daquela filosofia originada na antiga Europa. Conseguiu conciliar o sono por algumas horas; foi acordada pelo despertador, ajustado para as quatro horas da tarde.

— Não posso perder tempo — disse para a babá, sabendo que a doméstica não percebia o que se passava. — Não saia de casa hoje, de maneira alguma vá para o parquinho da praça. Distraia as crianças dentro de casa e só abra a porta para mim — falou com determinação, tentando sensibilizar a boa mulher para a seriedade do que estava recomendando.

Quando colocou o pé direito dentro do salão da biblioteca, a primeira impressão que recebeu foi o forte cheiro de mofo, que lhe provocou dois espirros em seguida, fazendo a ponta de seu nariz ficar vermelha. Um pouco acanhada com o que ia perguntar, olhou para a senhora bem vestida, de cabelos negros muito curtos, sentada atrás de uma escrivaninha marrom.

— Gostaria de fazer uma pesquisa sobre... ciências ocultas — disse baixinho, mostrando a carteira de jornalista.

Sentira-se constrangida demais para dizer "magia negra", que era o que realmente queria pesquisar. *Devia ser raro alguém pedir esse tipo de literatura, mas não era nenhum pecado*, pensou Lílian, se recompondo e encarando sem medo a bibliotecária.

— A senhora quer ler aqui ou em casa? — respondeu a mulher.

— Aqui mesmo. Agradeceria se a senhora me mostrasse o local onde fica esse tipo de livro. Estou com um pouco de pressa para concluir um artigo que estou escrevendo.

Lílian queria informações sobre seitas satânicas, variações da religião celta e suas ligações com irmandades antigas, localizadas principalmente na Inglaterra e cercanias — em teoria, a origem da Luz do Fogo. *Bem... não deixa de ser um aprendizado, como outro qualquer. Se alguém se prejudica ou é beneficiado por aquilo que considero crendices, ou principalmente se as usa para prejudicar outro, só por isso já valeria a pena estudá-las* — Lílian tentava explicar a si mesma, se redimir por estar lendo algo que considerava desimportante e desnecessário.

Sentou-se em um canto, atrás de grossas prateleiras de madeira escura; logo em seguida, alguns livros foram cuidadosamente colocados em uma mesinha à sua frente. Abriu o que mais lhe chamou a atenção, um volume grosso escurecido pelo tempo, de capa dura, cravejado com uma cruz dourada, desbotada, de quatro braços. Notou que era uma coletânea de diversos escritores. Com certo nervosismo, olhou o índice e foi direto para as páginas onde havia imagens representativas da prática de magia negra. Destacava-se uma do demônio, Lúcifer, com os dizeres: "Aquele que foi feito da luz do fogo".

Leu com atenção as páginas seguintes, repletas de figuras simbólicas, muito parecidas com as que ela vira em sua incursão pelo Engenho. A mais expressiva causou-lhe enjoo, por causa do que sofrera nas dependências da Irmandade. Lembrou-se com nitidez da figura andrógina no alto das paredes dos barracões e na porta da caverna, a mesma agora estampada à sua frente. Um dos símbolos era mostrado em destaque; ocupava quase uma página inteira, e no rodapé havia os dizeres: "Ilustração medieval de antigo pentagrama, largamente usado nos templos profanos, onde podemos observar, em cada vértice, um crânio com ossos cruzados, uma cabeça humana com cornos de cabra e uma espada borrada com sangue, simbolizando um sacrifício humano."

Voltando ao índice, encontrou: "Bruxedos e Feitiços para merecer pedidos. Práticas realizadas em missas de Magia Negra, onde o Demônio era adorado como deidade oposta a Deus".

O verso da página inicial daquele capítulo mostrava um trecho escrito com letras diferenciadas: "As Missas Negras eram assembleias onde os fiéis não só participavam de rituais obscenos, principalmente nas iniciações, como também, por meio de rezas, induziam à aparição do próprio demônio e seu bando de espíritos malignos; e todos se reuniam em orgias de depravação e libertinagem."

Mais abaixo, o texto era ainda mais esclarecedor, confirmando o que Lílian já desconfiava: "Feiticeiros e bruxos, usando túnicas e capuzes de cores berrantes, comumente praticavam a Missa Negra, com a oferenda de um sacrifício. Quando a reunião era muito importante, se o pedido fosse maior, mais complexo, era imolada preferencialmente uma criança de seis anos, a fim de que Lúcifer se deleitasse com a alma ultrajada."

Lílian sentiu a boca seca e o rosto queimando. Estava apavorada. Naquele parágrafo ainda poderia fazer deduções a respeito do sentido histórico que permeava a Luz do Fogo. Prosseguiu na leitura: "O Demônio, na Magia Negra, é o grande agente mágico empregado para a realização de desejos dos seus seguidores e também para objetivos malignos, por uma ambição perversa do próprio bruxo que o invoca. Porém, independentemente da invocação do demônio, certos espíritos sofredores e mergulhados nas zonas mais sombrias dos umbrais poderiam ser atraídos em reuniões mediúnicas para atender pedidos; e estes também seriam capazes de causar males às pessoas curiosas."

Wigberto — Lílian pensou. Não precisava ler mais nada sobre o assunto para compreender os propósitos de Urbano, que arrebanhara sacerdotes e sacerdotisas com a promessa de dar-lhes poder e dinheiro. Para impressionar mais, passara a invocar Wigberto, o antigo e malévolo dono do Engenho Santini, que trouxera o ritual de magia negra para

Canabrava. Se o espírito comparecia ou não às invocações não era tão fundamental, mas sim o poder de sugestão sobrenatural que as cerimônias imprimiriam na mente de muitos. Urbano sabia muito bem como manipular o imaginário de indivíduos sem conhecimento de assuntos místicos, fazendo disso um negócio rentável para ele e seus asseclas. Alguns doentes, sensíveis à feitiçaria, realmente se curavam pelo poder da fé, exaltado pela Luz do Fogo.

Lílian já entendera que estava lidando com tipos de péssima índole, capazes de cometer quaisquer atrocidades para atingir seus objetivos escusos. Não seria difícil enumerar entre seus conhecidos algumas dessas pessoas; no entanto, como poderia provar que uma ou outra mente fosse má e destrutiva, sem comprovar as ações que praticavam? Quanto a Geraldo, era certo que o sugestionavam para que não opusesse resistência à sua mãe biológica e esta pudesse manipular o dinheiro dele como bem desejasse.

Saindo da biblioteca, foi diretamente para casa. Pensou em ir à delegacia se queixar da ameaça que sofrera pelo telefone, e também do carneirinho de pelúcia negra que fora colocado, ou jogado no quarto das crianças. Queriam intimidá-la. Mas tendo em vista a quantidade de crimes não solucionados em Canabrava nas últimas semanas, pouco adiantaria reclamar. Além do mais, tratava-se apenas de um brinquedo inofensivo, que aparecera misteriosamente nas mãos de seu filho; ela poderia passar por louca aos olhos de qualquer pessoa, caso tentasse ligá-lo ao bode da missa negra na Irmandade.

Já quase chegando, Lílian avistou Antônio ao longe, saindo apressado do chalé. Seu coração bateu em descompasso; correu como louca, alcançando-o quando já dobrava a esquina. Agarrou-o pela camisa e o puxou com força.

— O que você estava fazendo na minha casa? Fala! — gritava, desorientada.

— Calma, Lílian! Queria falar com você!... Calma!... O que você está pensando?

Lílian começou a chorar convulsivamente; então, seu antigo namorado a abraçou com carinho. Foi se acalmando aos poucos, enquanto ouvia dele um relato que deu a ela muita satisfação... e coragem para continuar. Ele sorriu quando lhe contou:

— Rafael foi encontrado por moradores da Vila Paraíso, não muito longe do lugar onde mora, no quintal de uma casa. Está sendo medicado na Santa Casa de Misericórdia.

— Então o devolveram! Canalhas! — a voz de Lílian soou profunda e indignada. — Já estão sabendo que não são inatingíveis... Que estamos determinados a provar os seus crimes.

— O menino estava completamente nu, em um canto do muro, apavorado — Antônio continuou. — Foi entregue na delegacia pela dona da propriedade onde o deixaram, mas muito abatido, sem nenhuma condição de explicar o que se passara durante esses dias que esteve em poder dos sequestradores. Ondina me contou quando a encontrei hoje à tarde. Me pareceu aliviada... Disse que tinha ouvido a notícia na delegacia, quando se apresentou para dar um novo depoimento sobre seu "acidente" de carro.

Lílian escutava Antônio, atentamente.

— Me desculpe, amigo. Minha mente está me pregando peças. Eu devia estar completamente confusa quando pensei que... Ah! Por favor, me perdoe... Releve esse momento infeliz, em que pensei por segundos que você fosse um dos maus. Obrigada pelo que fez por mim na noite passada, no Engenho.

Depois de um breve silêncio, iniciou uma análise das perdas e ganhos nas últimas horas.

— Reconheço que avançamos... Estou me sentindo estimulada. Bem... nossa incursão pelo Engenho foi proveitosa. Deu muito certo a feliz ideia de fazer com que o maior número de pessoas ficasse sabendo que havíamos encontrado as roupas da criança desaparecida, principalmente aquelas próximas a Geraldo. Portanto, com a devolução de Rafael podemos dizer com certeza que o sequestro partiu de pessoas ligadas à Luz do Fogo... Seria muita coincidência o garoto aparecer justamente quando pairava sobre eles o perigo iminente de serem relacionados a um bárbaro assassinato, caso chegasse a se concretizar...

Ao contrário de Lílian, que naquele momento parecia bem-disposta, Antônio se mostrava visivelmente cansado. Do local onde estavam, podiam vigiar boa parte do chalé, àquela hora com todas as luzes acesas, as crianças olhando pela janela lateral. Ela contou o que acontecera de manhã, o telefonema ameaçador e a visão assustadora de

Marcos com o carneirinho negro nos braços. Falou também sobre sua visita à biblioteca para pesquisar sobre magia negra.

Ele escutou com atenção; depois, fez uma proposta.

— Como não vou poder acompanhá-la ao Engenho na sexta--feira à noite, o que você acha de me convidar, e também a meus filhos, para ocuparmos o quarto de hóspedes de sua casa? Ficando todos juntos poderemos vigiar melhor, tomar decisões com mais tranquilidade.

Lílian observou a expressão do rosto do amigo por um instante, sem que ele percebesse.

— Você tem toda razão; precisamos ficar atentos para não terminarmos frustrados, perdermos o rumo dos acontecimentos. Ótima sugestão! Pegue os meninos e venha para o chalé, hoje mesmo.

Lílian abraçou Antônio ternamente e foi para casa, sentindo-se mais calma, porém apreensiva com o aparecimento de Rafael em precárias condições de saúde.

Capítulo vinte

Os pesadelos vinham aos borbotões. Lílian não conseguia dormir um sono tranquilo. Via-se junto a pessoas estranhas, correndo por uma estrada escorregadia. No pior deles, via jorros de sangue saindo do buraco de uma árvore, ensopando várias crianças; em seguida, estava aos prantos numa mata escura, onde observava a boca de um bode enorme que berrava de dor.

Acordou sobressaltada e foi até o quarto das crianças, que agora eram quatro, contando com os filhos de Antônio. Ouviu o ressonar do amigo no primeiro aposento do corredor, o que lhe trouxe certa tranquilidade, acalmando-a. Conferiu se as portas estavam trancadas. O relógio da sala bateu o gonzo, ela voltou para a cama e dormiu até às sete horas, quando foi acordada por vários beijos de Mariana e Marcos, como de costume, literalmente montados em sua cintura.

Tendo dormido pouco, mas profundamente, estava se sentindo bem naquela manhã. Um tanto aliviada, lembrou-se de que Rafael voltara para casa. Afastou as cortinas rendadas da janela e deparou-se com um dia muito claro, como aquele em que chegara à cidade, esperançosa de encontrar paz. No entanto, o contrário acontecera, um rosário de acontecimentos infelizes.

O cheiro do café se espalhava por toda a casa, causando uma sensação de conforto, de aconchego. Pelo barulho, ela percebeu que mais alguém já saía da cama. Sentaram-se à mesa, animada pela balbúrdia das crianças. Estavam com fome e se deliciaram com os quitutes de Dona Alzira; em seguida, foram se sentar nas poltronas do alpendre.

Lendo a correspondência, certo remetente chamou a atenção de Lílian. Era o advogado que fazia a defesa de Salvador em São Paulo. A carta comentava os valores das indenizações estipuladas pelo juiz para as pacientes assediadas sexualmente: cinquenta mil para a irmã mais velha e cem mil para a outra, menor de idade. No final, vinha o comentário de que as mulheres sabiam que Salvador não poderia pagar além desses valores.

— Ainda não ficaram sabendo que herdei uma boa fortuna — disse Lílian, em voz baixa.

— O que foi que disse? — perguntou Antônio, lendo atentamente o jornal.

Lílian contou o que acabara de ler.

— Não precisaremos mais ter o trabalho, a insatisfação de vender os dois apartamentos de São Paulo para pagar pela insensatez do meu marido. Tão logo eu receba a herança, pagaremos as indenizações, mas penso que Salvador não vai se safar de ter seu registro profissional cassado. Sinto muito por ele, e mais ainda pelas crianças, que serão obrigadas a conviver com esse defeito no caráter do pai; mas não posso fazer muito mais por ele e suas escolhas tão danosas, pelas quais pagará muito caro...

O relógio da sala lembrou aos adultos suas obrigações: Antônio ministrava aula de Educação Física em uma escola próxima à Praça Fagundes Porto. Era perto, mas estava em cima da hora, por isso despediu-se, pegou a mochila e foi para o portão.

Lílian ainda o chamou:

— Daqui a pouco vou para o Sítio das Rosas. Estou preocupada com Geraldo no dia-a-dia da mansão. Tentarei avaliar até que ponto ele está envolvido com Urbano Santini... Vou convidá-lo mais uma vez para passar uns tempos aqui no chalé.

— Ele é seu irmão, mas tenha cuidado com o que diz; poderá atrapalhar seus planos de visita ao Engenho Santini com Jurê.

— Não se preocupe. Terei muito cuidado ao falar com ele.

***

O Sítio das Rosas já não lhe inspirava a sensação de bem-estar de outros tempos. Lílian, porém, tinha consciência de que não podia deixar de frequentar a casa, por Geraldo, para tentar protegê-lo. Foi até o interfone para anunciar sua chegada: quem agora mandava na mansão era Vicenta Fagundes Porto.

Ao olhar o jardim, teve recordações. Fora muito só quando criança. As pessoas que visitavam o sítio raramente traziam seus filhos. Restava-lhe brincar com a sobrinha de dona Amália. Um dia, maldosa, Vicenta contou que Lílian não era filha legítima, que fora adotada. Talvez já estivesse incomodada com o fato de que uma bastarda fosse herdar a fortuna de dona Amália. Quando era adolescente, até Lorena, que já morava no Sobrado Verde, costumava lembrar-lhe a condição de não ser uma legítima Fagundes Porto.

Finalmente, ouviu o estalido do mecanismo abrindo o portão. De imediato, avistou Geraldo, sorridente, vindo a seu encontro. Sentiu uma grande pena por ele ser tão ingênuo, a ponto de não saber se proteger das mentes ambiciosas que o cercavam. Abraçou-o demoradamente. Foram sentar-se em um banco no quintal, perto da casa, sob um frondoso tamarindeiro.

Lílian se preparava para fazer algumas indagações quando ouviu um barulho forte, talvez de alguém esmurrando uma porta.

— O que está acontecendo? — perguntou ao rapaz, que se sobressaltara.

— Vicenta prendeu Lorena no quarto. Brigaram muito a noite passada, mas não consegui entender direito o que diziam. Ouvi o nome de Salvador e também Lorena dizendo várias vezes, "Por que ele?", aos gritos, tentando persuadir Vicenta a não ceder a todas as vontades de Urbano.

Houve um bater de porta e logo depois Lorena saiu pela varanda do lado, apressada, seguida de Vicenta, que parecia disposta a detê-la a qualquer custo, pois puxou seu braço com tamanha força que a derrubou no chão.

Lorena estava furiosa, enquanto Vicenta falava, com todas as sílabas:

— Não vá, Lorena. Urbano já decidiu tudo! Não queira questionar o que ele diz — e exclamou, com voz ferina: — É necessário que seja assim!

— Francamente, Vicenta... — pela primeira vez, Lílian viu Lorena chorar. — Jamais pensei...

Decidida a não dizer mais nada naquele momento, a temperamental secretária passou pelo pequeno portão e foi em direção ao estacionamento. A governanta Ana Rosa prestava atenção a tudo, sentada na edícula. Vicenta notou a presença de Lílian e deixou Lorena seguir pelo jardim. Houve um momento de constrangimento; a seguir, se aproximou com elegância, já refeita, e os cumprimentou com pedantismo:

— Lorena apegou-se a mim e à minha família de tal modo, que às vezes é preciso contê-la, para que não se esmere demais na presteza em nos ajudar — tentava desviar a atenção do conteúdo da conversa que acabara de ter. — Eu disse a ela que não era preciso trabalhar tanto na campanha das flores... Veja só, pretendemos dar uma rosa a cada mãe que visitarmos em minha campanha. Iremos eu e Lorena de casa em casa, reconfortá-las por suas vidas difíceis de donas de casa.

— Ah!... Como vocês são bondosas!... Felicito-as pela campanha. Mas não queria atrapalhá-las. Me desculpe, cheguei num momento impróprio — comentou Lílian. Seu ar de ligeiro deboche deixou a sobrinha de dona Amália surpreendentemente confusa.

— Foi bom ver você por aqui — murmurou Vicenta, olhando sorrateira para o lado do estacionamento e, depois, para Lílian. Com o costumeiro semblante gélido jogou os cabelos para trás, mostrando o rosto comprido e expressivo.

Lílian preferiu mudar o rumo da conversa. Virou-se para Geraldo e perguntou:

— Onde está Francisco? Preciso falar com ele sobre a ex-mulher, Teresa. Gostaria de saber para onde ela viajou, para tentar ajudá-la. Afinal, ela era ótima cozinheira e também, por que não dizer, uma companheira para nossa mãe.

Pálida, Vicenta olhou Ana Rosa fixamente. A governanta, que prestava atenção à conversa, respondeu prontamente, meneando os dedos cheios de anéis:

— Francisco viajou... Pediu dez mil reais emprestados à Dra. Vicenta, em nome da herança que dona Amália deixou para ele, e foi para a Bahia. Disse que tinha assuntos urgentes a tratar e iria encontrar sua mulher.

Lílian não precisou pensar muito para deduzir que não era verdade. Era evidente que Francisco não poderia continuar no sítio; ele se tornara excessivamente perigoso, que sabia demais. Vicenta falou, olhando Lílian nos olhos:

— Já consegui as vagas para seus filhos na escola Maria Fagundes, bem perto de onde vocês estão morando — disse, mudando abruptamente de assunto; e saiu depressa para dentro da casa, como se fugisse.

Pouco depois, certificando-se de que estavam a sós, Lílian segurou fortemente as mãos do irmão, dando início a uma conversa franca e significativa:

— Lembra-se do que falamos sobre Ondina em nosso último encontro? Estou cada vez mais preocupada com o que possa acontecer a ela, devido às novidades dos últimos dias. Ondina pode estar em sérios apuros, por sua forte ligação com Urbano e outros dirigentes da Luz do Fogo. Eu não poderia deixar de...

— Ela me ama! — Geraldo a interrompeu. — Consegui realizar o que jamais tive coragem de fazer com outra mulher. Vê se me entende... Meu relacionamento com Ondina é muito forte, ela preencheu plenamente o meu maior sonho... Eu jamais havia feito sexo com ninguém, passava noites e noites me masturbando, pensando como seria com uma mulher... — Geraldo procurava ser o mais verdadeiro possível, para que Lílian compreendesse. — Falei claro? Enfim, estou apaixonado! Não posso evitar que nossos encontros continuem!

— Mas, e quanto à criança? O que você tem a dizer?

Geraldo ficou com a boca entreaberta, e o sangue fugiu-lhe do rosto. Levou a mão aos lábios, pigarreou e respondeu, evitando olhá-la nos olhos.

— Eu não queria aquilo!...

Então ele sabia... — com aquela resposta, ela teve certeza de que suas hipóteses estavam corretas, ficando ainda mais apavorada com o que poderia vir a acontecer. Percebendo que estava no caminho certo, exclamou:

— Não posso acreditar que você estivesse tomando parte!...

— Não! Não... — ele interrompeu aflito. — Eu não queria... Mas não havia saída! Ondina jurou que iria devolver o menino aos pais... E foi o que ela fez, você não soube?

— Você tem certeza de que foi ela quem influenciou para que soltassem a criança?

— Sim, desde aquela noite em que ele foi trazido aqui para o sítio, eu...

Lílian quase gritou:

— Aqui!... No sítio?! Quando?

— Uma semana antes daquela tragédia com a nossa mãe, uns dois dias antes de você chegar, eu acho. Foi Francisco quem o trouxe, dizendo que o encontrara perdido no meio do capinzal. Ele sabia que Ondina estava comigo, e sua intenção foi que ela o ajudasse com o garoto. Já era tarde, mas dona Amália escutou a conversa e saiu de seu quarto para ver o que estava acontecendo. Deparou-se com aquela cena, tentou de todas as maneiras que o menino explicasse o que lhe havia acontecido, mas ele não conseguia, parecia em estado de choque. Naquele dia ela acreditou que a criança estivesse mesmo perdida no capinzal.

Meu Deus!... Dona Amália... Também viu o garoto...

Ele parou o relato e começou a chorar, se abraçando a Lílian.

— Controle-se, Geraldo. Preciso saber o que aconteceu depois.

— Até esse dia, dona Amália não sabia que Ondina entrava à noite na mansão para ficar comigo. Tive que explicar tudo, e a deixei muito aborrecida.

— E a criança, o que vocês fizeram com ela? — Lílian estava inquieta por Geraldo ter mudado de assunto.

— Ondina e o caseiro disseram que iam levar o menino a um hospital, e também fazer uma ocorrência na delegacia. Depois, ela me jurou que não sabia da intenção de Francisco, que pretendia levá-lo para o "hospital" da Luz do Fogo. Saíram apressadamente do sítio e só no outro dia à noite tive notícias, quando então Ondina me afirmou, juntamente com Lorena, que ele estava em boas mãos, se recuperando; e que pela manhã procurariam saber de onde ele viera.

— E dona Amália, o que foi que ela disse...

Geraldo a interrompeu, querendo explicar.

— Nossa mãe não ficou sabendo direito o que estava acontecendo... e disseram a ela que tudo fora feito como deveria ser... Penso que ela até poderia ter comentado o ocorrido com o delegado, mas não o fez; ou lhe faltou tempo, ou oportunidade. Ultimamente, ficava horas em seu quarto, talvez escrevendo. Passaram poucos dias, e... ela se foi para sempre.

Era lamentável que seu irmão fosse tão desligado do que acontecia à sua volta — pensava Lílian. Lia muito pouco os jornais, ficava fechado no quarto lendo romances açucarados, alheio a grande parte dos acontecimentos na cidade. Era de se esperar que não tivesse dado maior importância ao caso do garoto Rafael. Quando Geraldo disse a última frase, Lílian bateu os dedos na testa com força, punindo-se por não ter se lembrado até agora de um fato muito importante: dona Amália tinha o hábito de escrever frases curtas em uma caderneta de endereços. Não era um diário, mas as frases remetiam a acontecimentos relevantes, acompanhados das respectivas datas.

Enquanto ela pensava o quão significativo seria encontrar o pequeno diário, Geraldo continuava sua explicação.

— Com certeza, minha mãe iria comentar com o delegado sobre a criança que viu no sítio aquela noite. Não entendo por que ela não aproveitou a presença dele no meu aniversário para dizer que havia achado estranho aquele acontecimento.

Lílian tentou justificar. Preferia acreditar que sua mãe fora impedida de falar, fazer denúncias ao delegado:

— Vi dona Amália conversando por alguns instantes com o Dr. Eurico durante a festa do sábado, mas foi logo chamada por Ana Rosa para que a acompanhasse até o centro da sala. Era o momento de você partir o bolo, lembra-se? Depois, o delegado teve que sair mais cedo, dizendo ter problemas na delegacia. E quanto a você? O que pensou durante estes últimos dias... até que a criança foi devolvida, doente, com os braços roxos, picados por agulhas? — ela apertava Geraldo no intuito de descobrir até onde ele estaria enredado, mesmo que fosse apenas por omissão.

— Eu... não tinha certeza se o menino continuava em tratamento no Engenho. Só quando vi Antônio desembrulhando o pacote com as roupas é que me dei conta de que ainda poderia estar em um dos barracões-hospital.

— E então?

— Imediatamente comentei com Ondina e Lorena sobre o que você e Antônio haviam achado, mas elas não demonstraram saber mais do que eu sobre o assunto.

— Pense bem... A criança só "apareceu" porque nós encontramos as roupinhas enterradas. Cuidado, Geraldo; fuja dessa gente, para não se comprometer mais ainda. Você está pisando em terreno muito perigoso... Quero que me prometa uma coisa: não conte a ninguém o que conversamos. Por favor, não comente nada com Ondina — Lílian fez uma pausa. — Tenha forças, meu irmão. Não aceite, de ninguém, sugestões que violentem ainda mais a sua consciência. Quanto a Ondina, preste bastante atenção nos seus sentimentos, para não se decepcionar depois. Você me promete isso também?

A conversa com Geraldo fez Lílian compreender até onde ele estaria comprometido perante a justiça. Seria, no mínimo, cúmplice, testemunha passiva do rapto da criança. Felizmente para ele, Rafael aparecera vivo.

Ele respondeu:

— Eu amo Ondina de verdade, e também ela me ama, tenho certeza. Passamos por momentos maravilhosos e pretendemos nos casar, tão logo ela se separe legalmente de Antônio. Criarei os filhos dela, se for necessário. Não importa que todo mundo esteja contra — Geraldo baixou a cabeça.

Relutante, Lílian o deixou e caminhou para o estacionamento. Eram onze horas no relógio do carro. Desceu até a pedreira negra e dobrou à direita, rumo à Praça Fagundes Porto.

Capítulo vinte e um

Lílian havia combinado com Jurê que o encontraria na porta do cinema. Estacionou o carro e correu, pisando em alguns canteiros gramados. Quando o viu, as lágrimas já brotavam de seus olhos; estava aliviada pela presença forte do jornalista.

— Que bom que você veio! — exclamou, excitada. O rosto moreno e franco ficou bem perto do seu quando o abraçou. A ascendência índia de Jurê ficava mais evidente quanto mais ele apertava os olhos amendoados, enquanto abria um largo sorriso de dentes muito brancos, dizendo:

— Fiquei preocupado com o que você me contou. Estou pronto a ajudá-la no que for preciso para deslindar esse caso — falou, como o jornalista experiente que era.

Lílian sorriu como uma criança. Jurê transparecia vigor ao lhe apertar os ombros com as mãos grandes e fortes.

— Vamos para casa — ela sugeriu. — No caminho, contarei em detalhes o que está acontecendo, desde minha primeira impressão sobre o estado de espírito de dona Amália, no dia em que cheguei a Canabrava.

— Sou todo ouvidos — ele também sorriu. Em seu semblante e gestos, esbanjava autoconfiança.

Lílian relatou a extraordinária história com todas as suas hipóteses e certezas. Quanto mais ela passava informações, mais grave se tornava o rosto do jornalista. Num dado momento ele entrelaçou os dedos das mãos, virou-as ao contrário estalando as juntas e espreguiçou o corpo musculoso, duro como aço. Certamente, estava cansado da viagem.

Jurê estava acostumado a entrar de cabeça em investigações complicadas; havia ajudado vários detetives a desvendar os mais escabrosos e emaranhados crimes no submundo de São Paulo. Mesmo assim, ficou apreensivo com o que escutava. E disse, em tom de reflexão:

— Você possui dados coerentes, poderia indicar testemunhas ao promotor quanto ao rapto da criança. No entanto, no caso do assassinato de sua mãe tem somente especulações, ainda que fazendo bastante sentido. Precisamos investigar mais antes de conseguirmos incriminar alguém. Por enquanto, seu marido é realmente o suspeito número um. O diário mencionado por Geraldo poderá conter dados esclarecedores — fez uma pausa. — O fato de dona Amália ter visto a criança no dia em que foi raptada deve ser mesmo um dos motivos do crime, além do dinheiro, é claro. O que preocupa é a inabilidade da polícia local para examinar locais suspeitos, ou, como você relatou, existe a possibilidade de o delegado estar fazendo corpo mole para investigar. Pode haver suborno, ou então ele pode estar sendo vítima de algum tipo de chantagem.

Jurê prosseguiu com a pergunta que ela já esperava:

— Você confia tanto assim em Salvador, para defendê-lo com tanta garra? — raspou a garganta e continuou: — Ele ter sido visto na mansão pouco tempo antes do crime, fato agravado pela grande necessidade de dinheiro, são argumentos fortes para indiciá-lo como suspeito — Jurê olhou bem dentro dos olhos de Lílian. — Uma gorda herança nas mãos de sua esposa resolveria todos os seus problemas... Não resolveria? Me diga, com sinceridade.

— Resolveria. Mas... ele não seria capaz de matar uma pessoa. Espero que seja assim, pelo bem das crianças!

Jurê falou com muito cuidado:

— Também você poderia ser cúmplice... Vejamos outras suposições. Ponderemos: Vicenta não é herdeira direta da falecida, mas seu filho "ingênuo", é... E a secretária Lorena... faz tudo pela sua prima. Geraldo é o grande herdeiro... Quanto à Ondina... bem... Precisamos prestar muita atenção, ainda não há provas. Tem ainda a Matilda... E Urbano? Tem interesses no caso, poderia ser o assassino.

Fazia tempo que Jurê não advogava. Havia ingressado no jornal aos trinta e dois anos e até hoje, com cinquenta e dois, exercera somente as funções de jornalista, quase sempre voltado à investigação, tal era a sua índole inquiridora. Chamado pela amiga, defenderia Salvador em um julgamento quando ele acontecesse, mas só se conseguisse ter tanta certeza quanto ela de sua inocência. Mudou de assunto, tentando trazê-la à realidade. Não viria até Canabrava somente para consolá-la. Sentia-se disposto a ajudá-la plenamente, inclusive a inflar seu ego de jornalista: sempre soubera que o grande ideal de Lílian era fazer, como ele, reportagens investigativas.

— Você tem uma bela matéria nas mãos, poderá colher os louros, se conseguir publicá-la com exclusividade — falava com isenção de sentimentos, mas acabou se desculpando, vendo que Lílian disfarçava seu constrangimento diante do assunto. — O que quero dizer é que é até compreensível que você queira proteger dos escândalos seu marido e outros membros de sua família, mas não é profissional. Estou raciocinando como um observador interessado, e recomendo urgência. Acho que facilitará muitíssimo a elucidação desses crimes tornando-os públicos, ousando escrever uma boa série de artigos sobre o assunto.

Lílian optou por ouvir atentamente o jornalista, absorvendo sua segurança. O peso do fardo de tensões que estava carregando diminuía a cada palavra que ele dizia. Sentia que Jurê estava transmitindo força para que ela tomasse as decisões corretas.

— Compreendo, e estou de acordo com o que você disse. Vou escrever para incomodar... E tenho algumas providências a propor, para darmos andamento às investigações. Precisamos localizar o paradeiro de Francisco, o capataz de dona Amália.

Enquanto Jurê foi até o centro da cidade comprar revistas e outras coisas de que precisava para sua estadia no chalé, Lílian aproveitou para distrair as crianças. Teria toda a tarde para lhes dar atenção, e também aproveitaria para matriculá-los na escola indicada por Vicenta. O sol já se escondia no horizonte quando os dois jornalistas se reencontraram.

Antônio chegara do trabalho com um jeito desanimado, mas percebendo o entusiasmo de Lílian, sabendo de seus planos com Jurê, melhorou de humor. Permaneceria em casa, cuidando das crianças.

A noite ia ser longa, com missões importantes. Pretendiam fazer uma incursão ao Sítio das Rosas, principalmente dentro da casa; mais tarde iriam diretamente para o morro do Engenho, onde tentariam gravar a iniciação de Geraldo. Teriam que entrar no templo da caverna sem serem vistos para averiguar o que ocorria, realmente, durante uma cerimônia da Irmandade da Luz do Fogo.

A tarde já apresentava nuvens avermelhadas. Um sopro de brisa fria acariciou o rosto de Lílian, agitando de leve os seus cabelos. Estava muito séria, mas com o rosto tranquilo. Não usava nenhuma maquiagem. Ainda no alpendre do chalé, voltou-se para Antônio e agradeceu mais uma vez por poder contar com a ajuda dele, mesmo ele sabendo que Ondina poderia ser presa por graves crimes.

A expectativa de investigar dois lugares numa mesma noite era estimulante. O tempo urgia, não poderiam se atrasar. Lílian se lembrou da conversa de Vicenta com Urbano na escada, junto à porta azul da caverna: "A cerimônia está marcada para começar exatamente à meia-noite."

— Vamos, meu amigo — chamou a jornalista, indo para a garagem. — Hoje foi um dia esclarecedor, e a noite promete revelar ainda mais. Se ficarmos "invisíveis"... — ela brincou.

Ao olhar o relógio de parede, Jurê notou que as sete badaladas iriam soar a qualquer momento.

Capítulo vinte e dois

Jurê estava desejoso de sair a campo, principalmente depois de ler e comentar com Lílian sobre crianças desaparecidas que jamais haviam sido encontradas, aludindo à matéria de um jornal nacional de larga tiragem. Lera em outras reportagens que nos últimos anos havia aumentado o número de sequestros infantis, e que, para alguns deles, jamais fora exigido resgate, casos que permaneciam até hoje sem elucidação. Relembrar isso era um tanto angustiante para Lílian, que nos últimos dias se afligira bastante com o desaparecimento de Rafael e sua surpreendente devolução, infelizmente, em estado de choque.

As roupas escuras que vestiam eram adequadas; passariam despercebidos, mesmo que a lua cheia não colaborasse para isso. Seria uma noite muito clara, daquelas em que, mesmo sem luzes ofuscando, não se podia ver um céu completamente estrelado. Inspirado, o jornalista idealizou, para divertir a sua amiga:

— Seria maravilhoso nos sentarmos tranquilamente em um banco da Praça do Rosário, admirar aquela grande lua avermelhada nascendo lentamente, tornando-se prateada... você não acha? — disse Jurê, sorridente, olhando para os morros escuros a oeste.

— Mas não é o momento, concorda?

— Claro, só estava tentando fazer você descontrair um pouco o rosto.

— E conseguiu! — disse Lílian, retribuindo o sorriso.

— Não poderemos estar tensos esta noite. O estresse atrapalharia nosso raciocínio lógico. Falei bem? — disse Jurê, com bom humor.

Essa era a maneira de ele trabalhar, e também a razão do seu sucesso, Lílian tinha certeza. Então, percebeu que Jurê já começara a liderar a investigação quando lhe transmitira confiança quanto ao que iriam fazer.

Conversaram pouco durante a sinuosa subida para o Sítio das Rosas. Às vezes, descontraídos, lembravam alegremente a boa convivência que haviam desfrutado quando trabalhavam juntos na redação do jornal.

Lílian estacionou o carro um pouco distante do portão de entrada do Sítio das Rosas, bem escondido de quem passasse por ali. Restava esperar que os moradores saíssem, para darem início às buscas. Por enquanto, tudo corria bem, como haviam planejado. Quietos, ocultos debaixo de uma árvore, ouviram latidos e até o fungar do cachorro, tentando reconhecê-los pelo olfato. Estavam não muito longe da cerca que separava o jardim da frente do lado direito da casa, onde se iniciava o pomar. As altas paredes brancas da residência refletiam a noite clara, como haviam previsto, de plena lua cheia se infiltrando entre os arbustos do jardim. As águas da piscina, negras, refletiam uma enorme bola prateada, reluzente.

Para o caso de precisarem, traziam mochilas com lanternas e cordas. Lílian entraria na mansão pela porta lateral e Jurê ficaria esperando, bem escondido, vigiando o exterior para uma possível chegada de alguém. Se percebesse qualquer ameaça à segurança de sua amiga, entraria rapidamente para avisá-la pela porta da frente, que ela deixaria aberta tão logo entrasse, e sairiam juntos da melhor maneira. Encontraram um canteiro espesso, cuja altura dava exatamente para que Jurê lá permanecesse sem ser visto. Calcularam que seria um bom lugar para vigiar o canto direito da casa, por onde Lílian ia entrar. Jurê poderia ainda ver quase todo o amplo jardim, a edícula, as janelas da lateral direita e as frontais, naquele momento com as luzes acesas.

O relógio de Lílian marcava oito e meia quando a varanda dos fundos se iluminou. O cão, que latia a intervalos, rosnou baixinho. Primeiro saiu Ondina, depois Geraldo; desceram os poucos degraus para o caminho de pedras que se estendia até a cerca. Logo em seguida, abriram o pequeno portão que dava entrada para o quintal.

Lílian sussurrou:

— Ele vai mesmo para a iniciação.

Suavemente, Jurê fez um gesto levando a mão à boca, indicando que fizesse silêncio. Os amantes passaram muito perto deles, em direção ao estacionamento. Geraldo, puxado pela mão morena de Ondina, parecia aborrecido. Deixaram o portão semiaberto.

Lílian deixou passar aproximadamente dois minutos e não titubeou, saiu depressa, meio agachada, em direção à bem cuidada cerca de madeira. Passou pela abertura como uma gata, sem que se ouvisse nenhum som, até encontrar abrigo. Ninguém a teria visto, com a roupa negra colada ao corpo perfeito e sua basta cabeleira voando por entre os canteiros de primaveras, a não ser o conhecido cão, que intensificou seu rosnado com os dentes grandes e alvos à mostra, prontos para desferir uma mordida. Lílian dirigiu-se para ele com as mãos estendidas, mostrando um bom pedaço de carne que tirara de sua pequena mochila. Retesou todo o corpo e esperou, olhando Astor com firmeza. Ele haveria de reconhecê-la, certamente, pelas tantas vezes que o tratara com carinho.

Até aquele momento, tudo corria muito bem. Jurê viu sombras por trás das cortinas das janelas envidraçadas de um dos quartos da frente e ficou alerta. Havia grande movimentação, com pessoas gesticulando muito; parecia uma calorosa discussão. Passados alguns minutos, as luzes foram apagadas, e logo após outras foram acesas, dando a impressão de que eram dos corredores e do mezanino, até que três pessoas saíram caladas pela porta da frente. Jurê não poderia reconhecê-las, mas, pela descrição que Lílian previamente havia feito, uma das mulheres baixinhas seria Lorena, e a outra, loura, Edith. O homem magro de cabeleira branca ele logo entendeu que era Urbano, o guru.

Ao mesmo tempo, escondida perto da porta lateral, o coração de Lílian batia com força, imaginando quem estaria saindo pela frente da casa. Cessara o barulho insistente, parecendo um abrir e fechar de gavetas. Ouviu passos no corredor que conduzia do mezanino até a pequena varanda onde ela, muito próxima, esperava pacientemente para entrar. Ouviu um ranger de dobradiças e encolheu-se ainda mais em seu esconderijo. Os passos agora soaram fortes, descendo a escada. Lílian abriu e tapou a boca com a mão quando viu Francisco girar o corpo e falar com alguém que ainda estava dentro da casa. Era Vicenta, que o seguia, também saindo pela porta envidraçada da varanda enquanto dizia, em tom imperativo:

— Você não tem do que se queixar! Já lhe dei o suficiente! Agora, faça o que eu lhe disse... Vá, imediatamente, e não volte aqui nunca mais.

Francisco seguiu pela estradinha de pedras e Lílian pode ver, sob o claro da lua, quando ele olhou para trás, fuzilando com um olhar de ódio a prepotente mulher. Abriu o portão de madeira e saiu apressadamente em direção ao jardim, passando muito perto de onde Lílian estava escondida.

Quando parecia não haver mais ninguém dentro da casa e as luzes haviam sido apagadas, Lílian ficou atenta até que o último carro passou pelo portão do estacionamento. Sua preocupação, agora, era Francisco. Teria ele ido embora, como Vicenta ordenara? Lílian teria que se arriscar, pois não havia como saber do seu paradeiro. Esperou mais alguns instantes e armou-se de coragem, subiu a escada e entrou na casa. Sorriu, divertida, quando passou pela porta envidraçada, que, ultimamente, nunca estava trancada. Dona Amália pouco saía por aquela lateral e não percebera a esperteza ingênua de seu filho, liberando caminho para dormir com a prima Ondina.

Lílian nem precisava acender a lanterna para se orientar na mansão. Pé ante pé, passou pelo corredor e foi até o mezanino; desceu a escadaria de mármore rosa e abriu a porta da sala de visitas como tinha combinado com o jornalista, deixando-a encostada. De volta, subiu em direção aos cômodos do andar superior.

O quarto de dona Amália, o maior da casa, estava sendo ocupado pela ambiciosa Vicenta; Lílian ficara sabendo disso na cidade, onde os paroquianos, amigos da respeitada senhora, comentavam: "Ela ainda está quente no túmulo e a sobrinha já se apossou do seu quarto", deduzindo que Vicenta não estaria nem um pouco triste com a morte de dona Amália.

Lílian começou pelo quarto, ricamente decorado com tapetes persas legítimos e grossas cortinas de veludo bege-claro, bordadas com fios dourados. Os móveis eram feitos de jacarandá maciço. Os quadros, de pintores renomados, retratavam paisagens de belíssimas regiões europeias; em cima dos móveis, peças de porcelana chinesa e *muranos* vistosos trazidos de Veneza.

Acendeu a lanterna, cuja luz, imediatamente, passou a ser acompanhada por Jurê, que vigiava para evitar que sua amiga fosse surpreendida. Abriu todas as gavetas, tirou-as dos encaixes e as olhou por baixo. Apalpou o colchão e o virou ao contrário; olhou atrás dos quadros, vasculhou os guarda-roupas e todos os cantos do quarto. Tinha esperança de encontrar o diário, e, quem sabe, o testamento desaparecido. Deixou o cômodo que conhecia tão bem meio decepcionada, depois de deixar tudo como estava. Seguiu pelo corredor, pensando onde mais poderia procurar, lembrando que havia uma pequena despensa onde se guardavam móveis para serem recuperados. Se apegou à sua intuição e entrou naquela dependência, no final do corredor.

Enquanto isso, do lado de fora, Jurê acompanhava a sua trajetória. Pelo brilhar inconstante da luz da lanterna vigiava os passos de sua amiga dentro da mansão. Alguns minutos antes de Lílian entrar, tinha observado o apagar de luzes dentro da casa; depois, a saída das pessoas e o barulho dos carros indo para a estrada. Com os ouvidos aguçados, ouviu um fraco rosnar do cão, que teria estranhado a presença de Lílian dentro do quintal. Estando tudo calmo, se despreocupou, mas olhava o relógio a cada minuto. Também observava atentamente ao seu redor, constatando que ninguém se aproximara da casa, fosse pelo pomar ou pelo portão de entrada para o estacionamento.

Continuava seguindo a movimentação de Lílian quando se sentiu alarmado, pois a luz da lanterna dentro da casa diminuíra muito de intensidade. Subitamente, viu que outra luz brilhava, dessa vez na janela ao lado da pequena escada da varanda lateral, no quarto reservado para a doméstica substituta, como Lílian havia lhe explicado, explicando também que ela não permaneceria na casa depois de cinco da tarde, invariavelmente pegando o último ônibus que a levaria até seu bairro.

Jurê saiu de trás do canteiro e correu para a porta da frente. Experimentou o trinco. Estava trancada. Olhou à direita, para o portão que dava para o quintal, e com passos rápidos foi até lá. De uma das frestas da cerca viu que seria impossível chegar até a porta da varandinha, por onde Lílian entrara na mansão. O enorme cão rajado, que agora latia muito, não permitiria. Pegou uma pedra branca que adornava o jardim e voltou para a frente da casa, pois já avaliara que teria que entrar por uma das janelas. Pensava, naquele instante, que pouco importaria se alguém o visse. Subiu para a beirada do alicerce alto e forte que sustentava o sobrado, e se preparava para colocar o pé em uma das ranhuras dos enfeites da parede, quando ouviu um barulho vindo do portão onde estivera há pouco. Notou a silhueta de alguém que saía para o jardim, passando pelos canteiros e depois para trás da edícula, desaparecendo por entre as árvores que circundavam a propriedade.

Jurê concentrou-se em entrar rapidamente na casa. As paredes externas eram decoradas com almofadados de alvenaria, permitindo que continuasse a subida com certa facilidade. Primeiramente, forçou uma das janelas para dentro, e não conseguindo abrir, tirou a pedra do bolso, virou o rosto para um lado e bateu fortemente contra a madeira mais larga do centro, tentando forçar o trinco. Foi inútil. Tentou novamente, agora nos frágeis e perigosos quadriculados envidraçados, abrindo um buraco suficiente para enfiar um braço e girar o ferrolho. Foi inevitável sofrer alguns cortes, mas a adrenalina era tanta que quando os percebeu já estava dentro de um dos quartos. Estava agitado, mas suas emoções, controladas.

Quem estivera dentro da casa havia conseguido fugir. Vendo que sua amiga não se encontrava naquele cômodo, passou para o comprido corredor de acesso às outras dependências. Gravara muito bem a planta da mansão e seus arredores. Sua ótima memória visual permitia que se movimentasse com desenvoltura, até que, no final do corredor, nos fundos da casa, viu uma porta aberta para onde correu, encontrando Lílian caída no assoalho. Notou que era um depósito de móveis e outros objetos, pela maneira como haviam sido empilhados.

Ela estava quieta, de bruços, segurando um pedaço de madeira, ao lado de uma mesinha de cabeceira tombada, por estarem faltando dois de seus pés. Lílian se mexeu, tentando levantar o corpo.

— Você está ferida? — ele perguntou em voz alta.

Ela respondeu, gemendo, enquanto se sentava com dificuldade.

— Só um pouco atordoada... E dói aqui... — passou a mão por trás da cabeça. — Acho que levei uma pancada na nuca.

Jurê pegou sua mão para ajudá-la a se levantar; nesse instante, ela soltou o bastão de madeira, que ao cair bateu com força no assoalho, deixando sair de seu interior várias pequenas pedras coloridas e um fino rolo de papel amarrado por uma fita azul.

Imediatamente, enquanto a levantava do chão, ele se abaixou e pegou o pedaço de madeira, constatando que era um dos pés torneados, rosqueado, da mesinha quebrada. Apanhou o rolinho de papel e, com dificuldade, os dois cataram as pedrinhas, que à primeira vista pareciam pedras preciosas. Desceram a escadaria do mezanino, abriram por dentro a grande porta da frente e saíram apressados para as alamedas do jardim.

O peito de Lílian quase estourava de emoção. Arfando, comentou com Jurê:

— Pena que não achamos o que mais procurávamos: o diário da minha mãe.

Mais tarde Lílian iria lembrar que aquela mesinha de cabeceira acompanhara dona Amália durante toda a vida. As novas habitantes do Sítio das Rosas, com certeza, acharam o móvel muito velho e o colocaram na despensa para ser reparado. Com a queda, ao ser agredida, Lílian caíra em cima dele, quebrando uma das pernas torneadas, que era oca.

Capítulo vinte e três

O tempo mudava rapidamente. Pingos de chuva começavam a cair enquanto corriam para o carro, camuflados por arbustos sombrios. A curiosidade era tanta que, nem bem se sentou, Lílian desamarrou a fitinha azul, desenrolou as folhas de papel e começou a ler. Percebeu logo no início que se tratava do testamento que dona Amália ditara ao advogado no dia da reunião da paróquia. Dr. Wilson o redigira no devido formato e entregara a cópia a ela durante a festa do aniversário de Geraldo.

Chorando de emoção, leu para o amigo o documento perdido. Já tinha visto o rascunho no quarto de dona Amália, muito rapidamente, no dia da reunião, assim como outras pessoas. No entanto, naquele dia, imaginou que aquela versão não seria permanente, outras mudanças poderiam ser feitas posteriormente. O documento agora em suas mãos era o voto de confiança que sua mãe lhe dava, destinando-lhe a maior parte da herança. A experiente dona Amália sabia que sua filha não descuidaria do irmão.

Jurê ficou calado até que ela se recompôs. De súbito, disse, expressando o seu inesgotável bom humor:

— Agora, querida, você ficará muito rica! E poderá me emprestar muito dinheiro!

Ela retrucou, dizendo:

— Não é a inversão de valores entre os testamentos que é importante. O que eu iria receber seria bastante para viver com conforto. Eu, na verdade, preferiria não receber herança alguma, para evitar tanta maldade.

— Você vai receber uma grande herança dentro de pouco tempo. Isso é real, e, por isso, sua vida vai mudar; será bastante diferente de quase tudo o que viveu até hoje. Vai se livrar de muitos problemas, mas, certamente, vai adquirir vários outros...

Lílian imaginava que mudanças iriam ocorrer em sua vida quando fosse rica. Certamente, não ficaria deslumbrada e egoísta. Para não deixar Jurê sem resposta, disse-lhe apenas que o dinheiro facilitaria a sua vida, sem mudá-la de maneira drástica.

Sem tempo para descansar, combinaram seguir diretamente para o Engenho Santini a fim de assistir à iniciação de Geraldo. Lílian já havia se informado sobre a outra entrada, por trás do morro. Subiriam escondidos, usando cordas, paralelamente à trilha por onde alguns oficiais da irmandade subiam. Era ainda mais íngreme, mas passariam despercebidos até alcançarem o platô e entrarem no templo da caverna. Uma vez lá dentro, procurariam o melhor lugar para assistir e filmar a cerimônia.

Durante o trajeto, as ruas e as casas, velhas conhecidas de Lílian, desfilavam tristonhas, com janelas e varandas acesas. Notaram que a igreja de Santa Ana estava parcialmente aberta depois das orações. Naquele momento, padre Clemente estava em pé entre os grossos portais de madeira da entrada, certamente esperando a saída dos últimos fiéis. Intuitiva, Lílian parou o carro repentinamente e subiu depressa a escadaria de pedra, sendo logo reconhecida pelo sacerdote.

— Que bom vê-la por aqui, minha filha. Preciso mesmo falar com você.

Ela estendeu os braços e passou um pequeno pacote às mãos do padre, que ficou esperando que ela dissesse o que era.

— Virei me explicar com o senhor... Talvez amanhã. Agora preciso que guarde este embrulho em lugar seguro. Bastante seguro — ela repetiu. — Estou empenhada em uma missão muito importante e em breve o colocarei a par de novidades sobre alguns conhecidos nossos. Por favor, não diga a ninguém que esteve comigo — segurou as mãos do padre e as beijou, olhando-o em súplica. Despediu-se logo em seguida com um breve aceno de mão.

Só restou a padre Clemente dizer que ela ficasse tranquila, que o embrulho ia ficar muito bem guardado dentro da igreja. Deu meia-volta e entrou no templo.

— As pedras e o testamento estarão seguros nas mãos dele —

disse Lílian, de volta ao carro. — Tenho certeza de que ele acredita quando diz que "o bem prevalecerá sempre, leve o tempo que levar".

— Mas é bom darmos uma boa mãozinha a esse tempo — disse Jurê. — E é o que estamos fazendo, agindo, tentando colocar as coisas no seu devido lugar — e mudou de assunto, dizendo para a amiga: — Em nossa recente passagem pelo sítio, muitas coisas aconteceram, mas também ficaram faltando explicações satisfatórias.

Queria continuar a conversa sobre os detalhes das novas descobertas, falar mais sobre as pedrinhas, por exemplo. Era quase certo que fossem rubis, diamantes, esmeraldas, deviam valer uma fortuna... Lílian saberia algo sobre elas?

— Eu pensava que fosse uma lenda, fantasias dos Fagundes Porto. Cresci ouvindo de vez em quando alguém da família dizer que David Steinberg guardava um baú cheio de pedras preciosas que trouxera do Oriente. Era o ramo de comércio dele e, como constatamos, guardou mesmo algumas. Dona Amália, no entanto, nunca havia confirmado essa história. Talvez quisesse deixá-las como herança.

— O que você pretende fazer com essas gemas valiosas? — perguntou o astuto jornalista.

Lílian respondeu, sem titubear.

— Incluí-las na divisão da herança, não está certo?

— Acho muito correto.

— Quanto ao testamento, o levarei amanhã para o advogado atestar sua validade em cartório.

Outro fato importante acontecera enquanto Lílian ficou escondida perto da varandinha lateral. Ela vira Francisco discutindo com Vicenta, o que desmentia sua apregoada viagem apressada para outro estado. Era urgente interrogar o caseiro, antes que ele sumisse de vez. Ainda trocavam impressões quando viram dezenas de pessoas em procissão, iniciando a subida usual pela encosta do morro do Engenho. Prosseguiram com o carro pela estrada de terra que começava ao final da rua; depois, entraram na vertente esquerda de uma bifurcação, que os levaria para o outro lado do grande morro.

Essa subida alternativa começava após a travessia de um cinturão de árvores e arbustos espinhosos que margeava a encosta — local parcamente iluminado, não muito longe de sítios com laranjais e plantações de hortaliças. Por esse caminho íngreme, chegava-se a um platô onde ficava a saída posterior da caverna, que interligava os dois lados do topo do morro do Engenho: era o lado contrário das duas grandiosas pedras acinzentadas. As cerimônias secretas eram realizadas nesse isolado platô, também em quiosques; ou então, no templo no interior da caverna.

A estrada terminava perto do sítio da Jandiara, um lugar discreto onde começava a trilha usada por membros da irmandade — sacerdotes, sacerdotisas e neófitos suplicantes autorizados — ou buscadores visitantes, pessoas importantes que não queriam ser reconhecidas durante as cerimônias. Os sítios daquele lado da cidade possuíam frentes arborizadas. Pouco se via de suas casas no meio da vegetação.

Aproximaram-se do lugar onde começava a subida. Viram poucos carros estacionados, o de Vicenta entre eles. Era preciso cautela para que não arruinassem todo o plano de observar e obter dados sobre a irmandade em plena ação. Entraram com o carro por entre clareiras no mato até que encontraram um bom lugar para estacionar.

Examinaram a encosta atentamente. Procuravam alternativas para a subida. Para não serem vistos, teriam que abrir um caminho paralelo na cerrada vegetação, certamente de acesso difícil, pelo menos a uns cinquenta metros da trilha comum. Estavam bem equipados: roupas apropriadas, botas, ferramentas e cordas especiais que lhes permitiriam subir ou escalar qualquer parte do morro.

No começo, durante uns vinte minutos, usando facões, passaram com dificuldades por uma barreira de arbustos espinhosos, chamados unha-de-gato, comuns nos sopés dos morros da região. Por fim, a vegetação mostrou-se menos densa, num aclive suave, cheio de pedras e pequenas arvores de troncos retorcidos. De onde estavam, olhando para cima, podiam ver um tênue reflexo de labaredas nos paredões gêmeos. Calcularam que o clarão do fogo emanava do platô.

— Está escorregando muito! — exclamou Lílian, arfando. — Esse tipo de cascalho é como se estivéssemos andando sobre bolinhas irregulares.

Continuaram até a proximidade de uma rocha aprumada; dali, teriam que subir utilizando cordas.

— Veja! — Jurê apontou com o dedo para o alto. — Vamos parar um pouco e preparar os apetrechos de escalada.

Ainda continuaram pelo terreno de cascalho escorregadio até tocarem com as mãos na alta e extensa escarpa de pedra. Amarraram um gancho de três pontas na extremidade de uma corda, que Jurê jogou duas vezes com força para o alto, para além da borda do paredão, sem sucesso; na terceira, o gancho prendeu em algo, parecendo ficar bem firme. Determinado, segurando-se nos nós da corda, o jornalista começou a subida, fincando os esporões de aço nas fissuras da rocha. Já no alto, agarrou-se a uma saliência e impulsionou o musculoso corpo para cima, até apoiar a barriga na beirada. Impôs força aos braços e se arrastou para uma parte plana, o que lhe permitiu sentar-se com relativa segurança. Feito isso, começou a puxar a mesma corda, agora amarrada à cintura de Lílian, que subiu apoiando-se no rochedo como dava. Daquele lugar, para frente e para cima, a ladeira era suave. Prosseguiram segurando-se em tufos de capim até chegarem a uma cerca de arame farpado fincada na beirada do platô, iluminado por dezenas de tochas semelhantes às que Lílian vira no outro lado do morro na quarta-feira anterior.

O tempo passara rápido, esquecido. Os relógios eram consultados a todo minuto. Faltava meia hora para o início da cerimônia e ainda não haviam conseguido um jeito de passar pelo vigia, atento às ultimas pessoas que chegavam pela trilha comum. Até que apareceu um sacerdote dando ordens, fazendo a sentinela sair do seu posto para fechar o portão de entrada. Rapidamente, rastejando, os dois jornalistas passaram por baixo da cerca e depressa se esconderam detrás de algumas rochas que se sobressaiam no terreno.

Demoraram alguns instantes até compreenderem que a cerimônia aconteceria ali mesmo, naquele grande platô, e não dentro da caverna. Um colossal quiosque, com grandes aberturas laterais, coberto de sapê, ocupava boa parte do espaço cuidadosamente decorado para os rituais de iniciação. No final do terreno viam-se cavidades retangulares escavadas nas duas majestosas muralhas gêmeas, nos lados e acima da entrada para o templo da caverna. Dentro desses nichos iluminados, viam-se pentagramas dourados, taças vermelhas, símbolos eróticos e imagens de animais silvestres.

Os dois jornalistas margearam o platô pelo lado direito, por onde havia alguma vegetação. Andaram por entre pedras, subindo, até encontrarem um lugar bem próximo às grandes rochas gêmeas, a uma altura de onde podiam ver a entrada da caverna e também vigiar o interior da enorme construção com teto de palha.

Um grande altar de madeira, medindo mais ou menos um metro e meio de altura por uns seis de diâmetro, ficava no centro do quiosque, montado em volta de uma saliência de rocha plana contornada por um grosso cordão de palha dourada. Havia enfeites de flores e folhas espalhadas pela superfície da pedra central do altar, indicando que seria utilizada em algum momento da cerimônia. Por cima, pairavam guirlandas, suspensas numa montagem de bambu. Próximo dali, à direita, havia outra rocha, menor que a do altar principal, incrustada com uma cruz invertida, alta, de ferro batido; a seus pés descansava o mesmo bode, grande e escuro, bem amarrado com tiras de couro besuntadas. Ânforas de cristal e candelabros, com velas vermelhas ou pretas, estavam distribuídas estrategicamente pelo chão e por cima da montagem de madeira.

Os muitos adeptos da irmandade cruzaram lentamente a caverna em direção ao platô do outro lado, carregando flores, incensórios e velas acesas, que exalavam um cheiro de sebo rançoso. Antes de tomarem os assentos, fazendo reverências, passavam à frente dos bancos semicirculares, pelo espaço que circundava a instalação do grande altar. Todos usavam um avental vermelho em forma de pentagrama, com a cruz invertida no centro.

Do local onde estavam, os dois jornalistas podiam vigiar quase toda a parte do platô utilizada, e, usando binóculos, assistir à cerimônia, olhando pelas enormes aberturas laterais do quiosque. Ajeitaram-se, Jurê com a nada leve filmadora em punho.

Não precisaram esperar muito para que algo acontecesse. Um dos sacerdotes saiu pela abertura da caverna, solenemente, quase embaixo deles. Vestia uma indumentária negra, carregava uma tocha e foi acender a pira do altar. As gargantas treinadas começaram aquele sibilar estridente, acompanhado de tambores que repicavam em ritmo cadenciado. Lílian reconheceu os sons da cerimônia anterior: eram impressionantes; tinham o poder de entorpecer os sentidos, provocando arrepios por todo o corpo. Alguns adeptos estremeciam em transe, outros se emocionavam até às lágrimas. Na fila dos doentes hospitalizados, sacerdotes aplicavam passes com imposições de mãos sobre as cabeças e frases ininteligíveis, talvez invocando os espíritos liderados por Wigberto.

Algumas mulheres vestidas como ciganas distribuíam copos de vinho tinto aos presentes. A atmosfera criada pelo conjunto de cores, sons, fogo, vinho, odores de incenso e velas colocavam todos num grau de excitação cada vez maior. Contemplavam com devoção a pira em chamas, sacudindo a cabeça na cadência dos tambores. Lílian e Jurê também olhavam fixamente para o altar, esperando ver algo que ainda não haviam presenciado.

Mais sacerdotes saíram da caverna, precedidos por Geraldo, que vinha acompanhado por quatro sacerdotisas — as duas primeiras eram Ana Rosa e Ondina: uma de cada lado, seguravam as mãos do postulante à iniciação, mantendo seus braços cruzados sobre o peito. O neófito vestia uma túnica branca e as duas mulheres, túnicas vermelhas; nas cabeças, guirlandas de flores silvestres. Lorena e Edith vinham atrás, as duas de branco, carregando ânforas cheias de um líquido vermelho.

Em seguida, entrou Urbano. Suas vestes diferiam das demais, pelo brilho exagerado da túnica dourada e do capuz negro de cetim, refletindo a luz de dezenas de pontos de fogo — tochas, candeias, velas. Admirada com toda a encenação, Lílian observava o guru da irmandade, já sentado em uma poltrona de madeira rústica. Por trás dele, imóveis, postaram-se quatro sacerdotes.

As quatro sacerdotisas rodearam Geraldo e se curvaram, colocando um dos joelhos no chão. Ofereceram a ele flores e capim verde que caíam pelas beiradas de bateias brancas, que depois foram depositadas no altar. A um sinal do guru, os dois braços apontando para cima e o dedo indicador em riste, tudo parou.

Houve alguns segundos de silêncio. Só se ouvia o crepitar das chamas e o vento silvando por entre as ramas de capim amarradas no teto do enorme quiosque.

Urbano se levantou, ajudado por duas sacerdotisas; deixou seu capuz pender para trás e exibiu a basta cabeleira branca, que escorria desordenada pelos ombros. Caminhou até o altar e pegou um livro, que abriu nas páginas marcadas por duas fitas, uma negra e a outra vermelha.

A distância entre o altar e primeira fileira de bancos era de uns três metros, permitindo aos que realizavam a cerimônia uma ótima movimentação. Nesse espaço, dois oficiais começaram a desenhar no chão com giz amarelo. Sobre o risco, colocaram tiras finas de couro, ainda com os pelos. Fizeram grandes círculos, com outros menores por dentro, ao longo de quase toda a fileira dos bancos. Entre os círculos desenharam caracteres cabalísticos, letras irreconhecíveis, falos; intercalados, a carvão, fizeram pentagramas.

Novamente, ouviram o bater dos tambores e o sibilar de iiiiiiiis graves e agudos, variando de intensidade, saindo por entre os dentes dos seguidores da Luz do Fogo. Podiam notar que os rostos das pessoas estavam avermelhados, e os olhos um pouco saltados de suas órbitas.

— Estou impressionada com o poder de sedução dessa irmandade — sussurrou Lílian. — Algumas pessoas estão em transe, transtornadas.

— Serviram vinho a todos, percebeu? Não ficou provado, por sua própria experiência, que na última quarta-feira colocaram alguma substância alucinógena na sua bebida? Caso contrário, você não teria perdido os sentidos.

Urbano andava de círculo em círculo com os braços levantados, rezando, suplicando sem parar em uma língua que nem Lílian nem Jurê conseguiram reconhecer. Depois de efetuar algumas voltas, o guru subiu por uma pequena escada até a parte achatada da pedra do altar, onde começou a falar com voz modulada, em tom grave. Suas palavras soaram pausadas, agora perfeitamente inteligíveis, enquanto as batidas nos tambores diminuíam de intensidade.

Três focos de luz inconstantes, vindos de lanternas improvisadas com grandes lamparinas, despontaram do beiral interno do quiosque e iluminaram todo o corpo do guru. Sua túnica reluziu como nunca à luz do fogo. Novamente, fez-se silêncio na plateia.

— Vou fazer uma oração fundamental, tornando todos que ouvirem minhas palavras, com muita atenção e fé, aptos a obterem o que desejam! Creiam! O poder dos espíritos sofredores é capaz de transformar a existência de cada um... Curá-los dos males, conferir-lhes energias para que possam atingir seus almejados objetivos materiais! — desceu o livro negro à altura dos olhos.

Sua voz projetou-se até as pessoas sentadas no último banco circular:

— Oh, Wigberto! Entidade que comanda os umbrais com hordas de espíritos em agonia! Vinde estabelecer comunicação com estes submissos servos mortais que vos invocam! Hoje, nesta cerimônia, há inúmeros admiradores vossos necessitados de ajuda!

Subitamente, dirigiu seu olhar para a lateral da entrada da caverna, parecendo olhar dentro dos olhos de Lílian, que se arrepiou toda, concentrada naquela intensa prece hipnótica.

— Sabemos que Lúcifer, feito da luz do fogo, conferiu a vós, Wigberto, poder para satisfazerdes os mais recônditos desejos dos homens que vos adoram. A energia dual que rege a vida permeia todo o universo, bem e mal se emaranhando em nossas consciências, fornecendo-nos vitalidade e êxtase renovados. Todos os presentes a esta missa vos homenageiam e hão de retribuir o que oferecerdes; retribuir com abertas energias que absorvereis e empregareis em vossas causas junto àqueles maiores a quem servis. Afirmamos nossa crença na magia poderosa que emana de vós, e aqui a professamos com o propósito de agradar-vos. Temos neste local todos os ingredientes para saciar a vossa fome: os sons dos tambores, aliados ao conjunto de vibrações emitidas pelos adeptos da Luz do Fogo através de pensamentos, vozes, sensualidade, serão os caminhos que usareis para aplacar a ira dolorosa que sentis e a dor da vossa consciência. Vinde, Wigberto! Em troca nos proporcione vossa proteção incondicional!

Todo o corpo de Urbano estava retesado. Parecia haver crescido. Seu rosto mostrava uma coloração vermelho-arroxeada, os olhos esbugalhados, realçados pelo branco dos cabelos caídos pelas costas. Assemelhava-se à figura de um fauno, com as sobrancelhas grossas arrepiadas e um sorriso molhado, asqueroso. Os olhos turvos examinavam atentamente todo o espaço ao redor do altar. Olhava com grande intensidade, como se quisesse atear fogo em tudo. Naquele momento, passava a imagem de dominador de grandes poderes, transmitindo ao público a sensação exata de vê-lo possuído por Wigberto. Os sons dos tambores voltaram a repicar em cadência perfeita, inundando o ambiente e a imaginação dos presentes com vibrações excitantes. As emoções dos espectadores variavam do torpor à histeria.

Urbano desceu da pedra adornada com cordões dourados e dirigiu-se a uma poltrona, onde se sentou. Enquanto as vozes retomavam o sibilar agudo, duas pessoas saíam da caverna, vindo solenemente em direção ao grande quiosque. Usavam um capuz vermelho que lhes cobria totalmente o rosto. O mais marcante, que chamava a atenção de todos os presentes e lhes causava espanto, é que o tecido de suas túnicas negras era muito transparente, permitindo ver perfeitamente por baixo delas os corpos nus.

Subiram a escada para a pedra negra do altar de madeira, e virando-se para Urbano, ficaram estáticos, esperando. Quatro sacerdotes se aproximaram de Geraldo e o levantaram da poltrona para onde havia sido escoltado. Ele não reagiu quando o colocaram de pé e o desnudaram completamente. Sua cabeça pendia mole sobre o peito; foi praticamente puxado pelas mãos, e depois empurrado para que subisse as escadas do altar de pedra. Lentamente, as duas figuras com vestes diáfanas o ajudaram a se deitar sobre as flores e ramas de capim.

Os tambores pararam. Urbano levantou-se, para dizer, bem alto:

— O sexo é primordial... Uma força poderosa... Absolutamente natural! A Mãe Natureza mata, a Mãe Natureza cria! Assim ela é! Manifesta-se em tudo o que existe! Celebremos os esforços para o princípio da vida!

Lílian ficou fascinada com essas palavras do guru, que em meio a todo aquele discurso, ilusório e implausível, soavam racionais.

O casal encapuzado começou a se esfregar, a sugar as bocas ardentemente. No início, em pé, acima do corpo de Geraldo. Rasgaram as túnicas transparentes e iniciaram um abrasador acasalamento, usando o corpo peludo do rapaz como travesseiro; depois, copularam atravessados sobre ele como se fosse um colchão. Um atraente corpo alvo de mulher madura, com seios ainda firmes, se friccionava alucinado em um corpo másculo, adulto, naturalmente musculoso.

— É Salvador! Lá em cima, no altar! — Lílian exclamou, com a voz contida. Estava estupefata com aquela visão.

— E a mulher? — perguntou Jurê.

— Não é possível! Será Vicenta?! Acho que é! — Lílian estava com os olhos lacrimejantes. — Veja!... O rubi em seu dedo, cintilando à luz das tochas!

O sibilar das vozes dos fiéis ora aumentava de intensidade ora diminuía, tornando-se um som quase imperceptível. Enquanto parte da plateia olhava aquela cena de intenso erotismo com incontida admiração, outros faziam gestos estranhos, alheios à sua vontade, virando os olhos e tremendo o corpo em espasmos de gozo.

Jurê olhou para Lílian, aflito por ela estar presenciando tudo aquilo. Sua amiga chorava baixinho, tentando dissimular sua decepção, sua raiva.

— Por que Salvador tem que adotar essas atitudes infames? — exclamou Lílian, atormentada, pensando nos momentos que tinham vivido juntos. — No entanto, mesmo que eu pudesse mudar o passado, não o faria. Meus queridos filhos existem, são filhos dele também... — disse, com os olhos molhados, o rosto virado para Jurê; talvez estivesse envergonhada.

— Sinto muito pelo que você está passando. Mas pense que dentro em breve muita coisa na sua vida vai mudar para melhor.

— Vai mesmo. Você me ajudará a deslindar toda essa situação — ela beijou o rosto do amigo e sussurrou: — Obrigada... Você é um anjo que caiu do céu em Canabrava.

— Então, a iniciação de Geraldo era essa cena surpreendente? Até que a irmandade mostra muito bom gosto, em certos momentos. O desempenho dos dois estava ótimo — disse Jurê, referindo-se ao coito.

Lílian notou que o jornalista apenas queria diverti-la. Ficou calada, dirigindo-lhe um sorriso sutil sob um olhar reprovador. As labaredas e a fumaça fétida das piras aumentaram, devido a um pó branco que os sacerdotes atiraram.

Três sacerdotisas, segurando mantos azuis, subiram até a pedra no centro do altar. Cobriram os personagens da iniciação e os conduziram até poltronas situadas ao lado do guru Urbano Santini. Dois sacerdotes, vestindo bata e capuz imaculadamente brancos, se aproximaram e se ajoelharam. Carregavam um carneirinho branco, subjugado em um reluzente tabuleiro de metal. Colocaram o pequeno animal no altar de madeira, no lado próximo à cruz de ferro em cuja base estava amarrado o grande bode escuro.

Os membros da irmandade rezavam uma ladainha ligeira, enquanto Urbano, segurando um punhal pelo cabo, elevou-o bem alto para que todos o vissem, refletindo o clarão do fogo. A lâmina comprida desenhou círculos reluzentes no ar e um golpe certeiro foi desfechado em direção à base do pescoço do carneirinho. Ouviram-se berros de dor e o animal estrebuchou, em cima da toalha do altar. O sangue esguichou. As batas brancas dos sacerdotes que participavam do sacrifício ficaram salpicadas de vermelho. Imediatamente, uma das sacerdotisas se aproximou, saindo da penumbra no lado esquerdo do altar, e colheu o sangue, enchendo pela metade um jarro de cristal.

O grande bode escuro foi desamarrado da cruz e conduzido até a frente do primeiro banco circular. Todos sabiam o que fazer: cada um pegava o bicho pela coleira, puxava sua enorme cabeça e encostava a boca em seu ouvido. Um cheiro de mofo, adocicado, inundou o ar, causando vômitos em algumas pessoas.

Jurê ficou enojado. Lílian sentia a cabeça rodar, vendo o corpo do animalzinho branco ser esquartejado e cada uma de suas partes ser colocada na cruz, sob aplausos da plateia. A cabeça foi espetada na ponta mais alta, em forma de flecha, as pernas dianteiras e as traseiras nas hastes duplas da cruz, também com as pontas em forma de flecha, correspondentes à anatomia do carneirinho. Os olhos dele ainda se mexiam quando Vicenta se aproximou, com o rosto perfeitamente coberto pelo capuz. Subiu três degraus de pedra, ficou na ponta dos pés e colocou algumas folhas de capim atravessadas na boca agonizante do carneirinho. Nesse exato momento, Lílian viu, novamente, as mãos alvas com o rubi se sobressaindo no dedo médio esquerdo, faiscando à luz das diversas chamas do templo.

— Os ramos de capim! Na boca de dona Amália! Também foi um sacrifício! — Lílian exclamou, indignada. E ainda pensou: *se em nome de Deus há muito, muito tempo se mata, em nome de Wigberto, então, qualquer atrocidade será possível.*

Ouvia-se o cochicho frenético de cada devoto, levantando a orelha do bode e fazendo pedidos a "Wigberto" em seu ouvido. Os alimentos prometidos ao espírito maligno foram servidos à plateia por três sacerdotisas. Urbano não bebeu o sangue do carneirinho, líquido vermelho oferecido aos sacerdotes e aos doentes internos do Engenho. Bateu um gongo e se dirigiu ao altar, onde estavam duas ânforas de cristal; elevou-as e disse bem alto, girando o corpo para que todos o vissem:

— Bebo a seiva de inocentes para agradar Wigberto. Através da minha boca, o eflúvio deste sangue chegará até a dele — bebeu de uma ânfora, depois da outra. Abaixou-se, levantou a cabeça de Geraldo pelo queixo, apertou os lados da mandíbula e derramou um pouco do líquido vermelho goela abaixo.

Todos, solenemente, prestaram a máxima atenção a seu gesto, enquanto recebiam pão, *bacon* e vinho. Lílian preferiu não acreditar no horrível quadro que se delineara em seus pensamentos... Sentiu ímpetos de sair de seu esconderijo e ir bater na cara de Urbano e de todos que o estavam bajulando. Com o horror estampado no rosto, olhou para Jurê e disse de um jeito direto, sem meias palavras:

— Aquele sangue das ânforas é da criança que sequestraram, e talvez também de outras! Precisamos fazer alguma coisa! Agora! Não podemos deixar passar diante de nossos olhos esse desfile de perversidades e não fazer nada!...

— Espere... Tenha calma... — estamos filmando e gravando.

Lílian retrucou:

— Mas nada foi dito diretamente... O que teremos nas mãos não será suficiente para punir os crimes dessa corja...

— Está tudo muito recente. Conseguiremos mais, investigando melhor. Qualquer reação de nossa parte agora não teria um bom resultado.

Urbano terminou a missa dizendo que voltaria a acender a Luz do Fogo no próximo ritual de convocação. Foi o primeiro a se dirigir para a entrada da caverna, desaparecendo em seu interior, seguido pelos sacerdotes e por toda a irmandade.

Capítulo vinte e quatro

Tão logo a última sacerdotisa apagou a derradeira tocha, Jurê e Lílian pegaram os equipamentos e ficaram atentos, até que não se ouviam mais ruídos humanos.

— A descida será bem mais fácil — ele disse, ao sair do esconderijo.

Sabiam que todo cuidado era pouco. Havia seguranças no local que poderiam confiscar a filmadora, agora com um conteúdo precioso. Passaram com facilidade pelo declive de pedras e cascalhos até chegarem à plataforma de pedra natural.

A ponta da corda foi preparada de maneira a formar um laço seguro, que em seguida foi cuidadosamente colocado em volta do toco de uma árvore. Olharam um para o outro como a dizer que estava tudo certo, e se prepararam para descer ao patamar imediatamente abaixo do platô, primeiro Lílian, que desceu bem devagar, agarrada em um dos nós, sustentada unicamente pela corda que Jurê segurava fortemente, tentando sem sucesso usar os peões das botas com pontas de aço. Tendo chegado em segurança, Jurê se agarrou a um dos grossos nós da corda, sentou-se bem na borda da pedra, virou o corpo e, apoiando-se na rocha escarpada, deixou-se levar pela gravidade.

Subitamente, no meio da descida, o jornalista sentiu-se solto no ar; chocou-se com a lateral da grande pedra e se viu escorregando uns quatro metros na rocha, até o começo da ladeira de pedrinhas roladas. Durante a queda, pôde ver, numa fração de segundo, uma silhueta encapuzada olhando para baixo, bem na beirada do platô. Em sua ânsia de se segurar em algo que diminuísse sua velocidade, Jurê puxou e arrastou Lílian violentamente pela corda ainda amarrada na cintura dela. Os dois rolaram desgovernados pelo declive, só parando quando foram ancorados por fortes arbustos, já quase no pé do morro, perdendo pelo caminho alguns equipamentos. Colocaram-se rapidamente de pé, perguntando um ao outro se estavam com ferimentos graves. Lílian ficara toda suja e arranhada; mesmo assim, lembrou-se do objeto mais importante da empreitada.

— Vamos procurar a filmadora! — gritou, olhando desesperadamente para todos os lados.

— Não podemos perdê-la! — exclamou Jurê, já voltando, procurando refazer o trajeto da decida atabalhoada.

Foram alguns minutos de procura estafante. Perceberam que precisavam se acalmar e se sentaram para um balanço do que havia sumido pela ribanceira. Enrolaram a corda, acharam um facão, as lanternas, mas ainda não haviam visto a bolsa preta com a filmadora. A perda era decepcionante, pois nela estavam gravadas as imagens do corpo de Vicenta e Salvador, o anel de rubi, boa parte da cerimônia e a voz de Urbano, com alguns trechos — como o do "sangue dos inocentes" — que poderiam ser esclarecedores no desenrolar de um processo sobre o sequestro de Rafael.

Voltando pela mesma trilha que haviam aberto inicialmente, olhavam para todos os lados, andando devagar, com dificuldades para procurar no matagal, repleto de arbustos espinhosos. Recusavam-se a perder as esperanças de achar o tão valioso objeto. Todo o trabalho à procura de provas contra aquela quadrilha não poderia se perder assim.

O estado emocional de Lílian era de abatimento; estava cansada, com escoriações por todo o corpo. Jurê era um homem forte e não se abalara muito, mesmo com sérios arranhões nos braços e no rosto. Chegavam ao final da descida, início da terra plana, perto de onde haviam deixado o carro. Nos locais possíveis de a filmadora ter caído, olhavam atentamente, no meio do capim-colonião, para o alto das árvores, na esperança de que a alça da bolsa tivesse ficado presa em algum de seus galhos. Começava uma chuvinha fraca, dificultando a procura. As lanternas não poderiam ser acesas, pois nesse momento ouviram vozes e barulhos de passos, talvez das últimas pessoas voltando da cerimônia.

Redobraram a atenção. Precisavam ter cuidado. O sedã azul-marinho de Vicenta ainda estava no mesmo lugar.

— Vamos esperar — disse Lílian, se encostando ao tronco de uma árvore.

Repentinamente, saindo de um tufo de arbustos, a uns vinte metros de onde eles estavam, apareceu um encapuzado, de baixa estatura, ainda vestindo a túnica vermelha. Rapidamente, Lílian reconheceu:

— É Lorena.

— Impossível... — Jurê sussurrou. — Ela não estava na cerimônia?

— Estava... Mas foi aquela sacerdotisa que saiu antes. Não notou? Somente três, ficaram participando da cerimônia.

— Teria sido ela quem desatou a corda do toco de árvore para que caíssemos? Não... Não daria tempo para ela fazer isso e chegar aqui embaixo tão depressa. Ela já estava aqui. Felizmente, não nos viu.

— Por que ela teria se ausentado da cerimônia? Bem... Só nos resta mesmo esperar, para ver o que acontece.

Cinco pessoas ainda desciam pela sinuosa ladeira, vagarosamente. Vicenta vinha mais atrás, com dificuldades ao pisar nas pedrinhas escorregadias. Jurê, fascinado por aquela mulher audaciosa, foi mordaz ao comentar sobre ela.

— Vicenta é muito esperta! Participa nua da cerimônia, com capuz cobrindo o rosto; transa com Salvador como se fosse uma ninfa da natureza e retorna exultante a seu carro, estacionado convenientemente por trás do morro do Engenho, onde pouquíssimas pessoas transitam.

Os dois conversavam sussurrando:

— Vê-se que Vicenta não quer aparecer como membro da Luz do Fogo — disse Lílian. — Ela se acha muito sabida... será ela acredita mesmo nos poderes da irmandade?

— Certamente ela obtém lucros com A Luz do Fogo; não se esqueça de sua forte ligação com Urbano.

Nesse instante, viram Lorena em passo acelerado, indo ao encontro de Vicenta. Quando as duas mulheres se aproximaram, foi um alvoroço, palavras ditas em tom muito alto, causando constrangimento aos outros, que se afastaram, deixando-as em acirrada discussão pelo restante da descida.

— Depois de tudo o que fiz por você! — exclamou Lorena, aos berros. — Eu te apoiei incondicionalmente, abandonei minha família, trabalhei como louca em todas as suas campanhas! Organizei suas festas... E você teve a coragem de fornicar com Salvador, mesmo tendo negado para mim que o faria. Aquele safado deveria estar na cadeia! Por que não está te acompanhando? Eu gostaria de perguntar àquele médico depravado por que motivo ainda se relaciona com a mulher que o odiou durante quase toda a sua vida...

Vicenta ouviu calada, deixando que Lorena se acalmasse. Depois, disse com voz pausada:

— Agora, cale a boca que eu vou falar!... Você está junto de mim porque quer, ou melhor, porque sempre quis estar no meu lugar, ser eu, uma Fagundes Porto. Preste atenção, Lorena: você não tem nada a ver com o que eu faço da minha vida particular.

Lorena não podia acreditar no que Vicenta dissera. Entendeu, com enorme clareza, que sua companheira a rebaixara a uma simples secretária. Se não quisesse dizer que entre as duas havia um vínculo amoroso, esperava pelo menos que demonstrasse por ela uma profunda amizade... Lorena resolveu se pronunciar sobre o que lhe calava fundo, e que em tempo algum expressara claramente. Abaixou o tom de voz, transtornada pelo ódio.

— Você se lembra do que conversamos tantas vezes, durante todos esses anos em que ficamos juntas, sobre sermos fiéis uma à outra? — continuou, depois de um suspiro sentido, trêmulo. — Eu amava você, Vicenta; e você sabe que estou sendo sincera. Onde estão as esperanças que você me deu em várias ocasiões? Não se lembra?! Daqueles dias, daqueles momentos perto da cachoeira do sítio, quando nos amamos apaixonadamente?

— Não fizemos mais... — disse Vicenta, taxativa. — Há muito tempo não temos relações desse tipo, você há de concordar — fez uma pausa. — Naquele dia em que Salvador veio até o Sítio das Rosas, para dizer que sabia que era pai de Geraldo, retomei minha antiga relação amorosa com ele. E continuamos... após o retorno dele para Canabrava. Não me apaixonei por Salvador, mas estou gostando do nosso relacionamento — Vicenta voltara à sua costumeira maneira prática de falar. — Além do mais, precisava tê-lo nas mãos, por causa de Geraldo. Você esqueceu que meu filho com ele é um dos herdeiros? Pois não deveria! — enchendo o tórax de ar, falou em tom mais brando, conciliatório. — Eu e você poderemos continuar morando juntas... Gosto muito de você! Poderemos, até mesmo, qualquer dia desses, repetir aqueles nossos momentos... — Vicenta mostrou sua face libidinosa. — Mas também pretendo continuar com Salvador.

Lorena chorava desesperadamente, furiosa com o que ouvia. E falou, agora ameaçadora:

— Eu te avisei para não aceitar fazer sexo com Salvador, mesmo que para isso devesse contrariar a vontade de Urbano. Pelo visto, foi ingenuidade minha, não querendo acreditar que você já estava fazendo isso há muito tempo... Ajudei você a convencer Francisco a assinar o documento de confissão para nos livrarmos da culpa... de pagar pelo assassinato... não com a finalidade de tirar Salvador da cadeia — a voz de Lorena denotava profunda tristeza: — Estou muito, muito decepcionada. Não sei se conseguirei ficar ao seu lado de hoje em diante.

— Vai ficar sim! E toda a nossa cumplicidade? — Vicenta agora soava cínica. — Você não gostava de sempre bancar a minha sombra? Não queria ser poderosa?

Lorena respondeu, sarcástica:

— E se eu não quiser mais acompanhar seus sonhos? Talvez eu queira me afastar, seguir outro caminho... Como você está fazendo! — disse, ameaçadora. — Posso até jogar tudo para o alto e contar à polícia o que andamos fazendo nesses últimos meses! — Lorena pensou por alguns segundos e continuou: — Se esqueceu de que pagamos a Ana Rosa para calar sua tia? E Rafael? — lembrou, apertando seus olhinhos de cobra. — Posso até não me safar, mas terei o gosto de vê-la arruinada, presa por vários crimes.

Os dois jornalistas estavam estupefatos, escutando aquele diálogo esclarecedor.

Prepotente, Vicenta revidou a ameaça de Lorena:

— Você já pensou que eu seria capaz de matá-la? — perguntou, calmamente. — Não pense que você me intimida com suas ameaças tolas!... Não tenho medo de nada, você até hoje não percebeu isso? Não? Pois é falha sua! — continuou, agora em tom conciliador, demonstrando total controle da situação e querendo deixar transparecer que estava tudo bem, que tudo entre elas continuaria como antes.

— Você tem medo, sim! — Lorena concluiu. — Só que ainda não se deu conta!... Medo de não ser notada, de ficar pobre, de perder o poder, de assumir o seu eu verdadeiro...

— Entre no carro, querida. Vamos para casa — sibilou Vicenta, asperamente.

Saíram em direção à cidade, passando perto de Lílian e Jurê. A discussão não terminara, pelo contrário, continuava acirrada.

***

Já era muito tarde quando Lílian e Jurê estacionaram o carro na garagem do chalé. Antônio acordou com o barulho e foi encontrá-los, já acomodados no alpendre: tentariam relaxar antes de irem para a cama. Atenta às suas reações, já que Ondina participara intensamente da cerimônia, Lílian contou, resumidamente, o que se passara no Engenho.

— Vocês com todo esse trabalho e eu aqui, dormindo? — Antônio parecia frustrado por não ter participado das investigações. — Precisamos ter provas das tramoias dessa gente e levá-los à justiça!

Entretanto, por mais que quisesse evitar, era crescente sua preocupação com o envolvimento de sua mulher com a Irmandade da Luz do Fogo.

Jurê externou um pensamento, ainda com a adrenalina em alta:

— Crendices são certamente uma faca de dois gumes... Abrigá-las é cultivar uma mente mágica, reconfortante. Conheço gente que por causa delas se tornou melhor; por sugestão, alguns se livraram do alcoolismo, passaram a cuidar melhor da família... evitaram matar... No entanto, por causa das mesmas crenças, poderiam ter feito tudo ao contrário. Enfim, também tenho certeza de que somente a sabedoria torna o ser humano imune à fé perniciosa.

Lílian fez uma pergunta:

— Você acha que Vicenta acredita que Urbano tenha poderes sobrenaturais?

— Tentarei responder — disse Jurê; mas, antes, limpou a garganta, como às vezes fazia ao se concentrar. — O ser humano, há milênios, desde quando se sentia impotente diante de seus problemas e medos, tinha a alternativa de entregá-los aos deuses para que os resolvessem. Para muita gente, ainda é uma opção válida. Mas um perigo espreita os crédulos fanáticos: uma crença pode ser muito boa quando eleva consciências, ou muito má quando é manipulada por indivíduos gananciosos e cruéis — fez uma pequena pausa. — Veja o caso da Luz do Fogo: o guru Urbano pode acreditar ou não que Wigberto possa resolver os problemas de todos; todavia, em nome dessa entidade espiritual, manipula e explora os seus seguidores, inclusive os dirigentes da irmandade, que, por sua vez, também exploram os demais fiéis. Vicenta não escapou dessa influência. Diz que não tem medo de nada, no entanto, Lorena estava certa quando a acusou de ter medo de não ser notada, de perder o poder, o dinheiro, e, para resolvê-los, é capaz de cometer crueldades em nome de sua crendice, ou seja, sua fé nos poderes infernais de Wigberto.

Lílian comentou que estava muito aborrecida por não ter podido filmar o encontro de Vicenta e Lorena.

— Vamos para a cama — disse Antônio, abrindo a boca em um bocejo. — Só sei que existem leis para serem cumpridas, e quem transgredi-las deverá pagar um preço, uns mais, outros menos, mas terão de pagar por seus crimes. Talvez alguém aprenda com o sofrimento — concluiu, querendo se referir a Ondina.

Capítulo vinte e cinco

Nas semanas seguintes, o tempo passou rápido na delegacia devido ao acúmulo de problemas à espera de solução. Atrás da escrivaninha, Dr. Eurico estava furioso com a quantidade de repórteres que insistiam, perguntando que providências o delegado estava tomando para solucionar o caso de Rafael — a criança que fora sequestrada e que, misteriosamente, aparecera próximo à própria casa, na Vila Paraíso. Além disso, também o inquietava um fato novo: dois jornais importantes tinham dito que outra criança havia sido sequestrada em um lugar próximo ao município de Canabrava. Constava que os pais estavam desesperados, o que aumentara a indignação dos habitantes de Canabrava, principalmente os moradores da Vila Paraíso. Havia repetidos telefonemas cobrando notícias do menino recentemente desaparecido.

Não era para menos. Estavam comovidos e revoltados com as condições de saúde de Rafael ao ser devolvido pelos sequestradores: muito magro, com olheiras profundas e picadas de agulhas em algumas partes do corpo. O menino não soubera explicar nada, sua memória daqueles dias se apagara.

O assunto favorito em muitas rodas de conversas na cidade eram conjecturas sobre onde teriam escondido o outro garoto sequestrado. Desconfiavam que pudesse estar internado em um hospital-barracão da irmandade; achavam que ainda não ocorrera uma investigação minuciosa em suas dependências. Alguns afirmavam ainda que as montanhas da região possuíam grutas e cavernas; seguramente, alguém poderia mantê-lo cativo em um desses locais até que fosse pedido um resgate.

Sempre que podia, Lílian colocava no papel um pouco da história da Irmandade da Luz do Fogo e os recentes acontecimentos a ela ligados, mas sentia-se tolhida em vários detalhes que a impediam de se expressar com a desejada certeza. Como poderia relacionar os crimes recentes à irmandade de Urbano, se ainda não havia conseguido provas concretas? A espera era angustiante; tentava ligar os fatos às hipóteses para que a matéria ficasse boa e coerente. Também precisava resolver o problema do testamento e das pedras preciosas; por isso, foi até a igreja buscar o pacote que havia deixado aos cuidados do padre Clemente. Ao chegar à Praça Fagundes Porto, observou que o Sobrado Verde estava rodeado de gente, tanto do lado de dentro, no jardim, como de fora, todos parados perto das altas grades de ferro batido. As portas da casa paroquial estavam abertas. Entrou, dando de cara com padre Clemente, que saía bastante apressado de seu escritório.

— Gostaria de falar com o senhor — Lílian o fez parar. — Vim buscar aquele embrulho...

— Desculpe-me, Lílian, mas preciso ir até à casa de Vicenta — disse, já passando pelo portal. — Aconteceu outra tragédia no sítio. Você quer ir comigo? Vou com Lorena.

Lílian pensou mil coisas num único momento. *Teria acontecido algo com Geraldo?*

— Francisco caiu do alto da cachoeira e está morto! — disse o sacerdote.

— Meu Deus!... Hoje?

— Não sei dizer. Fiquei sabendo há poucos minutos.

— Não posso ir agora... Meus filhos estão me esperando para levá-los à escola. Assim que puder, irei para o sítio.

— Vou buscar o que você me pediu para guardar.

O padre tinha colocado o pacote em uma caixa de madeira com cadeado, para ninguém ficar sabendo do que se tratava. Foi ao escritório e voltou apressado, conduzindo Lílian escadaria abaixo. A curiosidade dela era grande: queria saber mais sobre o incidente; porém, conteve-se, e foi direto para o novo escritório do Dr. Wilson. Haviam marcado encontro para aquela manhã.

Além do pouco que sabia sobre a queda de Francisco, Lílian contou com detalhes o caso das pedras preciosas e do testamento, que encontrara na despensa do Sítio das Rosas. A surpresa do advogado foi enorme. Seu rosto se iluminou de satisfação por estar diante de dois achados valiosos.

— Enfim, a famosa lenda virou realidade! O "baú" de rubis, esmeraldas e diamantes de David Steinberg!

— Não chega a tanto, não é, doutor? É apenas um saquinho de pano com algumas pedrinhas caras. Não sei ao certo a quantidade, ainda não contei.

— As gemas precisam ser examinadas por um joalheiro, minha querida. Não poderemos incluí-las no inventário sem saber exatamente as características e o valor de cada uma; algumas bem grandes, por sinal... — e continuou, eufórico: — Vamos imediatamente para o cartório registrar a nova versão do testamento. Posteriormente, incluirei um adendo sobre as pedras. O tabelião testemunhará todos os procedimentos legais.

Tudo foi feito conforme determinou o advogado. Os trinta rubis, vinte e seis esmeraldas e treze diamantes foram colocados no cofre do banco. Sem um exame acurado, que seria realizado em tempo hábil, antes da abertura do recente testamento, não era possível determinar o valor de cada gema. A cidade inteira ficou sabendo sobre a extraordinária descoberta de Lílian. Comentavam a reação explosiva dos moradores do Sítio das Rosas quando souberam da novidade. Vicenta já tinha contratado dois advogados para contestar o novo documento, o que seria impossível, segundo o Dr. Wilson, pois fora redigido na presença de um advogado. Dona Amália estava plenamente lúcida quando o assinara perfeitamente, assinatura que seria atestada pelos peritos do Cartório onde possuía firma registrada.

Enquanto isso, na delegacia, Jurê não perdia tempo. Convencera o Dr. Eurico a destacar dois soldados para ajudá-lo em novas investigações, nas instalações do Engenho Santini e arredores, onde existiam outras duas cavernas. Dr. Eurico não conseguira esconder seu aborrecimento com a intromissão do jornalista, mas não pôde recusar ajuda.

Mais tarde, Lílian foi ao Sítio das Rosas para indagar sobre a morte de Francisco. As explicações davam conta de que o caseiro havia deixado um documento escrito de próprio punho e assinado, dizendo estar arrependido, não aguentava mais sofrer por haver tirado a vida de uma pessoa tão boa como fora dona Amália. Confessava que havia cometido o crime porque ela tinha descoberto que ele roubara parte do dinheiro da venda de uma partida de bois. O caseiro também declarava que um inocente estava pagando, injustamente, por um crime que não cometera. Finalizava descrevendo como jogara o corpo de sua patroa do mezanino e depois a estrangulara, porque não havia morrido na queda. Junto ao corpo do caseiro havia uma bolsa a tiracolo com vinte mil reais.

Lílian escutou tudo, entorpecida, com sentimentos contraditórios. Sabia que a inesperada confissão de Francisco fora forçada. *Aconteceu mais um assassinato no Sítio das Rosas* — pensou. Imaginava, diante da novidade, como teria sido diferente se dona Amália tivesse tido a oportunidade de transmitir ao delegado suas desconfianças. O motivo do crime, além da cobiçada herança, poderia ser o fato de que dona Amália vira a criança no sítio, no dia do sequestro. Um pensamento conflitante a afligiu: *Minha mãe teve medo de envolver Geraldo no sequestro de Rafael, e por isso não fez a denúncia. Infelizmente, foi a pior decisão que ela tomou na vida, tornando-se a causa de suas últimas inquietações.*

A visita ao Sítio das Rosas tinha ainda outra motivação, além do interesse nos pormenores do "acidente" fatal de Francisco. Pretendia ter um encontro decisivo com Geraldo, depois de saber que Ondina agora se recusava a vê-lo. Lílian intuía, com razão, que Vicenta a tivesse ameaçado de morte caso continuasse com seus planos de casamento. *Meu irmão está numa enrascada* — pensava, descendo a escada para o pomar. Caminhou, margeando o riacho; já estava perto da cachoeira quando o avistou sentado em um banco, debaixo do tamarindeiro. Vendo-a, fingiu não vê-la, e já ia saindo sem lhe dar atenção.

— Geraldo! — Lílian chamou bem alto. — Não vá embora, converse comigo!

Relutante como uma criança, ele voltou a se sentar.

— O que você quer? Veio para me tomar o sítio? Você agora é dona de tudo...

— Não vou tomar-lhe nada. Você sempre será o dono dessa casa. Bem, só sairá se não quiser mais ficar aqui — Lílian ficara emocionada; tentava conter as lágrimas, sem saber exatamente o que dizer ao frágil e ingênuo Geraldo. — Eu acho... que compreendo o que você está sentindo.

— Não compreende, não! Você também queria que meu relacionamento com Ondina não desse certo!

— Eu... Só achava que ela poderia mudar de ideia, voltar para o marido e os filhos, quando cessasse a influência da irmandade...

Lílian tentava contemporizar, para não dizer ao irmão, com dureza, que Ondina havia desistido de se casar com ele, certamente, devido à contundente chantagem de Vicenta; dizer que sua mãe biológica não iria querer o casamento dele com quem quer que fosse. O rosto de Geraldo mostrava profunda tristeza. Lílian mudou de assunto, para não deixá-lo ainda mais deprimido.

— Com a confissão de Francisco, Salvador será solto hoje. Vou visitá-lo. Tem algum recado para ele? — queria sentir a reação de Geraldo, sua lembrança do que acontecera na cerimônia de sexta-feira.

— Salvador já não estava fora da cadeia quando participou da cerimônia? Jamais pensei que minha mãe fosse capaz de uma coisa daquelas, e praticamente em cima de mim... Fiquei enojado quando me dei conta do que havia acontecido... Outra coisa: eu não sabia da verdadeira intenção da Luz do Fogo com relação àquela criança. Fico em desespero só de pensar que poderia ter acontecido o pior — Geraldo ficara pensativo, olhando para a copa das árvores. — Estou me sentindo... com vontade de desaparecer, de morrer. Não estou suportando...

Lílian escutava, com uma ponta de contentamento. Percebia que ele já não estava tão envolvido com o diabólico Urbano Santini.

— Onde estão Vicenta e Lorena? Preciso falar com elas — Lílian temia que algo de muito ruim pudesse vir a acontecer com seu irmão.

— Vicenta está na cidade com aqueles advogados da capital, tentando invalidar o testamento. Lorena? Não a tenho visto. Acho que as duas se desentenderam seriamente.

— Vem comigo! — Lílian disse, de súbito. Sem deixar que ele retrucasse, pegou-o pelo braço e o levou pelo quintal até saírem para o jardim, passando pelo cão. Queria levá-lo até o carro, depois para o chalé, na cidade. Ao passarem pela edícula da piscina, foram interpelados por Ana Rosa, querendo saber o que estava acontecendo.

— Vou levá-lo para um passeio — Lílian comunicou à governanta.

— Espere — falou Geraldo. — Vou lá dentro buscar um agasalho.

Ana Rosa tentou de todas as maneiras dissuadir Lílian de tirá-lo do sítio, enraivecida:

— Vicenta disse a ele que não saísse da mansão. Espero que Geraldo a obedeça.

Lílian olhou fixamente para a governanta, pensando: *Ela se sente em segurança, mancomunada com Vicenta. Age como verdadeiro cão de guarda da propriedade.*

— Ele quer ir comigo! — Lílian estava determinada. — Sair um pouco... Logo eu o trago de volta — sem esperar pela reação de Ana Rosa, passou o braço por cima dos ombros do irmão, que voltara com uma pequena sacola. Saíram juntos para o estacionamento.

Encorajado, Geraldo deixou-se levar pela oportunidade de se afastar por algum tempo do Sítio das Rosas. Dentro do carro, diante daquela singular situação, por alguns instantes apenas se olharam, como se escolhessem as palavras certas, até que Lílian quebrou o silêncio, abriu seu coração. Falou da sua vontade de conviver mais com ele, dos motivos e da decisão de se separar de Salvador, e também de seus planos como jornalista. Respondeu a todas as perguntas que ele tinha vontade de fazer.

Quando abriam o portão do chalé, Geraldo segurou as mãos de Lílian e as beijou com ternura, entregando-lhe uma pequena caderneta de anotações com capa azul.

— Acho... não, tenho certeza de que você está fazendo o que é certo — disse, entendendo que Lílian desejava somente o seu bem. — E estou agradecido por ter confiado em mim, me falado de seus problemas.

Lílian conseguira reconquistar um pouco da confiança de Geraldo. Sua intenção era não mais perdê-lo de vista; faria tudo para que se recuperasse logo da tristeza pelas perdas recentes. Com o coração disparado, abriu a agenda. Em uma das páginas, estava escrito: "Hoje, sábado, 21h30, véspera da chegada de minha filha Lílian. Por acaso vi Francisco no pé da escada da varandinha do lado, com uma criança. Ele disse que a encontrara perdida, e que ia levá-la para um hospital. Ondina apareceu repentinamente, com Geraldo. Ela saiu com Francisco, o ajudando com a criança. Fiquei muito apreensiva com a situação. Geraldo me disse que nada sabia sobre o garoto, e também que ele e Ondina estavam namorando. Tudo isso me aborreceu muito."

Havia algumas outras menções sobre Francisco e a criança que

ela vira, mostrando claramente o quanto dona Amália ficara preocupada com o destino do menino. Em outras páginas da caderneta havia
inquietas anotações desaprovando a ligação amorosa de Geraldo com
Ondina.

Capítulo vinte e seis

Dona Alzira serviu bem cedo o desjejum. Lílian ponderava, juntamente com Jurê, que as notas no diário poderiam realmente incriminar Francisco; o caseiro poderia muito bem ter matado dona Amália por medo de que o denunciasse como cúmplice no rapto de Rafael. O jornalista passara horas e horas, junto aos policiais destacados para ajudá-lo, procurando no morro do Engenho e redondezas indícios que comprometessem a irmandade — tanto no caso do sequestro quanto nos crimes do Sítio das Rosas.

Era mais um dia de cerimônia no Engenho Santini. Geraldo disse a Lílian que ia voltar para o Sítio das Rosas, subjugado por Vicenta, que viera duas vezes ao chalé, esbravejando, proferindo acusações de que ele fora praticamente sequestrado. Além das preocupações com o irmão, pois não achara prudente que voltasse para as garras de sua mãe biológica, Lílian se preocupava também com os filhos, que, naturalmente, queriam saber do paradeiro do pai... Eram muito jovens para saber toda a verdade sobre Salvador. Mereciam ficar em paz, conservar sua inocência.

Visitara Salvador na cadeia, antes que voltasse para casa. Sentado em uma cadeira, de frente para o Dr. Eurico, o marido ficou completamente sem ação quando ela apareceu repentinamente. Antes de falar sobre qualquer outro assunto, Lílian informou que havia presenciado toda a cerimônia da missa negra da última sexta-feira. A primeira pergunta que lhe fez foi como ele conseguira sair de sua cela para ir copular sobre o altar. Disse que o havia reconhecido; só não pôde dizer que a outra pessoa era Vicenta, porque em nenhum momento ela tirara o capuz.

O delegado ficou meio engasgado; contudo, se esforçou para dar explicações:

— Eu não poderia prever esse disparate, Salvador ser liberado de sua cela, ir até o Engenho Santini, fazer "essas coisas" com aquela sacerdotisa... Fui informado de que Vicenta apareceu aqui na sexta-feira, tarde da noite, mostrou a carta de confissão de Francisco ao soldado de plantão e solicitou que Salvador fosse solto, mas disse que era somente por um curtíssimo espaço de tempo. O referido policial, levianamente, sem a minha autorização, permitiu que ele saísse, intimidado, talvez, pela presença da ex-prefeita e pelo documento assinado — Dr. Eurico tentava se desculpar. — Demorou um pouco, mas Salvador voltou para a delegacia, inesperadamente trazido por Jandiara, deixando o agente aliviado. No dia seguinte ele me contou o que tinha acontecido, e foi punido em seguida.

Lílian não quis saber como o soldado fora punido. O importante, nesse momento, era que Salvador estava saindo da prisão e ela não queria que ele voltasse para o chalé. Pediu que fosse para o sítio da Jandiara. Disse que reconhecia seu direito de ver as crianças; entretanto, pedia que ficasse afastado por algum tempo. Elas fariam perguntas, tudo era muito recente. Não mereciam ouvir mentiras. Seria bom que ele esperasse uma melhor ocasião para procurá-las.

Salvador fez um movimento com a cabeça, concordando, mas, mesmo assim, ainda disse:

— Não deixei de amar você... Com o tempo... tenho esperança...

Lílian deu um sorriso sem graça, com o canto da boca.

— Jamais, Salvador, voltarei a ser sua mulher. Não pretendo me envenenar mentalmente por ódio a você, pois isso faria mal a mim e aos meus filhos. Viva da melhor maneira que puder! Depois do divórcio, terá bastante dinheiro para recomeçar sua vida. Só que, mais uma vez — falou com ironia, profetizando — não junto a Vicenta; e você deveria saber disso melhor do que eu.

Ao sair, após a conversa com Salvador, Lílian se deparou com um alvoroço na rua. Havia começado uma gritaria em frente à porta principal da delegacia, chamando a atenção de todos. Num instante, a sala de entrada ficou vazia. Quem não estava encarcerado saiu para ver a multidão, que protestava em altos brados, portando panfletos e sugerindo ao delegado que pedisse demissão.

Surpreendida, não entendeu tanta audácia por parte daquela

gente. Era impensável o povo de Canabrava realizando um protesto tão veemente contra uma de suas autoridades. Resolveu pedir explicações a um casal que segurava dois cartazes, exibindo palavras de ordem escritas em tamanho bem grande, em vermelho:

O HORROR PERTO DE NÓS!
PRENDAM URBANO SANTINI!

DELEGADO INCOMPETENTE!
FORA DA DELEGACIA!

Mais pessoas se incorporavam ao protesto, aumentando o tumulto; mesmo assim, deu para escutar uma frase interessante, dita por alguém num grupo próximo.

— Encontraram um pequeno cemitério, perto do morro do Engenho.

Lílian estava tentando saber mais alguma coisa sobre o assunto, quando avistou Jurê vindo ao seu encontro, agitando os braços erguidos.

— Você nem imagina o que descobri! — gritou, furando a aglomeração, se aproximando. — Não muito longe do rio do Engenho, debaixo de um grande número de pedras, há um cemitério com muitas ossadas. Desconfiamos de que a maioria fosse muito antiga. Parece que algumas são de crianças. Não havia corpos enterrados recentemente.

— Como vocês descobriram? — perguntou Lílian, enquanto se retiravam para um lugar mais calmo até que a passeata se dispersasse.

— Hoje cedo, quando saí para me encontrar com os policiais, recebi perto da delegacia uma carta anônima, anexada a uma espécie de mapa, denunciando a existência do cemitério e com indicações sobre a localização. Foi um garoto... colocou um rolinho de papel em minhas mãos e saiu correndo. Fomos imediatamente para o local indicado e achamos o tal cemitério. É claro que serão feitas perícias, mas parece ser um achado arqueológico.

— Essa grande quantidade de pessoas na porta da delegacia tem a ver com isso?

— Tem muito a ver. Havia outras pessoas por perto quando começamos a cavar. No lugar há pedras de diversos tamanhos, que, não se sabe quando, rolaram da encosta do morro. Tudo indica que durante um enterro removiam algumas pedras, cavavam a terra e depositavam o corpo, tornando a recolocá-las exatamente como estavam antes. Os moradores dos sítios nunca notaram nada de diferente. O mapa mostrava símbolos em algumas pedras, que nos orientaram na busca. Pensamos que as marcas tinham sido gravadas para indicar locais específicos para as adorações.

— É preciso descobrir quem escreveu a carta.

— Ninguém soube me dizer quem era o garoto, o que torna difícil encontrar o autor do bilhete, certamente o mesmo do mapa. No verso havia uma explicação, afirmando que muitos daqueles ossos eram de crianças sacrificadas pela Irmandade Luz do Fogo na época em que o guru era Wigberto, o primeiro proprietário do Engenho Aurora Santini.

— A notícia da descoberta desse cemitério se espalhará como um raio por toda a cidade — comentou Lílian, enquanto enxergava no meio da manifestação, a tristonha família de Rafael.

Era perfeitamente natural que todas aquelas pessoas se sentissem motivadas a protestar, principalmente os moradores da Vila Paraíso, onde morava a criança que tanto padecera em cativeiro. A maioria não tinha conhecimento exato do que acontecia nas cerimônias do Engenho; no entanto, em suas mentes se formara a noção, correta, de que a Luz do Fogo era uma prática nefasta, ainda mais depois que Rafael aparecera doente, picado de agulhas...

Lílian esfregava as mãos, tamanha era a ansiedade por mais informações.

— E dentro das cavernas? Acharam alguma coisa que possa incriminar a irmandade? Algum traço de sangue?

— Nada! — Jurê continuou o relato: — Havia somente alguns apetrechos para a realização das cerimônias. Temos que esperar as averiguações, análises da terra próxima aos altares. Entramos em todos os barracões; só havia indivíduos acamados e algumas pessoas cuidando deles. Por enquanto, denunciaremos o crime que pode ser provado: charlatanismo, ou seja, prática indevida da medicina nos barracões-hospitais da Luz do Fogo.

Chegaram à Praça Fagundes Porto. Estando ali, seria impossível alguém deixar de contemplar o antigo e magnífico Sobrado Verde de

Vicenta. Lílian imaginava Lorena lá dentro, fechada em seu quarto, des-qualificada, ruminando o ódio que sentia por ter perdido o rumo dos acontecimentos. Nos últimos dias, Vicenta só pensava, juntamente com seus advogados, em contestar o testamento de dona Amália.

— Algo me diz que foi Lorena quem mandou entregar o bilhete com o mapa — disse Jurê. — Ela deve estar mesmo muito aborrecida com sua companheira, se tiver tomado essa resolução — fez uma pausa. — Devemos procurá-la!... O que você acha?

— Tem razão... Ela poderia esclarecer tudo, se quisesse — Lílian pediu ao amigo que a liberasse de ir à noite ao morro do Engenho. A babá avisara que Marcos saíra da escola com febre. — Preciso dar um pouco de atenção aos meus filhos. Desculpe, mas hoje ficarei em casa. Vá você à cerimônia, com os policiais que o delegado lhe "emprestou" — Lílian sorriu com a brincadeira —, receber as "bênçãos" de Wigberto...

Capítulo vinte e sete

No dia seguinte, quinta-feira de madrugada, Lílian acordou sobressaltada com o barulho de um carro parando em frente ao chalé. Foi até a janela, afastou um lado da cortina e reconheceu Jandiara, batendo palmas diante do portão. Vestiu-se às pressas e desceu as escadas para atendê-la, cuidando para que as crianças não acordassem. Olhou de relance para o relógio da sala: eram quatro horas.

Abriu a porta e perguntou alarmada:

— O que você quer aqui a essa hora?

Jandiara precisava falar, era urgente.

— Me desculpe por acordá-la. Esta noite houve uma grande confusão de gente descendo às pressas pela encosta do morro de Engenho, e, como você sabe, meu sítio fica muito próximo... — respirava com dificuldade, nervosa.

— Acalme-se!... Entre, sente-se aqui — Lílian apontou uma cadeira.

— Acordei assustada por causa do barulho; as pessoas falavam alto, parecendo apressadas; pensei ter ouvido dois tiros. Então percebi que não estava sonhando. Levantei da cama, corri para o jardim e encontrei Salvador, perto da cerca à esquerda da casa, já tentando socorrer Lorena, caída, quase morta, com o peito e a cabeça ensanguentados. Dali a pouco ouvimos ruídos de carros, deixando o sopé do morro em direção à cidade.

— Vocês a levaram para o hospital?

— Imediatamente, em meu carro. Nesse momento, Salvador deve estar com ela na Santa Casa, onde ela quis se internar. Lorena permanecia consciente, apesar dos sérios ferimentos, e me pediu, muito aflita, que dissesse a você pessoalmente para ir falar com ela. Somente por esse motivo é que vim perturbá-la tão cedo... apesar da opinião contrária de Salvador, que não queria que eu viesse. Lorena disse com bastante clareza que precisa da sua ajuda, com urgência.

Jurê e os dois policiais chegavam naquele momento ao portão do chalé, vindos do morro do Engenho. Lílian explicou a eles, e também a Antônio, o que Jandiara acabara de lhe dizer. Jurê se dispôs a levá-la até o hospital.

Enquanto Jurê dirigia, relatava o que se passara no Engenho Santini:

— Durante a cerimônia, no momento em que deveriam cochichar na orelha do bode para fazer os pedidos, começou a chegar um grande número de pessoas; foram se reunindo no pátio, munidas de paus, canos de ferro e outras ferramentas pesadas. Qualquer um que visse aquele ajuntamento compreenderia o que veio a seguir. Pouco antes de começar o vandalismo, os sacerdotes avisaram Urbano, pedindo que interrompesse a cerimônia. O que ele relutou em fazer, mas somente por uns dois ou três minutos. Certamente, jamais imaginou que alguém tivesse coragem de cometer um ato daqueles, justamente durante a celebração da missa negra.

Jurê, que falava depressa, parou por alguns segundos, lambeu os lábios e retomou o relato.

— Tudo aconteceu muito rápido. Estávamos do lado de fora do quiosque, assistindo à cerimônia, quando vimos, no meio de toda aquela confusão, o guru e os sacerdotes com mais algumas pessoas, desesperados, abandonarem a cerimônia e correrem para as pedras gêmeas, do lado do despenhadeiro onde corre o rio. Fomos atrás deles, em meio à desordem que se instalou. Passaram pelo grande portal de pedra, entraram no barracão e foram para o fundo, por entre os maquinários iluminados pelo fogo das tochas. Subiram pela escadaria até a porta azul e entraram na caverna que investigamos no outro dia. Em seguida, baixaram uma grossa grade de ferro e fecharam a porta de madeira, impedindo a passagem da maioria das pessoas, inclusive a nossa, que os seguíamos a pouca distância.

Lílian escutava atentamente, admirada pela determinação do amigo e também agradecida por sua ajuda. Jurê percebia que quanto mais falava, mais o rosto de Lílian se tranquilizava, talvez antevendo o fim daquela jornada em busca de justiça.

— Os móveis, as estruturas dos altares, as cortinas dentro dos quiosques e dos barracões, tudo foi completamente destruído. Alguns oficiais e ajudantes voluntários da irmandade tinham ficado no grande pátio, ajudando os pacientes desorientados. Dentro dos barracões, os mais doentes permaneceram deitados, aguardando serem transportados para um hospital de verdade. Os que podiam caminhar devem ainda estar se dirigindo aos hotéis... Ou às suas casas.

Capítulo vinte e oito

Na Santa Casa de Misericórdia havia grande movimentação com a chegada dos "hospitalizados" da Irmandade. Lílian e Jurê passaram pelo saguão de entrada e enveredaram por um longo corredor, até que foram atendidos por um senhor de uns cinquenta anos, vestido de branco, fazendo a faxina. Com presteza, respondeu à pergunta de Lílian:

— Aquela mulher que foi baleada? Virem à direita — explicou, olhando para o final do corredor.

Passaram por duas portas com molas e deram de cara com Vicenta e Salvador. Ele parou para cumprimentar Lílian, enquanto Vicenta, meio sem jeito, continuou andando a passos rápidos.

— Encontrei-a na porta do quarto de Lorena... esperando para entrar — disse Salvador como que se desculpando por estar com Vicenta. — Ela estava apressada, por isso não parou para falar com você.

— Como está Lorena? Reagindo bem? Ela disse para Jandiara que quer muito falar comigo — Lílian não conseguia dominar a ansiedade.

— Foi levada para o centro cirúrgico — Salvador apontou para o fundo do corredor, em direção à última porta. — Levou dois tiros — dizendo isso, pediu licença e saiu rápido, seguindo os passos da ex-prefeita.

Um jovem enfermeiro se aproximou e solicitou educadamente:

— Pedi àquele homem e à senhora que passaram por aqui há pouco para aguardarem na sala de espera. Por favor, os senhores devem fazer o mesmo.

— Sim, mas antes, gostaria que o senhor nos explicasse...

Lílian e Jurê bombardeavam o rapaz com perguntas quando chegou o delegado, acompanhado de dois detetives. Jurê foi logo contando o que ouvira do enfermeiro.

— Antes de entrar para ser operada, Lorena pediu proteção. Também queria falar com Lílian. Disse que poderia ser morta pela mesma pessoa que já havia tentado matá-la.

— Ela contou quem foi o atirador? — inquiriu o delegado.

— Ainda não — respondeu o jornalista. — Mas perguntaremos isso a ela, tão logo possa receber visitas.

Lorena poderia, realmente, sofrer um novo atentado, tendo em vista as circunstâncias... Todos ficariam atentos, pois além de Lílian e Jurê, eram muitos os interessados, ansiosos para ouvir em primeira mão o que ela teria para contar.

Lílian tratou de pressionar o Dr. Eurico para que não se descuidasse da vigilância. Ficou combinado que quatro policiais se revezariam, garantindo que ninguém se aproximasse de Lorena sem autorização do delegado. O pessoal do hospital que cuidaria dela também deveria passar por uma prévia identificação.

A servil secretária de Vicenta não tinha parentes próximos. Seriam raras as visitas, e não era por amizade que Lílian e Jurê esperariam pacientemente notícias sobre seu estado de saúde. Seu interesse era vigiar, ajudar os policiais a preservar a integridade física da vítima de atentado.

Foram seis horas na mesa de operações; no final, ninguém pôde conversar com ela, pois foi direto para a UTI. Constava no boletim médico que um dos tiros perfurara a clavícula esquerda; a outra bala fora retirada de uma região da cabeça onde possivelmente não causaria sequelas, mas o inchaço do cérebro era muito preocupante.

Lorena ficou durante quatro dias em tratamento monitorado. Durante todo esse tempo, Lílian e Jurê ficaram atentos, rondando a Santa Casa, fazendo visitas frequentes ao corredor onde ficava o quarto. Sabiam que não poderiam se descuidar, sob o risco de perdê-la para sempre.

A diretoria do hospital recebia Vicenta, que vinha averiguar o estado de saúde da "minha secretária", sempre acompanhada de pessoas estranhas, talvez seguranças. A candidata a deputada queria ver o relatório médico diariamente, o que sempre conseguia, usando o antigo peso da influência política dos Fagundes Porto. Entretanto, não foi autorizada a entrar no quarto.

Passados quatro dias, Lorena apresentava boa recuperação, mas ficaria internada por mais algum tempo. No quinto dia, devido a seus pedidos insistentes, permitiram que recebesse os jornalistas Lílian e Jurê. Muitos estranharam que ela se negasse a falar com a companheira Vicenta em primeiro lugar. Daria o seu depoimento ao Dr. Eurico, mas só quando estivesse totalmente restabelecida.

O ambiente estava na penumbra, o ar saturado com o cheiro forte de medicamentos, quando Lílian e Jurê entraram com uma filmadora, que tratariam de não perder. Sentaram-se perto da cama e permaneceram calados, indagando com os olhos o que ela queria lhes dizer. Nem foi preciso perguntar; Lorena demonstrava um forte desejo de falar.

Começou contando sobre a religião professada por Wigberto Santini e sua mulher Aurora, vindos da Inglaterra para o Brasil quando o país ainda era dividido em Capitanias hereditárias. Seguindo o conselho de quem sabia dá-los, indicando ao casal uma terra boa para plantio, local também ideal para instalação de um engenho de açúcar, se acomodaram em Canabrava. No futuro engenho, introduziriam os fundamentos filosóficos da tradição milenar denominada Irmandade da Luz do Fogo.

Lorena parecia nostálgica. Seu rosto estava iluminado, talvez pelo prazer de estar falando sobre a religião que cultuava:

— Em seus primórdios, no início da era cristã, cerimônias secretas eram realizadas em torno de uma fogueira, à luz da lua, com sacrifícios de pequenos animais; às vezes, machos humanos novos. Dançavam muito e exaltavam a Mãe Natureza, pedindo bênçãos de toda espécie — Lorena falava bem devagar, com a voz baixa e entrecortada, parando às vezes para descansar. — Essa religião primitiva evoluiu para uma irmandade durante a idade média; mais tarde, foi trazida da Europa para Canabrava, há uns duzentos anos. Houve uma mistura do culto primitivo e seus espíritos naturais com um "demônio" conceituado pelos antigos cristãos: Lúcifer, o anjo decaído que fora feito da luz do fogo.

O relato revelava sua paixão pela irmandade.

— Depois da morte de Aurora, além do sacrifício de animais, Wigberto introduziu imolações de crianças do sexo masculino, para agradar à mesma divindade. Obedecia à tradição, louvando a Mãe Na-

tureza e ao mesmo tempo, Lúcifer, uma de suas poderosas manifestações — Lorena pensou por alguns instantes. — Num ato magnânimo,
Wigberto criou uma creche, especialmente para os filhos dos miseráveis
cortadores de cana. Para a cerimônia anual de iniciação, enquanto os
pais estavam longe, em barracas, ao longo dos canaviais chamuscados,
escolhia uma criança de seis anos para o sacrifício. Quando procuravam
pelo filho, algum sacerdote do morro do Engenho dizia que o menino
morrera de febre. Na cerimônia, geralmente no mês de março, a criança
era apunhalada e esquartejada; seus membros e cabeça eram fincados
nas pontas de uma cruz de ferro, a mesma que ainda está lá, encravada
em uma pedra ao lado do altar no interior da caverna.

De vez em quando, Lorena dava um longo suspiro. Lílian pensava, intrigada: *Incrível, ela não demonstra sentimento de repulsa pelas
barbaridades que descreve.* Jurê gravava tudo.

— Fui eu quem enviou aquele bilhete e o mapa, para que vocês
chegassem ao antigo cemitério. Lá eram enterrados os restos mortais
dos seguidores mais importantes da Luz do Fogo e das crianças sacrificadas nas cerimônias. O lugar, até hoje, é secretamente venerado pela
hierarquia da Irmandade.

— Estamos ansiosos para saber quem atirou em você — disse
Jurê, quase ao mesmo tempo em que Lílian abria a boca com a mesma
intenção, apesar da quase certeza da resposta. Tiveram que esperar alguns minutos. Ela ficara comovida. Lágrimas brilharam em seus olhos.

Lorena contou tudo o que sabia, sempre afirmando que sua vida
não teria mais sentido algum depois de ter sido abandonada cruelmente
no mato para morrer. Fora Vicenta quem atirara nela, duas vezes. Não
estavam conseguindo mais se relacionar. Nos dias que se seguiram àquela forte discussão no sopé do morro do Engenho, Lorena ficara doente,
deprimida, e a qualquer momento poderia botar tudo a perder, dando
com a língua nos dentes. Vicenta não poderia arriscar, deixando-a viva.

Com esforço e a voz trêmula, ela apenas balbuciou:

— Foi Vicenta quem fez isso comigo. Eu queria tanto que pu-
déssemos continuar uma relação de íntima amizade, mas ela não quis.
Vicenta tentou me matar e tenho certeza de que ainda quer que eu mor-
ra — parou por alguns instantes, olhando fixamente para a fraca luz da
janela acortinada, e depois para Lílian. — Vou revelar algumas facetas

infames de seu marido que você talvez desconheça. Junte-as, e as coloque em sua coleção.

O que ela ia contar estava intimamente ligado à sua própria desventura, mas sabia que o assunto interessaria a Lílian.

— Como eu, Salvador é um grande idiota! Sem talento para atingir o objetivo que sempre almejou: o amor de Vicenta, e, por que não, também o prestígio e o dinheiro dos Fagundes Porto. A prova é que até você, Lílian, escapa por entre os dedos dele — Lorena falava de um jeito magoado, demonstrando um ódio profundo por ele ter se colocado entre ela e Vicenta. — Logo que ele chegou de volta a Canabrava, lamentando-se pelo que iria gastar com advogados, aceitou o dinheiro que Vicenta lhe ofereceu emprestado. Salvador achava que você — ela olhou fixamente para Lílian — não iria querer pedir a dona Amália, pois estavam quase separados. Saiba que Vicenta visitava Salvador em sua cela, prometendo que o tiraria de lá. O delegado facilitava para que ficassem a sós — Lorena fez uma longa pausa. — Fizeram sexo naquele dia, há um ano, quando ele chegou ao Sítio das Rosas dizendo que sabia ser o pai de Geraldo. Eu vi tudo, a safadeza deles no fundo do pomar, e me calei. Agora, vocês se mudaram para Canabrava e eles continuam se espojando aí pelos matos escuros.

Lorena pediu que levantassem um pouco seu travesseiro e continuou:

— A pedido de Vicenta, para introduzir Geraldo definitivamente na Luz do Fogo, Urbano precisava de um macho para a cerimônia de acasalamento — ela falava indignada — alguém que se dispusesse a copular com uma das sacerdotisas sobre o corpo nu do neófito: essa era a tradição da irmandade para as iniciações mais significativas. Então, rapidamente, pensaram em Salvador para o papel. Era o óbvio! — fechou os olhos por alguns instantes. — Geraldo era muito importante, e precisávamos iniciá-lo, doutriná-lo, pois estava prestes a receber uma grande fortuna como herança. Eu também queria que o ritual fosse realizado na cerimônia daquela sexta-feira, e contribui para isso. Só não queria que a sacerdotisa escolhida fosse Vicenta.

Lorena voltou a divagar, viajando pelo passado:

— No dia seguinte àquele baile, quando Salvador fugiu para São Paulo, Vicenta começou com aquela história de que o odiava. Mas o ódio, na verdade, era desejo de possuí-lo... Deve ter tido fantasias sexuais com ele todas as noites de sua vida, mas encobriu isso muito bem.

A profunda decepção de Lorena emocionou Lílian. Salvador havia atrapalhado, mesmo estando distante, o projeto de vida que Lorena renovava dia após dia, esperançosa, desejando conquistar Vicenta como sua fiel amante. Jurê tentou mudar o foco da narrativa para um assunto mais objetivo. Perguntou, com muito cuidado:

— Por acaso você viu, ou soube, se alguém lá da irmandade achou uma filmadora na última sexta-feira de madrugada, após a cerimônia? — estava "jogando verde para colher maduro", uma tentativa, tênue, ele sabia, mas importante demais para que deixasse de fazê-la.

— Ah!... Então estavam mesmo lá... E ouviram a nossa discussão. Eu não tinha certeza, mas pensei tê-los reconhecido, escorregando pela encosta. Outros sacerdotes devem tê-los visto também. Por alguns instantes, naquele dia, fiquei preocupada com a possível presença de vocês; depois, já não me importava mais... — em seguida, respondeu à pergunta de Jurê. — Não sei nada sobre essa filmadora. É muito importante para vocês?

— Gravamos nela toda a cerimônia de iniciação de Geraldo. Infelizmente, a perdemos ao descer do platô para o local onde havíamos estacionado o carro.

Lorena estava inquieta, queixando-se de que sua perna direita e a cabeça doíam muito.

— Descanse um pouco e depois fale sobre Francisco e o assassinato de dona Amália — pediu Lílian, com suavidade. Essa parte do relato seria tão importante que Lílian havia protelado a pergunta, dando tempo a Lorena para que desabafasse, falando sobre suas mágoas.

— Agora é que vou dizer o que vocês ainda não entenderam!... Ana Rosa não é aquela sonsa que todo mundo pensa... Ela queria, com imensa ambição, ser uma sacerdotisa importante na irmandade... Percebendo isso, Vicenta lhe fez promessas... E deu-lhe um bom dinheiro... Ela tornou-se uma serva de Vicenta... Fazia tudo que ela mandava — agarrada à mão de Lílian, Lorena parou por alguns segundos, fechando os olhos e respirando mais profundamente.

— Foi Ana Rosa quem matou dona Amália. Empurrou-a do mezanino... foi fácil para ela, que conhecia toda a movimentação da velha durante a noite — fez uma pausa. — Dr. Raul, marido de Ana Rosa, nunca soube de nada...

— Mas, e Francisco? — perguntou Jurê, de filmadora em punho.

— Dona Amália foi morta a mando de Vicenta... E não foi somente por interesse na herança — outra pausa. — No dia do rapto, a velha viu o menino com Francisco na casa do sítio e ficou muito desconfiada... Se ela contasse o que sabia para o delegado, ele teria que tomar providências mais enérgicas para investigar, e a verdade apareceria. Sei que o delegado suspeita de acontecimentos ocultos nos crimes em Canabrava, que podem estar interligados... coisa que a confissão de Francisco e o simples reaparecimento do menino não resolvem plenamente... Ele fica indiferente ao que está acontecendo, mas, também, não poderia provar nada!... Pois não tem flagrantes, nem pistas decisivas — Lorena tomou fôlego e disse: — Ele é outro lacaio chantageado por Vicenta; por essa razão eu quis me abrir com vocês, e não com ele.

Nesse momento, entrou uma enfermeira para verificar o soro e ministrar mais alguns remédios à doente. Aproveitou para dizer que Vicenta estava impaciente no corredor, querendo entrar no quarto.

— Diga-lhe — falou Lorena — que só falarei com ela depois que estas pessoas saírem — seguiu-se um longo silêncio, respeitado pelos visitantes.

Lílian pensou em voltar depois, para que Lorena descansasse, mas com a anunciada presença de Vicenta, reconsiderou. Ficaria até quando ela quisesse continuar falando.

— Francisco também foi morto por Ana Rosa... — Lorena prosseguiu, só agora respondendo à indagação de Jurê. — Ela o atraiu até a beirada da cachoeira, no fundo do quintal... talvez, com promessas de sexo... e o empurrou para o abismo, não antes de Vicenta ter dado a ele uma boa soma em dinheiro para escrever aquela confissão... Francisco deveria fugir para bem longe... No entanto, a intenção de Vicenta quanto ao futuro do caseiro era outra... Ela tinha certeza de que ele seria achado, se realmente fosse preciso, caso Salvador fosse a julgamento.

Os dois jornalistas se revezavam nas perguntas, que eram prontamente respondidas. Em algum ponto da conversa, Lorena afirmou que repetiria tudo no tribunal.

Quanto a Ondina, Lorena confirmou que ela não sabia a verdade sobre os assassinatos, mas fora testemunha passiva do sequestro de Rafael... Não tinha entendido que ele seria imolado para que a entidade "Wigberto" atendesse aos pedidos de Vicenta. Quando as roupinhas foram encontradas, o que todos ficaram sabendo através de Geraldo, Ondina se apavorou e acabou compreendendo que Urbano e alguns sacerdotes da irmandade não queriam somente o sangue do garoto, mas pretendiam esquartejá-lo na cerimônia de iniciação... Por isso, atrevidamente, exigiu do guru que o libertasse. Lorena comentou ainda que Geraldo fumava maconha nos dias em que assistia às cerimônias.

Aliás — disse — já iam se drogando... ele e Ondina, enquanto subiam a ladeira para o Engenho — falava a Lílian sobre Geraldo com certo carinho, gesto impensável naquela sujeitinha calculista. — Você deve amparÁ-lo... Ele vai precisar muito de seus conselhos.

Compreendia-se que toda a narrativa de Lorena era movida pelo profundo ressentimento contra Vicenta. Até mesmo muito cansada, fazia questão de continuar. Era um depoimento com forte propósito de vingança. Lorena franziu o rosto e entortou a boca, denotando conformismo.

— Quanto a mim, sabia de tudo... Sempre fui cúmplice de Vicenta... Por acreditar que ela um dia poderia me amar... Mas estava completamente errada, pois Vicenta não é capaz de amar ninguém!... Também — repetiu, com o semblante transtornado pela raiva — depois de Vicenta atirar em mim e me largar abandonada no mato para morrer, que esperança me resta? Diga para seu marido que fui eu quem o empurrou do alto da cachoeira... na noite do aniversário de Geraldo. Queria me livrar dele.

E continuou fazendo confissões:

— Para que Salvador pensasse ser um chamado libidinoso de Vicenta... coloquei aquele bilhete no banco do carro dele, sugerindo que fosse até o Sítio das Rosas antes do baile... Na noite em que dona Amália seria morta. Queria incriminÁ-lo. Estava com ciúmes.

Vicenta e Lorena iriam pagar caro por suas escolhas erradas — pensou Lílian.

A ex-secretária parecia ter se acalmado com a confissão, mas continuava sentindo muitas dores. Pediu que chamassem o médico e dissessem aos policiais, na porta do quarto, que não queria ver Vicenta. Que ela viesse no dia seguinte.

***

Lílian e Jurê foram visitar Lorena mais duas vezes no hospital. Ela contou que a mando dela e de Vicenta, Francisco desparafusou uma roda do carro de Ondina, causando o acidente na serra. Era perigoso o domínio que Ondina exercia sobre Geraldo. Queria até se casar com ele! Lorena contou mais alguns fatos relativos aos crimes, talvez, para aliviar um pouco a sua alma... ou seria unicamente por não conseguir suportar seus sentimentos de rejeição? Respondeu a uma última pergunta de Lílian:

— A Irmandade Luz do Fogo? Acredito ser verdade, que Wigberto comanda um umbral de baixas vibrações no mundo espiritual... E também que Urbano herdou intensas habilidades mediúnicas.

Para Lílian, esse "acreditar em Wigberto" estimulava algumas pessoas a usarem de quaisquer meios para obter o que queriam, até mesmo cometendo assassinatos. Vicenta, e principalmente Lorena, eram fanáticas pela magia da Luz do Fogo; além disso, eram movidas pela ganância, mancomunadas com Urbano na exploração dos adeptos da irmandade.

Vicenta rondou o hospital repetidas vezes, tentando se ocultar num carro preto com vidros fumê. Não se soube se conseguiu se comunicar com a ex-secretária. No dia seguinte à última visita de Lílian, Lorena teve uma piora em seu quadro clínico. Disseram que ela havia caído quando fora ao banheiro, de madrugada. A enfermeira de plantão a transferiu para a UTI imediatamente.

Lorena faleceu naquela mesma tarde, vitimada por uma hemorragia cerebral.

Capítulo vinte e nove

Era o mês de julho. Chegara o dia da leitura do testamento.

Pelos testemunhos das pessoas supostamente envolvidas no assassinato de dona Amália, tudo indicava a culpa de Francisco, principalmente tendo em vista que ele assinara uma "confissão" afirmando que matara dona Amália para roubar, fato que contestava a narrativa de Lorena no hospital, diante da filmadora de Jurê. Além disso, as denúncias de Lorena foram perdendo credibilidade diante dos eloquentes depoimentos das acusadas Vicenta e Ana Rosa, que praticamente a transformaram, perante o juiz e a opinião pública, em uma mulher de comportamento psicótico, sobretudo em relação à convivência com sua companheira e patroa Vicenta.

O Sítio das Rosas estava elegantemente preparado para receber os convidados da deputada Vicenta, que ia comemorar sua estrondosa vitória nas urnas. Soubera usar em seu benefício toda a publicidade gerada pelo processo que respondia, exibindo-se como uma dama sofrida perante a audiência. Pela manhã, o Dr. Wilson iria fazer a leitura oficial do testamento, restrita à família Fagundes Porto — a cujo teor Vicenta tivera que se render, abandonando a luta para invalidá-lo.

Lílian permaneceu no sítio para a homenagem a Vicenta contra a sua vontade, pois decidira cumprimentar Geraldo por sua investidura ao cargo de assessor parlamentar. Ele havia se enredado na política por insistência de sua mãe; ainda assim, percebia-se que não estava nada feliz em sua nova vida.

Depois de separar-se de Ondina, Antônio ficara bastante apegado a Lílian. Sentados à beira da piscina, os dois comentavam os últimos acontecimentos em Canabrava, especialmente os ligados à família Fagundes Porto. A voz dele soava um pouco nostálgica toda vez que o assunto pendia para Ondina, o que, inconscientemente, incomodava

Lílian; estaria ela interessada em algo mais com Antônio, além da amizade?

— Sua ex-mulher ainda permanece presente em seus pensamentos... — ela reclamou.

Antônio avaliou o comentário por alguns instantes.

— Mesmo separado, não consigo deixar de me preocupar com ela. Afinal, foram muitos anos de convivência, também passamos bons momentos — disse, pensativo. Depois continuou comentando assuntos relacionados aos processos em andamento, como os crimes de março. As anotações de dona Amália em seu diário tinham levado ao indiciamento da Ondina, por ter ajudado Francisco a levar Rafael para o barracão-hospital do Engenho. Entretanto, por não ter antecedentes criminais, e com a intervenção de bons advogados contratados por Vicenta, foi solta no dia seguinte à sua prisão.

Conversavam despreocupados quando perceberam que Salvador entrara no jardim, carregando uma caixa muito bem embrulhada com papel azul, parecendo pesada. Podia-se pensar que era um presente para Vicenta, tendo em vista que o dia era de homenagens a ela — muito apropriado, aliás, pois era de domínio público que, mesmo às escondidas, o romance entre os dois ficava cada vez mais intenso.

Outros convidados iam chegando e logo procuravam os grupinhos afins, espalhados pela frente da mansão, enquanto Ana Rosa borboleteava entre eles, muito alegre por ter se tornado a eminência parda, mandando no sítio como se fosse a dona. Toda a família Fagundes Porto estava presente para prestigiar a deputada, até os parentes de localidades distantes. Os que mais a bajulavam eram os que, pela manhã, haviam ficado descontentes com o quinhão de herança que lhes fora destinado.

Quanto a Lílian, nos últimos dois meses — após assinar a papelada de separação consensual de Salvador —, voltara a trabalhar no jornal em São Paulo. Atualmente, preparava-se para morar em uma casa que comprara em Canabrava, planejando dividir residência entre as duas cidades.

A festa estava em seu ápice. Notava-se que em alguns momentos as atenções se voltavam para Lílian, a grande herdeira de dona Amália, que também passara a ser adulada naquele meio onde predominavam pessoas interessadas em personalidades que detinham poder político, como Vicenta, mas também no dinheiro que cada um possuía. E dinheiro, Lílian tinha de sobra.

Enciumada, não querendo dividir homenagens, a deputada se aproximou da jornalista. Não seria mais um dos desagradáveis encontros entre a prepotente Vicenta Fagundes Porto e a filha adotiva de sua tia Amália, mas sim entre a mãe biológica de Geraldo e sua agora milionária irmã Lílian.

— Vim convidá-la para compor a mesa das autoridades! — exclamou Vicenta, com um sorriso exagerado.

Instintivamente, Lílian olhou para o lugar mais alto do jardim, onde fora colocada uma grande mesa retangular com várias cadeiras voltadas para o espaço na frente da casa onde as pessoas circulavam. Geraldo segurou sua mão. Ela olhou para o rosto dele, pensou por alguns segundos e assentiu com a cabeça, aceitando o convite para permanecer na festa.

Após vários discursos, quase todos demagógicos, abordando a necessidade de uma melhor urbanização dos bairros pobres de Canabrava, ou de fomentar o desenvolvimento agrícola e pecuário da região, os políticos presentes e líderes comunitários se dirigiram para a espaçosa sala de visitas. Quem prestava atenção pôde ver Salvador, silencioso, acompanhando de perto a comitiva que seguia Vicenta, que em momento algum o incentivara a se entrosar com os participantes da mesa.

A festa se avolumava em animação quando Salvador saiu de um canto da sala de visitas, entrou na saleta contígua e voltou com o embrulho azul, que depositou em uma mesa, ao lado da escadaria. Aproveitou que Vicenta se juntara a seus parentes — todos conversando com o prefeito e a primeira-dama — e dirigiu-se ao jardim, pegou Geraldo pela mão, junto de alguns amigos, e voltou para a sala. Trazia agora uma caixinha vermelha com um laço dourado, que entregou a Vicenta diante de olhares curiosos.

Ela abriu. Era um belo diamante, engastado em platina. Ato contínuo, disse em voz alta que aquele anel simbolizava todo o amor que dedicava a ela, e a pediu em casamento. Seria até natural para todos os presentes que ela sorrisse, aceitasse o pedido e colocasse o anel no dedo; mas o que aconteceu em seguida pegou a todos de surpresa, pela violência com que saíram as palavras da boca daquela mulher.

— Não! Não quero me casar! Não posso dividir minha vida com você e esse processo por assédio sexual tramitando na justiça! Sou uma mulher honesta, de reputação ilibada. Você se enganou com esse pedido — e bruscamente devolveu o anel a Salvador, passando a ignorá-lo pelo restante da festa.

Os copos e taças nas bandejas se equilibravam nas mãos hábeis de diversos garçons, indo e vindo, enquanto Lílian, aturdida com a hipocrisia e o cinismo de Vicenta, continuava de sobreaviso, escutando Antônio e outros que porventura lhe contassem novidades relacionadas aos últimos depoimentos sobre os assassinatos. Ainda não perdera a esperança de poder revelar a todos os verdadeiros culpados.

Nos dias que se seguiram, algumas pessoas tiveram que voltar ao Fórum para novos depoimentos, presididos pelo Excelentíssimo Senhor Juiz da comarca de Canabrava. Ana Rosa foi considerada suspeita de duplo assassinato, com base na delação de Lorena. Fez novos depoimentos e livrou-se da cadeia por *habeas corpus*, acatado pelo juiz por falta de provas consistentes e devido a seu inesperado enfoque sobre os crimes, contestando convincentemente as acusações de Lorena diante da filmadora de Jurê. Certamente, fora bem instruída por advogados para fazer aquelas declarações. Não se furtou a confessar que tivera um intenso romance com Francisco, e disse que ficara esperando o momento certo para revelar toda a verdade que ele próprio havia lhe contado. Explicou que ele a ameaçara de morte, caso não obedecesse e "desse com a língua nos dentes". Ele também teria exigido que ela o ajudasse a fugir de Canabrava. A governanta do Sítio das Rosas reafirmou a culpa de Francisco, dizendo que ele era "realmente" o assassino de dona Amália, exatamente como havia confessado na carta que deixara assinada. Disse ainda:

— Matou-a para roubar o dinheiro de uma venda de bois que ele mesmo fizera; e para que não contasse ao delegado sobre a criança que vira em seu poder no sítio, o que pode ser confirmado pelo que está escrito no diário dela.

Ana Rosa afirmou que Francisco era fanático pela Irmandade Luz do Fogo. Acusou Lorena, a quem qualificou como altamente vingativa, de estar "alucinada" quando fez aquelas declarações, muito doente, no hospital, imputando a ela e a Vicenta crimes que não tinham cometido. Revelou de propósito que Lorena amava Vicenta desesperadamente, sem jamais haver sido correspondida. Contou até que Francisco lhe contara que Urbano e Lorena haviam sido os mandantes do sequestro de Rafael, e insinuou que Lorena teria empurrado Francisco para a morte, no abismo da cachoeira, para que ele não a delatasse algum dia.

A influência política de Vicenta, principalmente agora que era deputada eleita com grande vantagem de votos, continuava facilitando sua fuga da Justiça, assim como eram poupados os seus parentes e lacaios. Lílian ouviu com pesar o relato sobre o depoimento de seu irmão, desvirtuando algumas situações.

Geraldo pecara na época por não ter comunicado imediatamente o fato de que a criança "desaparecida" se encontrava "hospitalizada" na Irmandade da Luz do Fogo, tendo em vista que a desesperada família o procurava por toda a região. Foi preso e solto no dia seguinte, também por *habeas corpus*. Orientado pelos advogados, declarou total ignorância sobre os fatos, alegando haver sido drogado durante as cerimônias a mando de Lorena e Urbano — que pretendiam sugestioná-lo para que se casasse com Ondina e depois do casamento manipulá-los como bem quisessem. Ao final, o milionário herdeiro de dona Amália ficara sendo apenas uma vítima.

Villa e Edith foram declarados cúmplices de Urbano no sequestro de Rafael, na exploração dos fiéis da Luz do Fogo e acusados de charlatanismo. Aceitaram suas penas como convinha naquele momento: calados. Ficariam presos por algum tempo; mesmo assim, jamais incriminaram pessoa alguma em seus depoimentos.

O delegado era constantemente questionado sobre a morosidade das investigações em Canabrava. Respondia que a quantidade de agentes especializados em investigar era insuficiente no município, e os crimes, muito complicados. Os oposicionistas diziam que Vicenta pressionava Dr. Eurico constantemente, com ameaças do tipo "cuidado, você poderá ser transferido para um local ruim", como também o chantageava prometendo-lhe cargos melhores. Havia boatos de que ele não resistia a uma boa propina, fazia vista grossa na condução de casos que envolviam pessoas importantes da cidade. Com o passar dos dias, as acusações foram arrefecendo; o delegado conseguiu se livrar de ser processado por negligência no cargo e até por possíveis cumplicidades...

Vicenta tivera muito pouco contato com Urbano em público, e tampouco se podia dizer com certeza que comparecesse às atividades da Irmandade da Luz do Fogo. Não chegara a ser presa, mas fora considerada suspeita dos crimes, sendo chamada algumas vezes para dar depoimento. Em juízo, acusou sua ex-secretária, disseminando a desconfiança de que teria tramado os crimes absolutamente às escondidas, juntamente com Urbano e Francisco, inclusive o sequestro de Rafael. Acusou Lorena de "desequilibrada emocional", por viver desejando que algum dia pudesse vir a ser uma legítima Fagundes Porto. Acusou-a, também, de querer obstinadamente que ela, Vicenta, obtivesse por qualquer meio muito dinheiro, para que, "juntas", alcançassem altos postos na política. Falou que Lorena demonstrava claramente querer transformar-se em "Vicenta", substituindo-a. Finalmente, concluiu de maneira bombástica:

— Posso mostrar a todos vocês o meu testamento, feito há alguns anos, fazendo dela a minha herdeira junto a Geraldo, que agora todos sabem ser meu filho. Quem sabe ela até tivesse planos para me matar, no futuro. Assim poderia controlá-lo... Bem... a arma não foi encontrada, mas os tiros que ela levou podem ter sido desferidos por alguém que a odiava, por ela trabalhar tão ardorosamente para a Irmandade da Luz do Fogo.

Depois de morta, Lorena havia se transformado numa verdadeira psicopata para toda a gente de Canabrava. Quem ouvisse Vicenta, ao lado de seus advogados de defesa, acreditaria ser perfeitamente possível que Lorena fosse culpada dos assassinatos.

O guru da Luz do Fogo foi indiciado por mandar sequestrar o garoto Rafael, tirar o seu sangue para uso em cerimônia de magia negra, falsidade ideológica pela prática ilegal da medicina e ganhos ilícitos com exploração da credulidade alheia; porém, por mais que a polícia local o procurasse, não foi encontrado. Diziam que havia fugido para a Venezuela, onde teria amigos para lhe dar guarida. Nada provava a intenção de sacrificar o garoto Rafael, matando-o durante a cerimônia.

Os resultados da perícia arqueológica sobre a ossada descoberta próximo ao rio do Engenho indicaram que, na maioria, eram realmente muito antigas; algumas de crianças, mas remontando há um século e meio, ou mais. Não havia corpos recentes.

O caso do segundo garoto desaparecido de um vilarejo próximo a Canabrava permaneceu uma incógnita, tornando-se mais uma história triste de criança sumida sem deixar vestígios. Os pais continuavam inconsoláveis, imaginando a possibilidade de também haver sido sequestrada pela Irmandade da Luz do Fogo.

Ana Rosa, exultante, tornara-se a principal assessora de Vicenta. Nenhum parente, nenhum fiel da irmandade, nenhum inimigo vivo as acusou. Simplesmente, diziam não acreditar que aquelas elegantes senhoras pudessem estar envolvidas nos crimes cometidos por Francisco, Lorena e Urbano Santini.

Lílian publicou uma longa e comedida reportagem intitulada "Os bárbaros crimes executados em Canabrava", onde discorria sobre as Irmandades da Luz do Fogo, a antiga e a recente, insinuando que muitos acontecimentos relacionados aos crimes estariam ainda encobertos, mas poderiam vir à tona a qualquer momento. Mostrava, nas entrelinhas, não estar conformada com a interrupção das investigações.

Epílogo

Um mês mais tarde, no final de agosto, ainda envolvida com alguns detalhes referentes à posse da herança, Lílian decidiu que, mesmo ciente da necessidade de tomar a frente na administração de seus bens, jamais iria abdicar das coisas que mais gostava de fazer. Possuía energia bastante para acomodar seus antigos afazeres junto aos adquiridos recentemente, que poderia dividir com pessoas da sua confiança.

Definitivamente, não queria privar-se de produzir reportagens. O jornalismo investigativo de Jurê a fascinava, e era essa a linha de trabalho que tinha como meta, para um futuro bem próximo. Contratara Antônio como seu secretário particular e continuava com os serviços de contabilidade do Dr. Raul, irmão de dona Amália, recentemente separado de Ana Rosa.

Para diversificar e ampliar seu patrimônio, empregaria pessoas especializadas na área rural e em seus derivados, gerando empregos em Canabrava. Mudou-se para uma casa segura e confortável na Praça do Rosário; contudo, iria também viajar, periodicamente, a serviço do jornal e para seu apartamento de São Paulo, seguindo o plano de continuar trabalhando.

Entretanto, nem tudo foi decidido como ela gostaria, principalmente no tocante à sua relação com Geraldo. Fruto de um acordo durante a divisão de bens, grande parte do Sítio das Rosas ficara para ele, e lá resolvera morar nos dias em que estivesse em Canabrava. Lílian preferiria que ele tivesse optado por morarem juntos; no entanto, compreendia, com reservas, a razão de ele ter escolhido ficar junto de Vicenta. Com tudo isso, não o abandonaria à própria sorte: estaria junto dele sempre que precisasse.

As lembranças do que acontecera no final de março persistiam na mente de Lílian, avivadas pelo cinismo de Vicenta, que, ultimamente, lhe fazia demoradas visitas, interessada em seu sucesso como jornalista e também na notoriedade que adquirira na região de Canabrava.

Infelizmente, parecia que os verdadeiros criminosos haviam conseguido escapar à Justiça, até que um inesperado acontecimento veio realizar aquilo que Lílian mais desejava: reabrir o processo sobre o assassinato de sua mãe.

Em uma manhã de outubro, Marcos e Mariana brincavam no jardim da nova casa, quando viram Salvador, trajando um impecável terno de linho branco, do lado de fora do portão, chamando e fazendo gestos. As crianças ficaram contentes com sua chegada, pois fazia exatamente quinze dias que não o viam. Depois da separação consensual, constara no acordo entre as partes que ele adquiria o direito de ver os filhos, desde que houvesse combinação prévia com sua ex-mulher, o que vinha acontecendo amigavelmente.

— É meu pai — gritou o menino para a babá. — Por favor, vá abrir o portão.

A empregada foi depressa ajudá-lo, vendo através das grades da cerca a sua dificuldade para tirar os pacotes de dentro do carro. O portão foi aberto e Salvador passou para o jardim, sentando-se pesadamente em um banco de madeira, abraçado a três embrulhos, que, obviamente, eram presentes. Foi logo rodeado pelas crianças, curiosas, querendo saber o que continham: o pacote menor, carregado pela babá, era diferente dos demais, uma caixa retangular embrulhada com papel azul, que, conforme ele pedira, ela depositou em cima de uma mesinha branca.

Sobre os outros pacotes, bem maiores, Salvador exclamou bem-humorado, olhando para os filhos:

— São para vocês! — Venham desembrulhá-los! Acho que vão gostar muito!

— Bom-dia, Salvador — disse Lílian, se aproximando.

— Bom-dia. Espero que você não se zangue... — ele disse baixinho, antes que os meninos terminassem de desembrulhar. — São bicicletas, pequenas, com rodinhas.

— Tudo bem... Se você for ensiná-los a pedalar.

— Não vou perder esse prazer por nada neste mundo — dizendo isso, levantou-se e foi atrás das crianças, já começando a empurrar as bicicletas.

Estava contente por visitar Lílian em sua casa na Praça do Rosário. Sabia não haver a mínima chance de uma reaproximação entre eles, mas, afinal, compreendera a importância do caráter tolerante de sua ex-mulher — desde o dia em que fora tratado com um respeito que não merecia, quando a separação estava em andamento. Lílian fora generosa, oferecendo-lhe dez por cento do montante de sua herança, uma boa quantia, suficiente para ele viver com muito conforto, mesmo que, após cumprir sua pena, não pudesse mais exercer a medicina.

O juiz o condenara a trabalhar gratuitamente, todos os dias úteis, por um período de dois anos, como enfermeiro auxiliar na Santa Casa de Misericórdia, lugar que ele escolhera. Lílian entendia que Salvador "estava colhendo o que plantara", como diz o ditado popular. Todos na cidade souberam da enorme humilhação por que passara diante de toda aquela gente no Sítio das Rosas, ao pedir Vicenta em casamento. Desde aquele momento, Vicenta passara a tratá-lo com total indiferença, como se jamais houvesse sido sua amante.

Lílian achava que Salvador era um bom pai e não via motivos para reduzir a convivência dele com os filhos. Encostada a uma das mesas do jardim, observava o quanto ele era amoroso com as crianças. Mariana pegou na mão do pai para irem juntos até o portão, enquanto Marcos e a babá empurravam as bicicletas.

— Esperem!... — ele disse, bem-humorado. Estou conversando com a sua mãe!... — tirou o paletó e o colocou no espaldar de uma cadeira.

Sua filha não o atendeu, continuou segurando com força no seu dedo indicador, puxando. Então, ele olhou para trás, dizendo bem alto a Lílian:

— Abra!... É para você... Em cima da mesa... Depois nós conversamos sobre isso!

Lílian notou que o pesado embrulho para presente era o mesmo que Salvador carregava no dia da comemoração da vitória de Vicenta, no Sítio das Rosas. Ao tirar o papel azul, apareceu uma caixa de madeira. Instantaneamente, entendeu que aquele objeto poderia ser a realização de seus desejos mais cruciais: era a filmadora perdida. Fascinada, vislumbrou uma esperança.

A grande surpresa, porém, ainda estava por vir, pois naquele momento ela ainda não sabia do posterior uso da máquina depois que a tinham perdido, nem da importância acrescentada ao conteúdo do filme inicial. Em suas mãos estava um instrumento poderoso, para, finalmente, colocar atrás das grades os que se sentiam imunes à punição de seus crimes.

Enquanto Salvador não voltava da brincadeira, pelo visor do aparelho ela pôde assistir ao surpreendente acréscimo. Boquiaberta, viu que além de toda a gravação da iniciação de Geraldo na Luz do Fogo, realizada naquela sexta-feira, mostrava também, em detalhes, o confronto entre Vicenta e Lorena desde o primeiro momento em que as duas tinham se encontrado na ladeira do morro do Engenho. A secretária falava baixo, mas a máquina captara perfeitamente o que ela dizia sobre terem feito promessas e dado dinheiro a Ana Rosa para "calar" dona Amália; e também a Francisco, para assinar a falsa confissão de que a matara para roubar.

Dona Amália, Rafael e também Francisco haviam sido vítimas de mentes perigosas, que facilmente se tornam assassinas quando decidem obter a qualquer preço algo que satisfaça seu ardente e desmedido desejo de ter, aquilo que sempre foi, e é: dinheiro e poder.

Salvador voltou ao jardim depois de um bom tempo às voltas com os filhos, empurrando as bicicletas. Encontrou Lílian ainda sentada, fortemente abraçada à caixa de madeira. Ela perguntou, entusiasmada:

— Como você conseguiu? — seu sorriso era exagerado, e em seus olhos havia lágrimas.

Salvador explicou que, pouco antes do término da cerimônia de iniciação, vira o momento em que Lorena abandonara o local em direção ao início da descida do morro; e antes de as últimas tochas serem apagadas, viu quando Vicenta a seguiu. Com cuidado, para não se delatar, descera pela mesma trilha, querendo entender o relacionamento entre as duas mulheres. Estando no sopé do morro, ocultou-se e esperou que elas se encontrassem. Foi aí que ouviu um barulho; olhou para cima à sua direita e reconheceu os dois jornalistas, que escorregavam e rolavam ladeira abaixo.

— Peguei a bolsa com a filmadora, que tinha caído em uma moita de capim, e me escondi atrás de uma árvore. Pouco depois, aproveitei o momento e tive a feliz ideia de filmar a acirrada discussão que começava entre Lorena e Vicenta — ele sorriu, esperou alguns instantes e recomeçou: — Confesso a você que pensei tirar algum proveito ao fazer a filmagem, escutando aquele diálogo esclarecedor. Esperei que todos fossem embora, escondi a filmadora no sítio da Jandiara e pedi a ela que me levasse de volta para a delegacia, para a cela de onde havia saído com Vicenta naquela noite, para a cerimônia, você sabe...

Salvador narrou toda a história sem demonstrar nenhum escrúpulo sobre o que pretendera fazer com o valioso filme.

— Também te digo que pensei em dar a máquina de presente para Vicenta, certo de que ela iria aceitar o meu pedido de casamento. Felizmente, não cometi essa idiotice de passar a máquina às mãos dela naquele dia, antes da terrível humilhação por que ela me fez passar. Porque se assim fosse, Vicenta teria saboreado o triunfo final, escapando ilesa de todos os seus crimes.

Ele demonstrava muita raiva, quando disse:

— Ela nunca amou e nem amará ninguém, pois não tem essa capacidade. Será sempre insensível e interesseira. Para que não continue a praticar maldades, e também por vingança, é que entrego a você este filme. Quero ver Vicenta ser julgada, seja pela justiça comum ou em CPI, por ser mandante de assassinatos — e completou: — Você, minha querida, com certeza mostrará ao mundo quem realmente é Vicenta Fagundes Porto.

***

Assim, finalmente, Lílian pôde escrever a reportagem corajosa que desejava, apontando as verdadeiras culpadas dos assassinatos de dona Amália e de Francisco, caseiro do Sítio das Rosas, que também seriam responsabilizadas pelo sequestro de Rafael e os possíveis danos a ele causados. Havia conseguido provas evidentes contra Vicenta e seus cúmplices, para poder enfrentá-los com a força da imprensa.

Aos mandos e desmandos da poderosa Vicenta Fagundes Porto, restavam poucos dias, antes de ser obrigada, junto a Ana Rosa, a enfrentar os tribunais.

Com o passar do tempo, o Engenho Santini foi pouco a pouco sendo reconstruído por adeptos da Luz do Fogo. Afinal, muitos deles haviam fincado raízes no vale de Canabrava, desenvolvendo uma pequena comunidade, instalada à margem direita do rio do Engenho. Eram boas pessoas, que acreditavam em outra vida depois desta; e tinham o direito de tentar elevar a consciência de sua verdadeira natureza, através da sabedoria e do conhecimento de si mesmos, buscando preencher suas necessidades e esperanças.

O lugar passou a se chamar "Luz do Fogo Aurora Santini" em homenagem à esposa do cruel Wigberto, pois de acordo com a história contada daquela época antiga, Aurora lutara contra a prática de sacrifícios humanos durante as cerimônias.

As luzes das velas e das tochas continuarão acesas em atos simbólicos, representando a Luz Maior, para que os embriões das escolhas, nas profundezas da consciência de cada um, sejam iluminados e germinem, sugerindo o melhor dos portais a ultrapassar.

Esta obra foi composta em Minion 11/14.
Impressa com miolo em off-set 90g por
Createspace/ Amazon.